DIE RAUEN NÄCHTE VON GRAZ

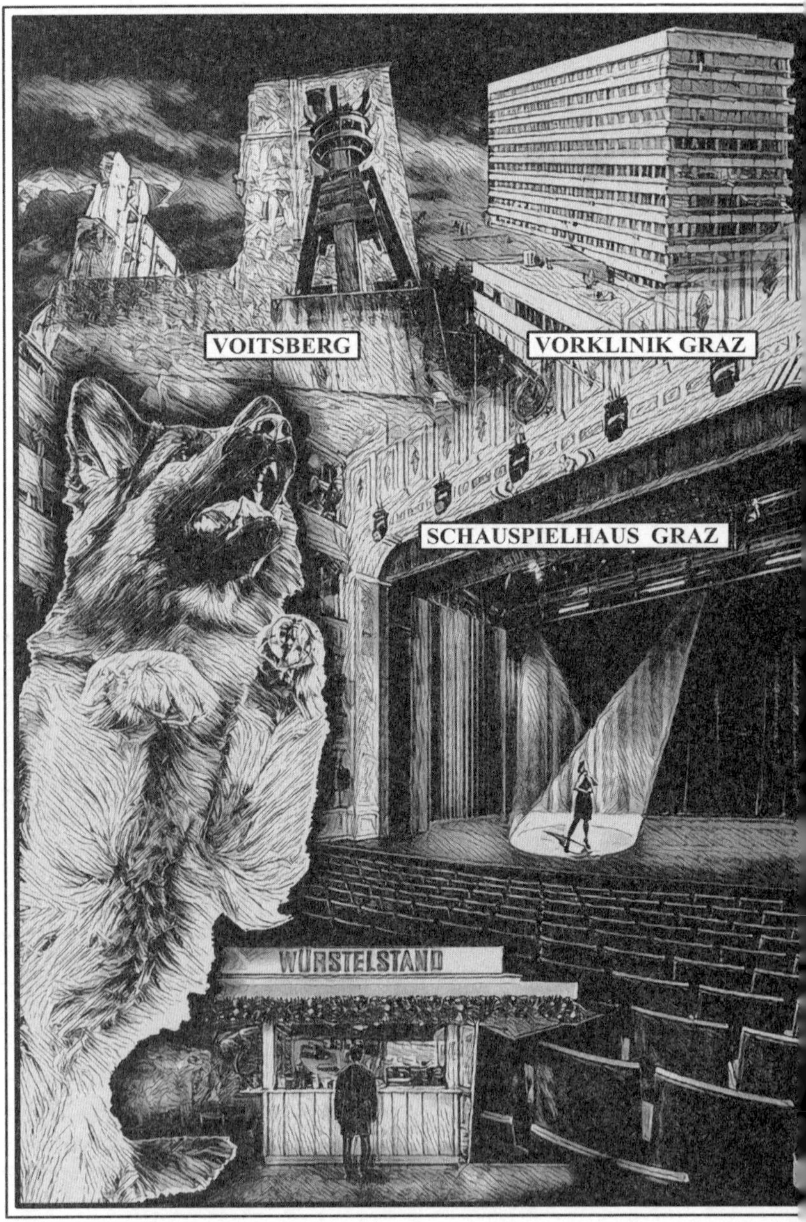
VOITSBERG
VORKLINIK GRAZ
SCHAUSPIELHAUS GRAZ
WÜRSTELSTAND

TROSTS WELT
TEIL 9
GRAZER HAUPTPLATZ
SCHREINLECHNER NIKI

Robert Preis wurde 1972 in Graz geboren. Nach dem Publizistik- und Ethnologiestudium in Wien lebt er heute mit seiner Familie wieder in der Nähe seiner Heimatstadt. Er ist Journalist, Autor zahlreicher Romane und Sachbücher und Initiator des FINE CRIME-Krimifestivals™ in Graz.

ROBERT PREIS

DIE RAUEN NÄCHTE VON GRAZ

Kriminalroman

emons:

Bibliografische Information der Deutschen Nationalbibliothek
Die Deutsche Nationalbibliothek verzeichnet diese Publikation in der Deutschen Nationalbibliografie; detaillierte bibliografische Daten sind im Internet über http://dnb.d-nb.de abrufbar.

MIX
Papier | Fördert gute Waldnutzung
FSC® C083411
FSC www.fsc.org

Umschlagmotiv und Karte S. 2/3: Niki Schreinlechner,
www.nikischreinlechner.at
Gestaltung Innenteil: DÜDE Satz und Grafik, Odenthal
Lektorat: Julia Lorenzer
Druck und Bindung: CPI – Clausen & Bosse, Leck
Printed in Germany 2024
ISBN 978-3-7408-2218-7
Originalausgabe

Geschrieben mit Gedanken an
Max, Barney und Bonnie

There's such a lot of world to see.
Moon River

Die Raunächte, auch »Die ungezählten Tage« genannt, sind jene mystische Zeit rund um den Jahreswechsel, die auf uralten Bräuchen beruht. Es handelt sich um zwölf Tage und Nächte, in denen die Geister des alten Jahres vertrieben werden. In dieser Zeit ist nichts vorhersehbar. Die Wilde Jagd kann beginnen.

20. Juni

Der Mittsommertag ist der längste Tag des Jahres.
Ein Fest des Lichts und der Flammen. Und der reinen Freude.

1

»Bitte, schau nicht hin!«

Alles begann mit einem tiefschweren Schlaf, der ihn mit klammen Klauen festhielt. Immer wieder waberten seine Gedanken zurück, sehnten sich nach der Schwerelosigkeit einer Geschichte, die just zu dem Zeitpunkt in Vergessenheit geriet, in dem sich die Nebel lichteten. Es fühlte sich an, als hinge sein Verstand an einem Seil und jemand zöge ihn aus der unendlichen Tiefe einer Schlucht hoch. Er wehrte sich. Drehte sich noch einmal um. Ein Gedanke durchdrang ihn: *Alles, was ist, ist dazu geworden.*

Als käme er gerade erst in diesem Moment auf die Welt, schnappte er gierig nach Luft. Die Sirene jammerte durchs offene Fenster. Ihr klagender Klang schwoll an, ebbte ab, schwoll an und ebbte wieder ab.

Plötzlich riss er die Augen auf, küsste Lore auf die Stirn und hechtete aus dem Bett. Er schlüpfte in die Schuhe und lief aus dem Haus. Der Wagen sprang sofort an. Der Motor heulte auf. Sekunden später jagte er durch die Straßen der schlaftrunkenen Siedlung.

Als er in die Feuerwehrstation kam, war die halbe Mannschaft schon in voller Montur. Er hetzte grußlos in die Garage, brauchte nur wenige Sekunden, um sich Hose und Jacke über seinen Trainingsanzug zu stülpen und in den Tanklöschwagen, einen TLF-A mit fest eingebauter Feuerlöschpumpe, zu klettern. Das Martinshorn plärrte in die Nacht.

Knackende Durchsagen im Funkgerät, Gähnen, aufgeregtes Kichern unter den Kollegen, ein Einsatzleiter, der seine Truppe argwöhnisch begutachtete.

Als sie den Wald erreichten, sah er das rauchende Autowrack sofort, Stichflammen stoben auf. Er funktionierte mechanisch, sprang mit den anderen aus dem Wagen, reagierte auf die Kommandos, beherrschte jeden Handgriff im Halbschlaf, in dem er sich ohnehin noch befand.

Dann hatte er plötzlich ein Brecheisen in der Hand und stakste über Wurzelwerk und Moos. Er hantierte an der hinteren Tür des Wagens, während es die Kollegen über die andere Seite versuchten. Da schrie ihn plötzlich jemand an. Er solle umdrehen. Er werde hier nicht mehr gebraucht. Ungläubig hielt er inne. Was sollte das heißen, er werde nicht *gebraucht*? Sie waren die *Feuerwehr*. Die Ersten am Unfallort. Natürlich wurde er gebraucht. Jede Sekunde zählte.

»Du sollst hier weg!«, brüllte einer seiner Kameraden.

Sein Herz raste.

»Bist deppert?«

Eine Hand ruhte plötzlich auf seiner Schulter. »Echt jetzt. Geh beiseite.«

Sein Gehirn spulte zurück. Er rannte zurück, der Wagen fuhr rückwärts, er war wieder im Bett, in der tiefen Traumschlucht. Stopp. Langsam wieder vorspulen. Die Sirene. Er wachte auf. Sprang aus dem Bett. Drehte sich noch einmal um. Da hatte es gar keinen Kuss gegeben. Keine Lore. Das hatte er sich nur eingebildet. Das Bett war leer gewesen. Aber sie hatte doch gesagt, dass sie heute Nacht nach Hause …

»Du sollst hier weg!«, schrie jetzt wieder jemand in seiner Nähe. Aber er rührte sich nicht. Warf einen Blick in den Wagen. Auf die schrecklich zugerichtete Gestalt am Rücksitz.

Alles, was ist, ist dazu geworden.

»Bitte, schau nicht hin!«

Aber es war schon zu spät. Er hatte *alles* gesehen.

November

Man sagt, in dieser Zeit schlafe die Welt ein.
Nur die Schattenwesen schlafen nicht. Die erwachen.

2

Ein graugrausiger Ort

Es gibt keine Zufälle. Ein Leitsatz, dem Armin Trost seit langer Zeit folgte. Was sonst hätte jemand auch tun sollen, der seiner Intuition so bemerkenswerte Erfolge zu verdanken hatte? Seinem engeren Kreis waren seine Fähigkeiten ebenfalls längst bewusst. Seit er jedoch von General Norbert Pankraz, dem obersten Kriminalbeamten des Landes, zum Sonderermittler des Bundeskriminalamts ernannt und zum Leutnant erhoben worden war, gab es keinen *engeren Kreis* mehr. Er leitete eine Sondereinheit, die nur aus seiner Person bestand. Er war allein. Allein mit seinen Marotten. Allein mit seinem Hund, Zeus.

Dafür eilte ihm sein Ruf durch den gesamten Polizeikörper voraus. Trost, das war der Verrückte, den das Böse quälte. Dem es mitunter sogar Daumenschrauben ansetzte. Am Ende besiegte er es aber immer. So grausam und heimtückisch seine Gegner auch waren, Trost ging stets als Sieger hervor. Da war es besser, allein zu arbeiten. Ohne Team. Ohne privates Glück. Mit so einem Typen hält es ja keiner aus.

Die letzten Monate, genau genommen der letzte Fall, hatten Trost dann tatsächlich auch noch seine Familie gekostet. Jedenfalls hatte sich Charlotte von ihm entfernt, es gab nur sporadischen Kontakt, sogar die Kinder bekam er kaum zu Gesicht. Krisen hatte es schon öfter zwischen ihnen gegeben, doch wer wagt es schon, hervorzutreten und zu behaupten, er kenne das nicht? Als würde das Leben eines Menschen stets auf einer emotionalen Geraden verlaufen. Stets perfekt.

Aber diesmal war es anders. Diesmal gab es nicht einmal für das anstehende Weihnachtsfest eine in Aussicht gestellte Versöhnung. Diesmal hatte auch Trost kein Bedürfnis nach Nähe mehr. Er hatte abgeschlossen. Zog sich in seine Welt zurück, die sich anfühlte wie ein schwarzer Punkt, auf den sich alles reduzierte.

Manchmal konnte er tatsächlich alles rundherum ausblenden, jedes Haus, jeden Menschen, jedes Geräusch. Er konnte alles so weit ignorieren, dass er sich nicht einmal sicher war, ob er selbst überhaupt existierte. Nein, falsch, er hatte dieses Gefühl nicht. Er *fühlte* einfach nichts mehr. Als hätte das Unterbewusstsein vollständig das Kommando übernommen.

Und so kam es, dass er sich eines herbstfrostigen Tages plötzlich in der Schubertstraße linksseitig der Mur wiederfand, einer Gegend, die weit weg von seinem Baumhaus in Gösting war. Am anderen Ende der Stadt, im Univiertel, mitten unter den von Anwaltskanzleien und Universitätsinstituten besetzten Villen. Er hatte keine Ahnung, wie er hierhergekommen war, musste stundenlang tief in Gedanken versunken durch die Stadt gewandelt sein.

Zeus gefiel das. Er stupste mit seiner Nase angefrorene Grashalme zur Seite, wedelte mit dem Schwanz und schien vorzuhaben, jede einzelne Verkehrstafel der Stadt zu beschnüffeln. Es war bitterkalt, und ihre Atemwolken hüllten die Umgebung in rauchiges Weiß.

Ja, so seltsam es klingt, Trost schaute sich erstaunt um und schien aus einem Tagtraum aufzuwachen. Auf der Straße war kaum etwas los, und die wenigen, die an ihm vorübergingen, waren tief in ihre Mäntel geduckt. Es war Ende November, der Winter kündigte sich an und zeigte sein für Graz so typisches Gesicht. Ein Himmel, der direkt in die Schornsteine floss, konturlos und freudlos. So wie der Himmel wirkten auch die Menschen und alles rundherum: schmutzig und vernachlässigt. Ein graugrausiger Ort.

Keine fünfzig Meter von ihm entfernt bremste ein weißer Lieferwagen zwischen den Alleebäumen ab. Eine Abgaswolke wehte auf den Gehsteig zu. Die Schiebetür des Wagens polterte auf. Etwas wurde aus dem Fahrzeug geworfen, das hinter einem Baum liegen blieb. Dann ging die Tür wieder zu, Reifen quietschten, der Wagen verschwand. Die Wolke riss in Fetzen auf.

Trost brauchte einen Moment, um herauszufinden, wie er

einordnen sollte, was er gesehen hatte. Dann steuerte er auf die Stelle zu, an der der Wagen stehen geblieben war. Zeus lief treu wie immer an seiner Seite, und der Hund hielt nach wenigen Metern ebenso abrupt inne wie sein Herr. Er stellte die Nackenhaare auf, knurrte, winselte. Alles zugleich. Und wahrscheinlich machte Trost ähnliche Geräusche, denn was die beiden da zu Gesicht bekamen, war einfach unaussprechlich. *Graugrauslich.*

3

Die Kreatur

Ihre blasse Haut hatte die gleiche Farbe wie sein Atemnebel, und fast hatte es den Anschein, als hätte sie auch die gleiche Konsistenz. Als wäre die Gestalt, die da vor ihnen zwischen den Bäumen hockte, gar nicht real. Als wäre sie nur ein sich auf zauberhafte Weise in Nebelschwaden verfestigender Gedanke.

Trost brauchte eine Weile, um sich heranzuwagen, denn die Gestalt löste einen Fluchtimpuls in ihm aus, gegen den er sich nur mühsam wehren konnte. Zeus schien es nicht anders zu gehen, denn er zeigte so gar kein Interesse, sich schnüffelnd zu nähern. Im Gegenteil, als Trost sich zögerlich auf die Gestalt zubewegte, setzte sich der Hund und beobachtete skeptisch, was vor sich ging.

Erst jetzt schien das feenartige Wesen auch auf Trost aufmerksam zu werden. Es löste seine kauernde Haltung auf, tastete sich am Baumstamm hoch und stolperte am ganzen Körper zitternd von ihm weg. Die Person war nackt. Und nicht nur das. Haarbüschel umwehten ihren Kopf wie Staubfusel, die Lippen waren weiß wie frisch gefallener Schnee. Sie war dürr. Und bleich. Fast durchsichtig bleich.

Trost schauderte, überwand schließlich seine Ängste und folgte ihr, bis er sie endlich erreicht hatte. Als er den bibbernden Körper an der Schulter berührte, stöhnte die magere Gestalt auf. Sie hatte glitschig-feuchte Haut, wie eingeölt, wie schweißnass. Er drehte sie zu sich. Erst jetzt erkannte er, dass dieses Wesen eine Frau sein musste. *Gewesen* sein musste. Er schüttelte den seltsamen Gedanken ab. Wieso sollte sie *gewesen* sein, wenn sie vor ihm stand? In ihren Augen sah er das blanke Entsetzen. Angstflattern.

Im Licht der Straßenlaternen näherten sich Minuten später die von ihm gerufenen Einsatzfahrzeuge. Eine Polizeistreife und ein Notarztwagen, der es vom Landeskrankenhaus hierher ja nicht weit hatte. Ein paar Passanten hatten sich mittlerweile auch dazugesellt. Trost hatte die Frau in seine Jacke gehüllt, weigerte sich aber angesichts ihres erbarmungswürdigen Zustands zuzugeben, dass er selbst deshalb fror.

Sie brachten sie ins Spital. Er würde ihren letzten Blick, als sie in den Krankenwagen stieg, nie vergessen. Sie schaute ihn an. Flehend. Aber auch anklagend. Als hätte er mit seiner Herumsteherei bereits zu viel Zeit vergeudet. Er hätte diese Schweine längst fassen müssen. Diesen weißen Bus. Und die Leute darin. Eine Person, die den Wagen gelenkt, eine weitere, die die Frau aus dem Fahrzeug gestoßen hatte. Mindestens zwei also.

Als der Krankenwagen mit der bleichen Dürren verschwand und Trost mit den Passanten und den Polizisten zurückblieb, war er immer noch zutiefst erschüttert. Es sind immer weiße Busse. Von denen gibt es am meisten. Als die Polizisten seine Aussage aufnehmen wollten, wandte er sich ab, tippte eine Nummer in sein Handy und wartete darauf, dass sich die Stimme am anderen Ende der Leitung meldete.

»Von eins bis zehn, wie dringend ist es?«

4

Der Todeston

»Von eins bis zehn, wie dringend ist es?« Diesen Spruch ließ General Norbert Pankraz immer los, wenn er »Trost« am Display seines Handys aufleuchten sah. Mittlerweile hätte er sich das auch sparen können, denn wenn erst einmal jemand beim General anrief, beim obersten Beamten des Bundeskriminalamts also, dann musste es zwangsläufig dringend sein.

Nachdem Trost ihm sein Erlebnis geschildert hatte, lief alles so ab, wie es normalerweise nicht ablief. Die Kollegen des Streifenwagens konzentrierten sich auf die Aussagen der Passanten, verscheuchten sie aber gleich wieder, als sie sich vergewissert hatten, dass niemand Fotos oder Ähnliches gemacht hatte, und ließen auch Trost in Ruhe. Der war mit Zeus bereits auf dem Weg ins Krankenhaus, um herauszufinden, wie es der Frau ging und ob sie diese Nacht (und weitere) überleben würde.

Als er endlich bei der Intensivstation der richtigen Abteilung des labyrinthartigen Spitalzentrums angekommen war, waren nicht nur die ersten Planquadrate eingerichtet worden, um jeden weißen Bus von der Straße zu holen, der hier vorüberfuhr, auch die ersten zivilen Beamten waren ausgeschwärmt. Agenten, die durch die Stadt schlichen, um nach etwas zu suchen, das sie auf neue Erkenntnisse stoßen lassen könnte.

Aber natürlich gab es nichts zu finden, denn Trost hatte ja kaum hilfreiche Angaben machen können. Eine seltsame nackte Frau, ein seltsamer weißer Bus. Das war schon alles.

Immerhin konnten die Tatortspezialisten die Reifenspuren des weißen Wagens, der durch sein abruptes Wegfahren Gummiabriebe am Asphalt hinterlassen hatte, untersuchen sowie sämtliche Kameraaufnahmen der Umgebung überprüfen. Und während all das geschah, saßen Zeus und Trost wie festgefroren in dem spiegelglatt polierten Gang vor einer Schwingtür mit der Aufschrift »Intensivstation«. Minutenlang. Stundenlang.

Irgendwann wurde er vorgelassen. Durfte in das Zimmer eintreten, wenngleich die Frau in künstlichem Tiefschlaf gehalten wurde.

»Sie wurde misshandelt«, erklärte eine Ärztin, die augenscheinlich schon viel in ihrem Leben gesehen hatte und nicht mehr die Jüngste war. Dennoch wirkte sie geschockt. »Man hat ihr ein Mittel verabreicht, das ihren Körper von innen auffrisst. Wir wissen noch nicht, was es ist. Sie hat mittlerweile sämtliche Körperbehaarung verloren, aber das ist nicht das Schlimmste. Es muss ungeheure Schmerzen verursachen. Und wir können nichts mehr für sie tun.«

Trost blickte starr auf das Häufchen Mensch, das er vor wenigen Stunden vor dem hilflosen Erfrieren mitten in der Stadt gerettet hatte und das jetzt im Begriff war, vor seinen Augen zu sterben. Trotz des Zimmerlichts war unter all den Schläuchen und Apparaten kaum feststellbar, wie diese Frau einmal ausgesehen haben mochte. Ohne Augenbrauen und Haare, die sie mittlerweile vollständig verloren hatte, und mit einer Haut, die wie glatt gebügelt wirkte, erinnerte ihr Gesicht an eine Gummimaske. Künstlich. Fratzenhaft.

»Wie lange hat sie noch?«

Kaum ausgesprochen, war Trost selbst schockiert über seine Frage. Sie klang so vertraut. Als bestünde da eine Beziehung zwischen ihm und der Todgeweihten.

Erst jetzt schien die Ärztin des Hundes an Trosts Seite gewahr zu werden. Ein Hund in der Intensivstation, das war bestimmt eine Premiere, und Trost rechnete es der Medizinerin hoch an, dass sie diese Sache nicht ansprach. Er hätte auch nichts dagegen unternehmen können, der Hund gehörte zu ihm wie ein Körperteil.

»Ich befürchte, es kann jeden Moment vorbei sein. Wir haben ihr – soweit es geht – die Qual genommen. Aber wer weiß …«

In diesem Moment veränderte sich die auf und ab stolpernde

Linie am Monitor, und das rhythmische Piepsen aus dem Computer, das den Herzschlag simulierte, wurde zu einem lang gezogenen, gleichbleibenden Ton. Das kam Trost seltsam vor. Wenn man stirbt, dann heult ein Ton, der nicht von dir stammt, aber doch deiner ist, blechern und ohne Melodie. Er würde nie mehr aufhören, über den Tod hinaus heulen, bis in alle Ewigkeit. Und nur wenn man das verdammte Ding händisch abstellte, hörte dieser Todeston auf.

Todeston.

5

Eine Tatortüberraschung

Ein paar Tage nachdem der Todeston gepiepst und vom Lebensende einer immer noch nicht identifizierten Frau gekündet hatte, wurde klar, dass dieser Herbst des Schreckens nahtlos in einen ebenso tristen Winter hinübergleiten würde.

Ganz in der Nähe zur Schubertstraße, dort, wo Trost die Begegnung mit dem weißen Bus gehabt hatte, befand sich die kleine Wohnung einer Mitarbeiterin der Pressestelle des Dekanats der Universität. Auf dem Türschild stand »Nele Hammersdorf«. Auf den Bildern im Flur, die fast ausnahmslos Aufnahmen von ihr selbst zeigten, war unschwer zu erkennen, wie gern Nele sich hübsch machte. Meist hatte sie sich die Sonnenbrille ins blonde Haar gesteckt, sie schminkte sich mal fröhlich bunt, dann wieder vampmäßig blass, war aber stets darauf bedacht, so zu wirken, als würde sie aus einem Modekatalog lachen.

Trost hatte die Wohnung zu einem Zeitpunkt betreten, als fast alle anderen Tatortermittler schon draußen gewesen waren. Er warf einen Blick ins Wohnzimmer, dessen Glastür direkt in einen winzigen Garten führte. Ein flauschiger weißer Teppich am Boden, eine Menge Pölster auf der bequem aussehenden Couch und ein großes Porträt, das nur das Gesicht der hübschen Frau abbildete.

Ein paar Schritte weiter entdeckte er das Badezimmer, gleich daneben das Schlafzimmer. Ein Lampenschirm, der rötliches Licht über ein Doppelbett warf. Ein verspiegelter Wandschrank. Über dem Bett ein weiteres Bild. Wieder die Frau. Diesmal nackt.

Erstaunt hob Trost die Augenbrauen. Nicht etwa wegen der Aktfotografie, sondern weil er eine weitere Aufnahme bemerkt hatte, ein Bild, das Balthasar Gierack in der Hand hielt.

Der Chef des Landeskriminalamtes saß am Bettrand und starrte die Fotografie an.

»Finde sie, Trost. Steh nicht so blöd herum, finde sie.« Dann blickte er auf und sah ihn aus tränenroten Augen an. »Mach schon. Tu was.«

»Deine Tochter?«, brachte Trost hervor. Er mochte Gierack nicht, und er wusste auch, dass er dunkle Geheimnisse mit sich schleppte, die es noch aufzudecken galt. Trost spürte so etwas ganz genau, und nach seinem letzten Fall, als es zu einer regelrechten Hexenjagd in Graz gekommen war, wusste er, dass Gierack nicht sauber war. Ganz und gar nicht sauber. Aber in diesem Moment durchflutete ihn ein Anflug von Mitleid. Etwas, das er allerdings sogleich bereuen sollte.

Gierack schaute ihn zornig an: »Nein, du Depp, nicht meine *Tochter*.«

6

In der Höhle

Gierack wurde von dem Fall abgezogen, er wäre ohnehin nicht in der Lage gewesen, die Ermittlungen zu leiten. Immer wieder stammelte er etwas davon, dass seine Freundin bald auch als haarloses Monster herumrennen würde, sollten sie sie nicht unverzüglich finden. Er trieb alle ihn Umgebenden an, sich zu bewegen, zu suchen, zu ermitteln. Tag und Nacht. Ohne Pause. Für ihn war sofort klar gewesen, dass es einen Zusammenhang mit der toten Frau gab, die zuvor aus dem weißen Bus geworfen worden war. Trost fand das erstaunlich, doch Gierack war dermaßen überzeugt davon, dass er gar nicht umhinkonnte, seine Gedanken in diese Richtung zu lenken. Zwei Frauen, eine tot, die andere verschwunden.

Dies war der Zeitpunkt, als Reinfried Schwarz aus dem Burgenland nach Graz beordert wurde, und seine erste Handlung war ein Schreigefecht mit Gierack, das immerhin zum Ergebnis hatte, dass der Chef des steirischen Landeskriminalkommandos sich wieder im Griff hatte, wenngleich er von nun an auf dem Abstellgleis stand.

»Also«, sagte Schwarz mit immer noch vom Wortgefecht zittriger Stimme. »Trost wird Ihnen jetzt ein paar Fragen stellen. Sehen Sie sich dazu in der Lage?«

Es war Gierack anzumerken, wie sehr ihn die Aussicht, ausgerechnet von Armin Trost befragt zu werden, quälte. Er hasste den Kollegen – vor allem dessen Erfolge.

Eine Minute später saß Trost vor ihm. Der Raum, in dem sie sich unterhielten, war Gieracks »Höhle«, wie dessen Büro genannt wurde. Eine finstere Kammer, deren einziges Fenster von heruntergelassenen Jalousien abgedunkelt wurde. Die Tischleuchte spendete einen effektvollen Lichtkegel, ansonsten verlor sich das Zimmer in düsteren Schatten. Die meisten Kollegen fühlten sich in diesem Raum nicht wohl, Trost dagegen hatte ihn immer schon interessant gefunden.

»Erzähl mir von ihr«, hob er ohne Umschweife an und erntete dafür einen hasserfüllten Blick aus einem versteinerten Gesicht.

»Schau.« Trost fixierte sein eigenes Knie, ließ seinen Blick dann durch die schummrige Umgebung schweifen und prüfte, ob sich im Halbdunkel nicht doch der eine oder andere Geist verbarg. »Ich halte mich nicht mit Höflichkeiten auf, das weißt du. Ich frag dich freiheraus, du antwortest, ich ziehe meine Schlüsse, und fort bin ich. Ganz einfach.«

»Soso, ganz einfach also. Ich hab gesagt, du sollst sie finden, und jetzt stehst du vor mir und befragst mich, als hätten wir alle Zeit der Welt. Und Nele muss derweil was auch immer erleiden … wer weiß, ob sie … ob sie …«

Trost zuckte mit den Schultern. »Wir können das Gespräch auch gerne in die Länge ziehen, indem ich …«

»Bitte nicht. Nicht länger als nötig«, unterbrach ihn Gierack. »Also, stell eine konkrete Frage, ich gebe dir eine konkrete Antwort.«

Trost holte einen Notizblock, ein Billigsdorfer-Modell mit karierten Blättern, und einen Bleistift aus der Jackentasche. »Nele Hammersdorf, Tochter des gleichnamigen Landesrats, siebenundzwanzig Jahre alt, Mitarbeiterin der Uni-Presseabteilung. Was ist sie für ein Mensch?«

Gierack schlug die Beine übereinander und seufzte so intensiv, dass kleine Speicheltropfen auf die Schreibtischplatte fielen. »Immer diese allgemeinen Fragen. *Was ist sie für ein Mensch, was ist sie für ein Mensch?* Sie hat studiert, Politikwissenschaft, Medienrecht, was weiß ich, irgend so ein Fächerbündel halt. Nebenbei hat sie fürs Dekanat die Internetseite betreut. Sie hat sich engagiert, wie das die Jungen halt so machen. Fürs Klima, für die Umwelt. Zuletzt hat sie sich für die Bäume, die beim Bau vor der Uni gefällt werden sollten, reingehaut. Hat sogar davon geredet, dass sie sich an die Platanen in der Harrachgasse hängen würde, falls die Bagger auffahren und die Vorklinik plattmachen.

Hat sich mit diesen Typen, diesen Klimaklebern, getroffen, um sich Tipps zu holen. Aber ich bitte dich, das ist doch kein Mordmotiv, ich mein, die Baufirma wird ja deshalb keine Killer auf sie angesetzt haben. Außerdem sind die Bäume eh schon fort.«

Trost blickte auf. »Diesen Gedanken hatte ich gar nicht. Aber bleiben wir kurz bei dieser Baustelle. Da hat sie dagegen angekämpft?«

»*Hat* sie, ja …«

Der giftige Blick entging Trost nicht. Er hob die Augenbrauen. »Wie gesagt, wir haben keine Zeit für Höflichkeiten. Aber meinetwegen, sie kämpft immer noch.«

»Ja.« Gierack spreizte seine Finger und betrachtete sie, als würde er in ihnen Fenster in die Vergangenheit finden. »Es geht um diesen Neubau. Die Vorklinik wird weichen, das Center of Physics gebaut. Die errichten das neue Gebäude aber bis an die Grundstücksgrenze, was bedeutet, dass sämtliche Bäume, ich glaub, rund zwanzig Stück oder so, rundherum entfernt werden mussten. Und außerdem soll ja diese Tiefgarage kommen, deshalb wurden weitere fünfundzwanzig Bäume gefällt. Nele ist sehr emotional, was dieses Thema betrifft.«

»Du nicht?«

»Geh bitte, was soll das jetzt? Lass mich mit diesem Blödsinn in Ruh. Machen wir weiter, ja?«

Trost konnte sich ein Grinsen nicht verkneifen. Es war so einfach, seinen einstigen Boss aus der Reserve zu locken. Unglaublich einfach eigentlich, wenn man bedachte, dass es sich um eine Führungsperson handelte. Aber Gierack war eben keiner, der an der Front arbeitete, sondern ein Bürohengst, einer, der bestenfalls das Rampenlicht suchte, das zuvor von seinen Mitarbeitern aufbereitet worden war.

»Wie ist eure Beziehung sonst so?«

Gierack machte ein Geräusch, das Trost nicht zuordnen konnte. Es lag zwischen Grunzen und Knurren.

»Was soll ich da sagen? Im Grunde geht Sie das natürlich nichts an.« Die plötzliche Wende zum Sie entging Trost nicht. »Aber gut. Sie war«, Gierack fuhr sich fahrig über die Stirn, »sie *ist* halt eine kleine Schlampe. Wir haben uns nichts vorgemacht. Sie wollte ihren Spaß, ich wollte meinen. Es ist eine rein körperliche Beziehung. Wollen Sie weitere unsittliche Details?«

Trost achtete nicht darauf, dass Gierack beharrlich beim Sie blieb. Er hütete sich auch davor zu antworten und wartete das plötzliche Schweigen behutsam ab, bis Gierack es von selbst wieder brach.

»Wir haben uns nie sehr ernst genommen. Haben viel ausprobiert.« Er räusperte sich. »Ich fühl mich halt jung bei ihr.«

»Gab es Streit?«

»Nein.«

»Gab es einen Grund für dich, eifersüchtig zu sein? Ich meine, sie ist ein junges Ding ...«

»Nein, ganz und gar nicht. Dafür haben wir uns zu flüchtig gekannt.«

»Freundschaft plus?«

»Wenn Sie das so nennen wollen, ja, so dämlich bezeichnet man das heute wohl.«

»Liebst du sie?«

»Bist deppert?«

Das kam so prompt, dass Trost an der Wahrhaftigkeit der Worte nicht zweifeln konnte und beinahe aufgelacht hätte. Dennoch sagte er laut: »Ich frage nur, weil du um sie geweint hast.«

Gierack sprang auf und richtete den Zeigefinger auf ihn wie eine Waffe. »Wenn du was wissen willst, um den Fall zu lösen, frag mich. Aber lass diesen Psychoscheiß. Hörst du? Lass das.«

Trost blickte ihn ungerührt an. »Kann es sein, dass sie abgehaut ist?«

»Glaub ich nicht. Wir haben uns verabredet. Das hätte sie sich nicht entgehen lassen.«

Trost hob die Augenbrauen, offenbar überrascht vom Selbstvertrauen eines Mannes, der fast dreißig Jahre älter als seine heimliche Geliebte war. Gierack setzte sich wieder.

»Nicht, was du denkst. Ich hab ihr versprochen, dass wir ins Tierheim gehen. Sie wollte unbedingt einen Hund. Das war ihr Herzenswunsch. Deshalb ist mir ihr Verschwinden so merkwürdig vorgekommen. Sie hat sich so darauf gefreut, da haut doch keine ab.«

»Und du? Hast du ein Alibi?«

»Oaschloch.«

»Soll ich das notieren?«

Gierack schnalzte mit der Zunge und schaute nun seinerseits in die sie umgebende Dunkelheit. »Ja, verdammt, ich hab ein gutes. Ich war an dem Wochenende, an dem sie verschwunden ist, zu Hause. Bei meiner Frau. Und den Kindern.«

Trost klopfte mit dem Bleistift auf den Notizblock, und Gieracks Stimme klang unter dem Geräusch leise, fast brüchig.

»Ich wär dir sehr verbunden, wenn du das nicht überprüfst. Oder, sagen wir, erst dann, wenn es sich gar nicht mehr vermeiden lässt.«

»Wie soll ich das machen? Das ist eine Ermittlung, Balthasar.«

Gierack hatte sichtlich Mühe, die folgenden Worte über die Lippen zu bringen. »Aber du hast doch Fähigkeiten wie kein anderer, Armin. Du erspürst doch das Böse, oder?« Er rutschte auf dem Stuhl hin und her. »Du müsstest dann ja auch spüren, dass ich unschuldig bin, also könntest du meine Frau da rauslassen.«

Trost nickte, aber es lag keinesfalls Genugtuung darin. Natürlich war er sich des Umstands bewusst, dass Gierack, mit dem er so unendlich viele Reibereien hatte, vor ihm auf den Knien rutschte. Doch Trost kannte so etwas wie Schadenfreude oder Zynismus nicht. Er konnte aber auch nicht über seinen Schatten springen und unsachlich sozial sein. Deshalb sagte er nur: »Wir werden sehen«, stand auf und verschwand aus dem Lichtkegel der Schreibtischlampe in den Schatten.

Gierack starrte ihm fassungslos nach. Das Gefühl der Unsicherheit schnürte ihm die Brust zu, und auch der quer durch den Raum geworfene Bleistift, den Trost zuvor liegen gelassen hatte, verschaffte ihm keine Erleichterung. Wie er diesen selbstgefälligen Typen hasste. Er brauchte ihn, aber er würde ihn zur Strecke bringen. Bei nächster Gelegenheit.

7

Die Erkenntnis

Als Schwarz wenig später seine Mannschaft zusammentrommelte und auf die kommende Fahndung einschwor, hatte Trost Mühe, sich zurückzuhalten. Nele Hammersdorf war die heimliche Affäre Gieracks und galt seit zwei Tagen als vermisst. Hätten sie so einen Aufstand gemacht, wenn es nicht um die Liebhaberin eines hochrangigen Polizisten gegangen wäre? Vielleicht war sie ja wirklich untergetaucht, weil sie den Alten nicht mehr ertrug.

Er hörte noch, wie sie die Daten bekannt gaben: Nele Hammersdorf, siebenundzwanzig Jahre alt, eins fünfundsechzig, blond, sportlich …

Natürlich spürte er die Blicke, die ihn durchbohrten. Sie erwarteten, dass er schon die Lösung des Falls parat hatte. Aber das hatte er nicht.

Er musste hier raus. Fort. In die Stadt. Dorthin, wo alles den Anfang genommen hatte. Jedenfalls für ihn. In die Schubertstraße. Mit dem weißen Bus. Und der blassen Frau.

Da sich abgezeichnet hatte, dass sich der Fall vorrangig in der Stadt abspielen würde, hatte er den Wagen in Gösting beim Baumhaus gelassen und sich wieder angewöhnt, mit den öffentlichen Verkehrsmitteln zu fahren. Das war in Graz ohnehin klüger, und mit der Zeit ärgerte man sich auch gar nicht mehr so sehr über die langen Wartezeiten und über den Umstand, dass am Abend bestimmte Linien nur noch zufällig herumzutingeln schienen.

In der Schubertstraße angekommen, verharrte er eine ganze Weile und hatte das schreckliche Gefühl, die Lösung *tatsächlich* bereits zu kennen. Sie wollte nur noch nicht ans Tageslicht. Hielt sich im Verborgenen seines kruden Gehirns. Immer wieder tauchten die Worte vor ihm auf: *Eine Frau tot. Eine Frau vermisst.* Er stoppte plötzlich und fixierte Zeus, der wie immer vollkommen lautlos an seiner Seite war, wie ein Schatten.

Trost blähte die Backen, weil er plötzlich – warum, konnte er nicht sagen – *wusste*, dass sie alle falschlagen. Die Gewissheit prallte auf ihn wie eine große Last. Auch Gierack lag falsch mit seinem Drang, von Nele in der Gegenwart und nicht in der Vergangenheit zu sprechen. Es hieß nicht: Eine Frau tot. Eine Frau vermisst. Es musste heißen: *Zwei* Frauen tot.

21. Dezember

*Dieser längsten Nacht des Jahres, der Thomasnacht,
folgt der kürzeste Tag. In ihm schwingt noch die Gegenwart
der Geister nach, die in dieser ersten Nacht der Raunächte
in unseren Träumen ihr Unwesen getrieben haben.
Manchmal tun sie das auch am Tag danach. Und danach.
Und danach. Und …*

8

Alpträume und Engel

Geschichten, die zur Weihnachtszeit spielen, haftet meist etwas Märchenhaftes an. In ihrer trübgrauen Welt reiten die Gutherzigen auf schimmernden Pferden und tragen bunte Kleider, während finstere, von böser Magie geleitete Gestalten auf schwarzen Hengsten galoppieren und blutleerblass durch die Straßen wandeln. Umgarnt von den Raunächten, die mit der Wilden Jagd zur Thomasnacht begannen und mit der Nacht der Wunder endeten, machte die Weihnachtszeit die Menschen seit jeher sonderbar. Die guten wie die bösen.

Alles beginnt meist ganz harmlos, so auch diese Grazer Weihnacht, in der eine einzelne, wie verrückt umherwirbelnde Schneeflocke wie ein verheißungsvolles Versprechen aus einem uralten Märchen erschien. Sie wirkte, als hätte sie sich verirrt. Als hätte sich der *Winter* in einer archaischen Geschichte verrannt. Und so musste es auch sein. Denn weiße Weihnachten hatte es in Graz seit einer halben Ewigkeit nicht mehr gegeben.

Solcherart in Gedanken verstrickt, betrachtete Armin Trost die Flocke, wie sie sich um die eigene Achse drehte. Frech sah sie dabei aus. Verspielt. In diesem Moment wusste er, dass etwas Großes passieren würde. Etwas *Mächtiges*.

Und dann tauchte das kalkweiße Gesicht aus dem nebelverhangenen Tag dahinter auf. Diesem Gesicht fehlte jegliche Behaarung. Der Kopf schien zu schwer für den schmalen, langen Hals, der in einen ausgemergelten, nackten Körper mündete, der die Knochen unter der Haut nur allzu deutlich erahnen ließ. Es war unmöglich zu erkennen, ob es sich um einen Mann oder eine Frau handelte. Die Gestalt näherte sich, und plötzlich öffneten sich die blutunterlaufenen Augen und starrten ihn unverwandt an. Trost schnappte nach Luft, als wär's sein letzter Atemzug.

»Alles in Ordnung?«

Die Stimme ließ ihn hochfahren. Verwirrt blickte er sich um. Trost stand vor der Eingangstür eines jener Häuser, die vor allem die noblere linke Flussseite der Stadt säumten. Ein dreistöckiger Gründerzeitbau in der Harrachgasse, dem zwar die Anmut der Fassaden an der angrenzenden Goethestraße mit deren schmalen Vorgärten fehlte, der dafür aber noch näher an dem war, was manche den »Puls der Zeit« nannten. Dieses Haus befand sich nämlich nicht nur mitten im Universitätsviertel, die Fenster seiner Wohnungen gewährten den Blick direkt aufs Hauptgebäude der Lehranstalt und auf die Vorklinik, die man dieser Tage im Begriff war abzureißen, und weiter hinten, etwas verdeckt von gewaltigen Bauzäunen, auf das Institutsgebäude für Physik.

Trost hatte sich entschlossen, dem Stillstand der aktuellen Ermittlung entgegenzutreten, und sich ausgerechnet hier, vor den Bauzäunen, hinter denen monströse Schaufelbagger den Zahn der Zeit zogen, eine Wohnung genommen. Er rieb sich die Nasenwurzel, um das Trugbild der kahlen Fratze aus seinen Gedanken zu bannen. Es war nicht das erste Mal, dass es ihn quälte und unvermittelt auftauchte. Seit Tagen schon spielte sein Verstand verrückt.

Sie hatten also wieder begonnen, diese beängstigenden Verwirrungen seines Gehirns, das ihm Trugbilder vor die Nase setzte. Als könnten die erschreckenden Erscheinungen seine Ermittlungsfortschritte vorantreiben.

Zeus, der mächtige Berner Sennenhund an seiner Seite, winselte kurz auf, und neuerlich wurde Trost sich seines Zögerns bewusst. Hinter ihm standen zwei bärenstarke Männer, die eine Couch trugen und ganz offensichtlich mit dem Gewicht zu kämpfen hatten.

Trost strich mit der Hand über die Klingelanlage, und seine Hoffnung, dass irgendjemand reagieren würde, bestätigte sich.

»Ja?«, bellte eine Frauenstimme.

Trost erklärte, er habe seinen Schlüssel in der Wohnung vergessen, sei gerade am Einziehen und die Möbelpacker hinter ihm … Ein Summton, der die Tür öffnete, unterbrach ihn.

Das Treppenhaus war breit, die Stufen hatten eine angenehme Tritthöhe, und sie mussten auch nur in den ersten Stock hinauf. Oben angekommen, wies er die beiden Kerle an, sich mit dem Möbelstück gleich weiter in die Wohnung hineinzuzwängen. Der ranzbuttrige Schweißgeruch der Männer wehte an ihm vorüber, doch er wurde prompt von einer gar nicht zu ihnen passenden süßlichen Frische überlagert. Einem Aroma, dessen Ursprung sich mit über die Treppen klackernden Schritten näherte.

Eine junge Frau lief vom oberen Stockwerk herab. Sie trug einen schwarzen Wintermantel mit Kapuze und Fellimitat, der ihre attraktive Magerkeit betonte. Ihre Hände steckten in Lederhandschuhen, das halbe Gesicht war von einer riesigen Sonnenbrille verdeckt, und die Haube auf ihrem Kopf sah auf den ersten Blick aus wie die Kopfbedeckung der Damen in alten Filmen. Etwas exaltiert. Fast zu fein für Graz. Zu …

»… Schön.«

»Wie bitte?«

»Schön, Eva. Das ist mein Name. Ich hab Ihnen die Tür geöffnet.« Sie neigte den Kopf kurz in Richtung seiner Wohnungstür. »Glückwunsch zum neuen Heim.«

»Danke …«

Da war sie auch schon an ihm vorüber. »Tut mir leid, ich hab's eilig. Aber vielleicht geht sich einmal ein Willkommensdrink aus, Sie gefallen mir.«

»Ich komm gerne darauf zurück«, erwiderte Trost, auch wenn er nicht wusste, ob dies die Andeutung einer Einladung gewesen war oder ob er es war, der den Drink spendieren sollte. Doch da vernahm er schon, wie die Haustür krachend ins Schloss fiel.

Die beiden Möbelpacker standen jetzt neben ihm und schauten ebenfalls versonnen das Treppenhaus hinunter, so als wehte da noch der nicht minder bewundernswerte Schatten eines Engels durchs Haus.

Trost verdrehte die Augen und scheuchte die beiden zurück in die Wohnung. Zeus hob die Nase, als wollte er ein letztes

Mal den Duft der Frau einfangen. Es schien, als erzählte er ihm auch etwas über die Zukunft, denn plötzlich hob er den Kopf. Neigte ihn, als käme ihm ein Gedanke. Eine dunkle Ahnung. Dann trottete auch er den Männern hinterher.

9

Schwarzes Mandl

Leutnant Armin Trost saß an einem der folgenden Tage auf einer Parkbank und betrachtete das Hauptgebäude der Karl-Franzens-Universität, die einst nach Erzherzog Karl II. von Inneröstereich und Kaiser Franz I. von Österreich benannt worden war. Der eine, Karl, hat im Jahr 1573 das Akademische Gymnasium gegründet und zwölf Jahre später eine philosophische und eine theologische Fakultät im Jesuitenkolleg aus der Taufe gehoben. Der andere, Franz, hat mehr als zweihundertfünfzig Jahre später, im Jahr 1827, die Universität wieder zu alten Ehren geführt, nachdem sie zwischendurch zum Lyzeum degradiert worden war. Eine lange, komplizierte Geschichte. Heute waren die meisten der fünfzigtausend Studierenden an der salopp »Uni Graz« genannten Bildungseinrichtung eingeschrieben, und es war ihnen schnurzegal, wer Karl oder Franz waren. Trost dagegen liebte diese historischen Gedankenausflüge, denn in einer Stadt zu leben, die schon lange existierte, gab ihm auf unerklärliche Weise das Gefühl, selbst historisch relevant zu sein.

Auf dem Campus herrschte das finale Treiben vor den sich anbahnenden letzten Prüfungen vor den Weihnachtsferien, wobei manche der ins Gebäude Huschenden die Sackerl großer Einkaufsketten mit sich schleppten, was bedeutete, dass sie die letzten Tage vor dem Heiligen Abend für Einkäufe nutzten und weniger für das Grübeln über fetten Wälzern. Trost hatte mit der Zeit den Eindruck, einige von ihnen gewissermaßen kennengelernt zu haben, denn immerhin saß er schon seit Stunden hier auf dieser Bank, sodass der eine oder andere schon mehrmals an ihm vorübergegangen war. Playstations wanderten an ihm vorbei, Berge von Textilien, Brettspiele, natürlich Unmengen an Büchern, und manche der seltsam ausgebeulten Einkaufstaschen wiesen auf Tischdekorationen oder andere Staubfänger hin. Ihn fröstelte vor Kälte. Eine unzähmbare Ungeduld lag in der kalten Luft.

Im Hauptgebäude der Universität befand sich auch die Druckerei, deren Mitarbeiter ständig ein und aus eilten, um stapelweise bedruckte Plakate in immer neue Fahrzeuge, die auf der Rampe vorfuhren, zu verladen. Er erkannte auch den Leiter des Hans Gross Kriminalmuseums wieder, der, unter einen breitkrempigen Hut geduckt, wild gestikulierend telefonierte und an ihm vorüberlief. Der Mann hatte ihn das eine oder andere Mal eingeladen, einen kriminalpolizeilichen Vortrag zu halten, Trost hatte es aber jedes Mal geschafft, unter einem Vorwand abzusagen. Er hatte sich noch nie wohl dabei gefühlt, vor einer Menschenansammlung Reden zu schwingen. Dabei hatte er, wie gesagt, selbst ein Faible für Geschichte, und Hans Gross galt als einer der wichtigsten Wegbereiter im weiten Feld der Kriminologie. Ihm verdankten die Ermittler, dass bereits um die Wende zum 20. Jahrhundert an Tatorten systematisch gearbeitet wurde, mit Absperrungen, Vernehmungsprotokollen und Vermessungen.

Doch egal, wen Trost zu kennen glaubte und wer ihn möglicherweise kennen könnte, *erkennen* konnte ihn niemand, davon war er überzeugt, denn er trug eine jener Mützen mit Ohrenklappen, die hierzulande in derber Umgangssprache wenig schmeichelhaft als Geschlechtsteil eines Pelztiers bezeichnet wurden. Ein modisches Accessoire, das nicht nur deshalb ein völliger Fehlgriff war. Außerdem steckte sein Körper in einem derart zerschlissenen Mantel, dass ihm die Leute bestenfalls Münzen zugeworfen hätten, ohne ihm in die Augen zu blicken. Die waren aber ohnedies von einer gespiegelten rundlichen John-Lennon-Sonnenbrille verdeckt. Kurzum: Er sah zum Wegschauen aus.

Nach einer Weile stand er auf und musste ein paar Augenblicke zuwarten, bis sein Hintern wieder durchblutet wurde und er seine Beine spüren konnte. Er näherte sich langsam einem Würstelstand, der vor der umzäunten Vorklinik mit Bratwurstgeruch lockte und auf dessen Durchreiche – zwischen Ketchup-Tuben und einem Stapel Manner-Schnitten – ein weißes Stoffpferd den Kunden entgegengrinste. Zeus folgte ihm, ganz ohne Leine, auf den Fuß, wohl in der Hoffnung, das eine oder andere Stück Wurst abzubekommen.

»Mandl. Kommen. Was zum Teufel tun Sie da? Sie sollen auf der Bank sitzen bleiben. Wir haben das doch besprochen. Schwarzes Mandl ...«

Raben kreischten über den Dächern, und Trost warf einen unsicheren Blick in Richtung Himmel. Ein Schwarm, weit weg zum Glück, musste sich über irgendetwas maßlos aufgeregt haben. Ihm waren diese Viecher, ja Vögel ganz allgemein, nicht geheuer. Dieser Respekt, den er vor Federvieh hatte, ging sogar so weit, dass er Straßen wie die Kaiserfeldgasse, die bekannt war für das scharenweise Auftreten von Krähen, gänzlich mied. Er glaubte nicht an Spätfolgen von Hitchcocks »Die Vögel«, den er als Kind gesehen hatte, aber allein die Vorstellung, von den gefiederten Nervensägen beobachtet zu werden, reichte aus, um ein unbestimmtes Grausen zu empfinden. Dabei waren Raben noch die anmutigsten Flugtiere. Groß und finster. Aus der Ferne betrachtet beinahe schön.

»Mandl. Sofort umdrehen. Geh, scheiße. Ich hab's gewusst. Von Anfang an gewusst ...«

Genervt nestelte Trost an seinem Ohr und steckte den Stöpsel in seine Manteltasche. Schweigen. Herrlich.

So kindisch, ihn *Schwarzes Mandl* zu nennen, einen geheimnisvollen Geist, der einer alten Sage aus Wies entstammte, konnte nur ein Typ vom BK sein. Manche Polizisten lebten in einer mystischen Scheinwelt, die den Kollegen zu denken geben müsste. Immerhin träumten sie von Schwertkämpfen und Zaubersprüchen, obwohl sie mit geladenen Waffen herumliefen. *Schwarzes Mandl*, das war die Idee von Einsatzleiter Reinfried Schwarz gewesen. »Schwarzbart«, wie er hinter seinem Rücken genannt wurde, hatte sich mit zunehmender Dauer der bislang völlig erfolglosen Fahndung als nervöser und kleinlicher Einsatzleiter entpuppt, den jede Abweichung von seinem Plan sofort aus der Fassung brachte. Um seine Schimpftiraden nicht in sein Nervenkostüm vordringen zu lassen, zauberte Trost sich jetzt ein seltenes Lächeln auf sein vom ständigen Nachdenken zerfurchtes Gesicht. »Schwarzbart« – oder besser »Blackbeard«, wie sie den Burgenländer heimlich nannten – war ein Pirat, der sich angeblich im Gefecht seinen Bart angezündet hatte, um noch furchterregender zu wirken. Verrückter Hund. Trost schmunzelte. *Verrückter Burgenländer.*

Fast enttäuscht blickte Zeus zu ihm hoch, als Trost nur eine Plastikflasche Mineralwasser an der Imbissbude kaufte und sich damit an einen der Stehtische davor postierte. Diese Kasteiung war gerade für einen mit so unstillbarem Hunger ausgestatteten Hund wie ihn vollkommen unverständlich. Auch der Würstelmann, ein Kahlschädel mit Stoppelbart, vollen Lippen und traurigen Augen, schien die fleischlose Bestellung kommentieren zu wollen, beschloss dann aber doch, es nicht zu tun.

Es ist vielleicht dreist, das zu behaupten, aber wer weiß, wie alles gekommen wäre, hätte Trost sich in diesem Moment für Käsekrainer mit Zwiebelsenfragout entschieden und damit die nächsten Stunden unweigerlich einen intensiven Mundgeruch mit sich getragen, samt den wohl oder übel unvermeidlichen Rülpsern. Vieles wäre dann wohl anders gekommen. Vieles Schöne hätte er nicht erlebt. Ob er dann aber nicht auch den Schrecken entgangen wäre, die ihn nun erwarteten?

Eine beinahe greise Frau, die schwere Einkaufssäcke mit sich schleppte, hielt an Trosts Seite inne und machte eine Pause, nicht ohne sich dabei zu Zeus hinunterzubeugen und ihn zu streicheln.

»Was ist denn das für ein Süßer? Wie mein Mandl«, rief sie und blitzte Trost dabei an. »Das ist damals einfach abgehaut. Ich hab im Café Promenade gewartet. Das war schlimm. In einer Stunde, hab ich mir gesagt, wird er wieder zurück sein, mein Mandl. In einer Stunde. Aber er kam nicht, da hab ich mir gedacht, ich setz ihn vor die Tür, wenn er später wieder auftaucht. Ich hab die Schnauze voll von ihm gehabt. Von seinen Alleingängen. Vor die Tür, verstehst?« Mit diesen Worten packte die Alte die Einkaufstaschen wieder und ging weiter.

Trost rollte mit den Augen. Offenbar waren bei Schwarzbarts Operation Damen im Einsatz, die er gar nicht kannte, denn Anne Lemberg konnte es ja wohl kaum gewesen sein. Oder doch? Hatten sie bei der Polizei in seiner Abwesenheit etwa die Verkleidungstechniken verbessert?

Sein Blick fiel auf den Würstelbudenmann.

»Die Depperten sterben nie aus«, stellte dieser fest, kratzte sich am Stoppelkinn und fischte mit einem Zahnstocher ein Stück Wursthaut zwischen seinen Backenzähnen hervor. »Ich hab auch Glühwein. Den braucht man manchmal, um die Leut zu ertragen.«

Trost blies hörbar Luft durch die Nase und machte ein zustimmendes Gesicht. Eine Minute später belebten ihn der Zucker und der Wein und die Hitze aus dem Becher. Sie prosteten einander zu.

»Anderl«, sagte der Würstelmann.

»Armin«, erwiderte Trost.

Heiß und süß flutete der Alkohol seinen Körper und machte ihn mutig. Er fragte sich, ob es reichen würde.

»Kommt drauf an, was du vorhast«, sagte der Würstelmann, und Trost warf ihm einen unsicheren Blick zu.

10

Frühstück bei Tiffany

Auf dem Weg durch den Stadtpark, der durch die vereinzelten Flocken und etwas Raureif silbern schimmerte, ließ er Zeus einige Meter vorauslaufen. Dann blieb Trost stehen, machte einen klackenden Laut mit Zunge und Gaumen und klopfte mit der flachen Hand auf den Oberschenkel. Zeus drehte sich beinahe ansatzlos um, lief auf Trost zu und verharrte wie angewurzelt an seiner Seite.

Die prompte Reaktion des Hundes überraschte ihn, und er tätschelte ihn liebevoll. »Braver Junge, brav.«

Dann schaute er ihn unschlüssig an. Er hatte mit Hunden, mit Tieren ganz allgemein, immer wenig anzufangen gewusst. Was erwartete der Hund jetzt von ihm? Eine Belohnung für einmal Herkommen? Und was erwartete *er* eigentlich von ihm? Dass er ihm in der Früh die Zeitung brachte? Zur Begrüßung jedes Mal übers Gesicht schleckte?

»Okay«, sagte er, und Zeus rannte wieder voraus.

Bis er das Kaffeehaus erreichte, hatte er die Übung mehrmals wiederholt, sie funktionierte stets reibungslos. Dann tat ihm der Hund fast leid, auch wenn er offensichtlich Spaß daran hatte. Aber es machte ja keinen Sinn, dachte Trost, den armen Kerl ständig weglaufen zu lassen, um ihn dann wieder an seine Seite zu rufen. Vor, zurück, vor, zurück. Wie ein Zirkushund. Sinnlos.

Trost betrat das Café Promenade und fand den Treffpunkt im selben Augenblick reichlich überkandidelt. Früher war das Kaffeehaus zwischen Stadtpark und Burgtor relativ normal gewesen, seit der Übernahme durch ein erfolgreiches Grazer Gastro-Ehepaar avancierte es nun zu einer Topadresse mit Kellnern, die einen schon am Eingang abfingen und den Leuten aufdringlich Tische zuwiesen; ihm waren jedoch Lokale lieber, die nicht so viel Aufhebens um ihre Besucher machten. Nach einem abschätzigen Blick und der knappen Ankündigung, er werde erwartet, scharwenzelte der Kellner vor Trost her durch den kleinen Saal. Der Ermittler glaubte ein paar Gesichter zu erkennen – einen Politiker, einen Buchautor und …

»Oh, das ist aber ein Zufall.« Er blieb wie angewurzelt an einem der Tische stehen und stellte fest, dass ihm der Satz herausgerutscht war. Und auch dass er innegehalten hatte, war eigentlich gar nicht gewollt gewesen. Sein Körper tat Dinge, die er ihm gar nicht befohlen hatte.

Eva Schön blickte von einem Buch auf und warf Trost einen reservierten Blick zu, doch ehe sie die Ablehnung, die sich auf ihren Lippen abzeichnete, aussprechen konnte, riss sich Trost die Brille von der Nase und die unsägliche Pelzhaube vom Kopf.

»Ich bin's nur, Ihr neuer Nachbar.«

Eva Schön hielt das Buch immer noch aufgeschlagen vor sich und in der anderen Hand eine Tasse Tee. Sie trug auch hier drinnen die Brille, hinter der eine abschätzig hochgezogene Augenbraue sichtbar wurde, nur den Hut hatte sie diesmal abgelegt. Das braune Haar hatte sie im Nacken hochgesteckt, lose Strähnen fielen ihr über die Wangen.

»Ich wollte Sie nicht stören. Ich bin zufällig hier. Ich meine, wegen eines Termins. Es ist nicht so, wie es scheint …«

»Ach«, lächelte sie jetzt, wobei sie ihn amüsiert taxierte. »Wie *scheint* es denn?«

Trost warf ihr einen verwirrten Blick zu. Was hatte er da gerade gestammelt? Warum redete er so seltsames Zeug? Das war doch sonst gar nicht seine Art.

Der Kellner kam retour und zeigte auf einen Tisch im Eck. »Die Herrschaften erwarten Sie dort hinten, mein Herr.«

Trost blickte auf und bemerkte zwei Silhouetten im Gegenlicht. Er winkte ihnen zu und bedeutete ihnen zu warten, ignorierte jedoch den Kellner. Er knöpfte den Mantel auf, ein schwarzes Hemd kam zum Vorschein.

»Sie sehen aus, als wollten Sie jemand anderes sein«, sagte Eva Schön und machte eine Kopfbewegung in Richtung des zerschlissenen Mantels.

»Sie meinen: schmutzige Schale, sauberer Kern?« Trost schmunzelte. »Darf ich mich einen Augenblick zu Ihnen setzen?«

Ihr Lächeln wurde mit einem Mal breiter. Sie nahm die Brille ab, große Augen, die in tiefes Braun getunkt waren, schimmerten ihn an.

»Wenn die Herrschaften, die Sie erwarten, nichts dagegen haben.« Sie klappte das Buch zu und wies mit der freien Hand auf einen Stuhl. »Gerne.«

Trost setzte sich und legte Mantel und Mütze auf den Schoß. »Frühstück bei Tiffany?«

»Capote«, erklärte Eva Schön. Trost nickte. Der Titel des Buches sagte ihm etwas.

»Beruflich?«

Überrascht lichtete sich die Miene der Frau. »Wie kommen Sie darauf?«

»Intuition.«

»Sie haben recht. Ich spiele in dem Stück, das derzeit im Schauspielhaus gezeigt wird.«

»Ah, eine Schauspielerin ...«

Sie betrachtete ihn weiterhin vergnügt und ohne zu blinzeln. Ein offener, interessierter Blick, der etwas Magnetisches hatte, sodass er immer noch nicht ganz zu sich selbst zurückfinden konnte. »Wenn wir schon dabei sind ...«, sagte sie. »Mit wem habe ich eigentlich das Vergnügen?«

Trosts Gesicht wurde heiß. Er hatte sich tatsächlich an den Tisch seiner Nachbarin gesetzt, die er erst vor ein paar Tagen kennengelernt hatte, knetete eine ordinäre Pelzhaube in seinem Schoß, als erhoffte er sich, darin geeignete Worte zu finden, und hatte völlig darauf vergessen, sich vorzustellen. »Mein Name ist Armin«, sagte er etwas zu schnell. »Armin Trost. Ich bin Polizist.«

Oh mein Gott. Was war das? Mein Name ist Armin, ich bin Polizist. Das klingt doch wie: Mein Name ist Armin, ich bin Alkoholiker.

»Nein!« Eva Schöns Augen wurden eine Spur größer, und Trost wurde fast schwindelig von ihrem Anblick.

»Doch.«

Sie krümmte ihren Rücken und beugte sich verschwörerisch über den Tisch. »Welche Art von Polizist? Undercoveragent? Deshalb die Mütze und der Mantel? Ermitteln Sie etwa *hier*?« Sie blickte sich so auffällig unauffällig um, dass jedermann im Raum, der sie in diesem Moment beobachtete, erkennen musste, dass sie ihn verarschte.

Trost wusste, dass sie genau das beabsichtigte, grinste dennoch und hob lässig die Schultern. »Wer weiß?«

In diesem Moment bemerkte Eva Schön den Hund und stieß einen spitzen Schrei der Verzückung aus. Der in eine Zeitung vertiefte Politiker neigte seinen Kopf und wandte sich über seine Lesebrille schauend ihr zu. Er hatte sich im ersten Augenblick unzweifelhaft gestört gefühlt, setzte beim Anblick der Frau aber dann doch ein gutmütiges Gesicht auf.

»Ist der süß. Darf ich ihn streicheln?«

»Ich kann mir nicht vorstellen, dass er etwas dagegen hätte.«

Dass irgendjemand etwas dagegen hätte, dachte Trost.

»Also?«

»Was?«

»Ermitteln Sie gerade?«

»Ach so, nein.« Trosts Gesicht behielt einen unnatürlich geröteten Ton. »Im Moment nicht. Darf ich Sie auf einen Drink einladen, jetzt, wo ich Sie vom Lesen abgehalten habe? Worum geht es in dem Stück eigentlich?«

Die Antwort darauf blieb ihm die Schauspielerin jedoch schuldig, denn Trost zuckte unter einem Zischen des wieder in seinem Ohr steckenden Stöpsels zusammen. »Mandl, sind Sie noch ganz bei Trost? Mandl! Na warte, das gibt einen Rapport. Aber so was Deppertes auch. Alle anderen bleiben auf Position, verstanden? Die ganze Steiermark bleibt auf Position.«

Und dann, gerade als Trost den Arm heben wollte, um etwas zu bestellen, tauchte der Kellner erneut an seiner Seite auf. »Es tut mir leid«, murmelte er, »ich soll Ihnen ausrichten, die Herrschaften, die auf Sie warten, geben Ihnen nicht mehr viel Zeit …«

»Das haben sie gesagt?«

»Genau das.« Und für den Bruchteil einer Sekunde hatte der Kellner etwas Kindliches an sich. Als müsste er um Verzeihung bitten, weil er soeben etwas zerstört hatte.

Als Trost seinen Blick auf Eva Schön richtete, hatte diese wieder die Sonnenbrille im Gesicht, in der er sein Spiegelbild sah. Er stand auf, entschuldigte sich umständlich, drehte sich schließlich weg und ging auf zwei finstere Kerle zu.

11

Schwarzbart

Reinfried Schwarz war entgegen seinem Spitznamen Schwarzbart zwar alles andere als ein verwahrloster Pirat, irgendetwas an ihm, fand Trost, machte dennoch den Eindruck, als befände er sich auf Kaperfahrt. Der Leiter der Operation war in Schwarz und Grautönen gekleidet, die ganz gut zu seinem südländischen Teint und den dunklen Haaren passten, aber sie wirkten auch wie eine Uniform. Als hätte er sie aus der Asservatenkammer für Undercover-Überwachungen hervorgeholt. Schwarzer Rollkragenpullover, graue Hose mit Seitentaschen, halbhohe Stiefel. Die Jacke hatte er auf eine freie Sitzbank am Tisch gelegt, und Trost meinte, die Konturen einer Faustfeuerwaffe darunter auszumachen.

Trost war diesem Mann noch nie zuvor begegnet, kannte ihn aber von Erzählungen her als akribischen Einsatzleiter des Bundeskriminalamts, kurz BK. Schwarz galt als Spezialist für verdeckte Ermittlungen, als Beobachter, der seine Gesichtszüge so verschlossen halten konnte wie eine Faschingsmaske. Und er war berüchtigt dafür, dass er die Dinge, die ihm durch den Kopf gingen, schnell und ohne Vorwarnung aussprach.

»Ich könnte mir vorstellen«, sagte er, kaum dass sich Trost gesetzt hatte, »dass es Sie stört, diese Operation in Ihrer Heimatstadt nicht zu leiten. Da geht es Ihnen vielleicht wie Major Gierack, dem das auch schwerfällt zu akzeptieren. Aber es ist, wie es ist, sagte schon Erich Fried.«

Der meinte aber damit die Liebe und nicht die Eifersucht, dachte Trost, sprach es aber nicht aus. Im Übrigen machte es ihn für einen Moment geradezu fassungslos, in einem Atemzug mit Gierack genannt zu werden.

»Ich habe schon davon gehört, dass es in Graz oft schwierig ist, eine Linie hineinzubringen. Ihr seid Sturschädel, die nach eigenen Regeln arbeiten. Vor allem *Sie* sind so ein Exemplar. Oststeirische Wurzeln. Joglland, Waldheimat, Semmering, egal.« Schwarz beugte sich über den Tisch und ballte die Faust. »Verstengan S' mich nicht falsch, mir gefällt das eh. Ich bin selbst ein Sturschädel. Bin ja Burgenländer. Aus dem Südburgenland noch dazu. Kaum hundert Kilometer Luftlinie entfernt.« Er blies ein lautloses Lachen durch die Nase. »Da sind wir uns also sehr ähnlich. Aber dieser Fall ist nun einmal zur Chefsache erklärt worden, Leutnant Trost. Wir spielen alle unsere Rollen. Und die Rollen sind eben so vergeben worden, wie sie sind. Ihrem Vorgesetzten wurde die Leitung bekanntlich entzogen, nachdem da einiges im Dunkeln liegt, wie Sie selbst zuletzt aufgedeckt haben. Die Interne prüft nach diesem spektakulären Hexenfall immer noch, ob es seltsame Verwicklungen gibt. Übrigens sind Sie auch nicht aus dem Schneider, da Sie damals wieder im Alleingang ermittelt haben. Aber ich wollte Sie in dieser Sache trotzdem dabeihaben. Schließlich haben Sie wieder einmal alle aufgeschreckt. Aber ich warne Sie. Es gibt nichts an den Strukturen und Rangordnungen zu rütteln. Für Sie gilt: mitmachen oder rausfliegen. Aber dann endgültig, das kann ich Ihnen versichern. Ganz einfach. Verstanden?«

Die gepressten Worte des Burgenländers dürften am Nebentisch bestenfalls als basiliskenhaftes Zischen zu vernehmen gewesen sein, nichtsdestotrotz mussten sie aber Interesse wecken. Wer in der Öffentlichkeit so energisch flüsterte, dem hing man quasi an den Lippen, ob man wollte oder nicht. Der Hofrat am Nebentisch – es musste ein hoher Grazer Beamter sein, so wie er sich kleidete, mit Sakko, Weste, Hemd, Krawatte, Siegelring und buttrigweißer Haut –, dieser honorige Bürger, blickte dennoch kein einziges Mal hoch. Er schlürfte seinen Großen Braunen und las eine der großformatigen deutschen Zeitungen, die im Handyzeitalter fast schon anachronistisch wirkten.

Am Tisch mit Schwarz und Trost saß noch »der Graf«, Reinhard Maria Hinterher, Lembergs rechte Hand im Landeskriminalamt, ein Trost nicht unbedingt wohlgesonnener Ex-Kollege, buhlte er doch um Anne Lembergs Gunst – und zwar in jeder

Beziehung. Und Lemberg wiederum rang seit Jahren um Trosts Nähe. Eine allzu komplizierte Situation, fand Trost, der nicht anders konnte, als verstohlen einen Blick hinüber zu Eva Schön zu werfen, die sich wieder in ihren Roman vertieft hatte.

»Leutnant Trost«, zischte Schwarz jetzt eine Spur energischer und packte ihn am Oberarm. »Ich frage Sie: Sind Sie einsatzfähig, oder soll ich Sie abziehen? Ich kann niemanden gebrauchen, der nicht voll bei der Sache ist. Wir lösen den Fall im Team, als geschlossene Einheit. Keine Alleingänge, basta.«

Da wandte sich Trost ihm so plötzlich zu, dass Schwarz unwillkürlich zurückwich. Trost wusste um seine Wirkung, denn wenn er sich aufregte, wich der verträumte Ausdruck jäh aus seinen Augen und jegliche Entrücktheit aus seinem Gesicht. »Machen Sie das nie wieder«, knurrte er. »Ich bin *immer* bei der Sache, ob es so scheint oder nicht, ist mir egal. Und es ist mir auch egal, ob Sie das, was ich tue, als Alleingänge einstufen oder nicht. Sie sind wegen mir hier, vergessen Sie das nicht. Ohne mich gäbe es gar keinen Fall.«

Schwarz presste seine Zähne so fest aufeinander, dass er seine Worte nur mühsam, fast kanzlermäßig herauspresste und den Mund dabei kaum öffnete. »Ja genau. Wir sind wegen *Ihnen* hier. Nur deshalb, vergessen Sie das nicht. Wenn Sie das versauen, nagle ich Sie ans Kreuz.«

»Was Leutnant Trost damit sagen will, ist«, mischte sich der Graf jetzt geflissentlich ein, »dass er *intuitiv* handelt. Wir sollten uns diese Gabe zunutze machen. Es bringt ja niemandem etwas, wenn wir das aggressiv angehen.«

Trost konnte seine Überraschung über Hinterhers Worte wohl nicht verbergen, denn der Hauch eines freundlichen Lächelns zeichnete sich auf dem Gesicht des Grafen ab.

»Ausnahmsweise muss ich Ihnen recht geben, Hinterher. Sie sollten sich das *zunutze machen*, wie Sie es formulieren, und keine unnötige Zeit verlieren«, sagte Trost jetzt wieder beinahe gleichgültig. Er griff nach seiner Jacke. »Und jetzt entschuldigen mich die Herren bitte. Ihr könnt euch in der Zwischenzeit neue Codenamen für die verdeckte Ermittlung einfallen lassen oder euch ein steirisches Sagenbuch kaufen, mir egal. Ich habe zu tun.« Er schob den Stuhl zurück und stand auf. »Wer hat sich als Treffpunkt übrigens dieses Kaffeehaus ausgesucht? Es gibt kaum einen Ort in Graz, der sich weniger für konspirative Treffen eignet. Hier kennt jeder jeden, hier sieht jeder jeden, und hier hört jeder jeden.«

Bei diesen Worten hob der Hofrat am Nebentisch den Kopf und tat so, als würde er sinnierend aus dem Fenster blicken. Schwarz funkelte den Grafen an, der unwillkürlich den Kopf einzog.

Trost wandte sich ab und ging zwischen den Tischreihen hindurch. Sie sahen noch, wie er ein paar Worte mit der Dame wechselte, an deren Tisch er zuvor gesessen war. Dann stand sie auf, und sie verließen gemeinsam das Lokal.

Schwarz und der Graf hingen jeweils ihren Gedanken nach.

»Wer zum Teufel ist das?«, raunte der Einsatzleiter schließlich.

»Ich habe keine Ahnung, wie er das macht«, antwortete der Graf stattdessen auf eine Frage, die er sich selbst gestellt hatte und die nicht verhehlen konnte, dass er Trost in manchen Momenten durchaus bewunderte.

»Und ich frage mich auch«, sagte Schwarz, »wie wir aus dieser Sache wieder herauskommen. Das ist alles ein hanebüchener Witz. Wenn an die Öffentlichkeit dringt, dass wir seit Tagen einem Phantom hinterherjagen und null Erfolg vorweisen können, sind wir es, die hingerichtet werden. Dann war's das. Dann können wir uns alle beim AMS anmelden.«

Der Graf schnalzte mit der Zunge. »Und alles nur wegen ihm. Weil alle ihm immer alles glauben.«

Schwarz machte schmale Augen. »Und weil er ein verdammter Held ist.«

»Ja«, raunte der Graf. Eine Wolke musste sich vor die Sonne geschoben haben, denn sein Gesicht wurde finster. »Aber auch Helden fallen irgendwann. Und zwar besonders tief …«

12

Flucht vor der Fratze

Als sie das Kaffeehaus verließen, wankte Trost kurz und schüttelte den Kopf, als müsste er wieder ein Trugbild verscheuchen. In Wahrheit war es jedoch mehr als ein harmloses Phantasiegebilde gewesen, das über ihn hergefallen war, just in dem Moment, als er seinen Fuß auf den Gehsteig gesetzt hatte. Das aschfahle Gesicht aus seinen jüngsten Alpträumen war wieder aufgetaucht, diesmal zwischen den Linden, die die Erzherzog-Johann-Allee Richtung Burgtor säumten. Ohne sich zu rühren. Es hatte ihn nur angestarrt. Ihn so intensiv fixiert, dass er das fast wie eine körperliche Attacke gespürt hatte. Als Trost blinzelte, verschwand der Alptraum, und die Fratze war fort.

Eva Schön war offenbar verborgen geblieben, dass Trost kurz nach Luft geschnappt hatte, er hätte es ohnehin als harmlose Schreckhaftigkeit aufgrund einer nahezu durchwachten Nacht abgetan.

Sie bogen von der Allee in den Burggarten ab, ein Wegesystem zwischen raureifen Grünflächen mit Buschwerk und Zierbäumen. Unterhalb vom Balkon des Büros des Landeshauptmanns schlenderten sie vorbei Richtung Schauspielhaus. Auf einer kleinen Anhöhe strahlte die Orangerie jene würdevolle Leere aus, die Trost jedes Mal aufs Neue verwunderte, wenn er hier entlangging – was im Übrigen selten genug vorkam. Er hatte noch keine jener elitären Veranstaltungen erlebt, die hier stattfanden, konnte sich aber gut vorstellen, wie sich die in Weiß gekleideten Damen und die Herren im Anzug auf Stehtische verteilten und sich, akustisch untermalt vom Klang eines Streichquartetts, über die aktuelle kulturpolitische Situation in der Stadt unterhielten. Obwohl er die meiste Zeit frei zugänglich war, kam ihm der Burggarten wie der Vorgarten zu einem privaten Lustschloss vor, den er unerlaubt betrat. Seine Blicke huschten rastlos umher. Wenigstens ließen ihn seine Alpträume hier in Ruhe, und auch Schwarz unterließ es, Kommandos in den Ohrstecker zu brüllen.

Als sie das Schauspielhaus durch den zweiten Burghof erreichten, verabschiedete sich Eva Schön von ihm, und er realisierte plötzlich, dass das die ersten Worte waren, die sie seit Verlassen des Kaffeehauses gewechselt hatten. Sie waren tatsächlich in Schweigen gehüllt Seite an Seite durch den Burghof spaziert. Dieses Schweigen füllte sich im Nachhall mit Worten, und so hatte er das Gefühl, sie hätten einander damit mehr erzählt, als sie sich tatsächlich sagen hätten können.

Einen Moment lang war der Abschied so vertraut, dass Trost beinahe einen Kuss auf die Wange erwartete. Als er von dieser Vorstellung erwachte, war Eva bereits im Seiteneingang auf dem Weg zu ihrer Probe verschwunden. Er versuchte sich zu erinnern, wann er das letzte Mal mit einer Frau durch einen Park spaziert war. Ob er das überhaupt jemals gemacht hatte?

Trost blickte eine Weile auf die Glasfront des Schauspielhauses, lächelte noch einmal verträumt beim Gedanken an das beredte Schweigen der letzten Viertelstunde, ehe er sich umdrehte und nun den Dom betrachtete. Er seufzte. Es gab viele Orte in der Stadt, die eine Menge Geschichte atmeten. Dieser gehörte zweifellos dazu. Einen absurden Wimpernschlag lang hatte er sogar das Bedürfnis hineinzugehen, obwohl er Kircheninnenräume mied wie der Teufel das Weihwasser, was ihn manchmal zu dem Verdacht führte, er selbst wäre besagter Beelzebub. Er ging um das Gotteshaus herum und beäugte das vom Lauf der Zeit vollkommen verblasste Landplagenbild, ein Relikt aus dem Mittelalter, das davon erzählte, wie einst die Grazer unter allen möglichen Plagen gelitten hatten. Er bemerkte, wie sich ein Touristenpaar näherte. Die beiden trugen Rucksäcke, hielten jeweils ein Handy in der Hand und schienen sich an einem Routenplaner zu orientieren. Als sie des Bildes gewahr wurden, hob der Mann das Handy und setzte an, ein Foto zu machen. Er kniete sich hin, wechselte die Position, versuchte es von links und von rechts, doch immer wenn er das Ergebnis auf dem Display in Augenschein nahm, gab er genervte Geräusche von sich. Trost stand im Halbschatten des Mausoleums für Kaiser Ferdinand II., das so nah an den Dom herangebaut worden war, dass nur ein schmaler Durchgang die beiden Gebäude trennte. Seiner Meinung nach hätte die Fassade der Grabstätte ein besseres Motiv abgegeben.

Irgendwann hatte Trost es satt, das hartnäckige Paar zu beobachten, aber zurück zum Universitätsgelände wollte er auch nicht, da ihm das Begaffen der Gassen und Straßen dort sinnlos und stupide vorkam. Er wusste instinktiv, dass sie den Täter auf diese Weise niemals erwischen würden, und ahnte andererseits, dass es Gieracks Idee gewesen sein musste, ihn durchs eiskalte Gelände zu schicken. Sein einstiger Vorgesetzter, der ihn nicht ausstehen konnte, hatte Einsatzleiter Schwarz bestimmt den Floh ins Ohr gesetzt, Trost zum Dienst auf der Straße zu verdonnern, und während die anderen über ihn, den sonderbaren Kauz, der Alleingänge und Verkleidungen liebte, lachten, machten sie es sich in ihren warmen Stuben bequem.

So fasste Trost den Entschluss, lieber die Stufen in die mit Murnockerln bepflasterte Bürgergasse hinunterzugehen. Das schien ihm ohnehin die beste Möglichkeit, den hässlichen Bildern in seinem Kopf zu entkommen, die ihn seit seinem Erlebnis mit dem weißen Bus in der Schubertstraße immer wieder verfolgten. Er hatte das Gefühl, in der Innenstadt könne ihm nichts passieren, auch Gespenster liebten schließlich die einsamen Momente und konnten nichts anfangen mit Opfern, die allzu sehr vom Treiben der Welt abgelenkt waren und sich nicht aufs Grauen konzentrierten.

Er lief also geradeaus, entfernte sich vom Univiertel, bis er den Opernring querte und den Jakominiplatz erreichte, die größte planerische Niederlage der Stadt. Mit dem Rondo in der Mitte, das die Zentrale der Holding Graz Linien, besser bekannt unter dem alten Namen Grazer Verkehrsbetriebe, bildete, war es bereits um die markanten Punkte geschehen. Marktstandler, die ihre teuren Standmieten auf ihre Waren aufschlugen, ein Wildwuchs an Haltestellen, offenbar planlos gesetzte Bäume, ein Gewirr an Oberleitungen und ausgerechnet in Gelb gehaltene Beleuchtungskörper, dieser Platz war wahrlich nichts für Harmoniebedürftige. Für Trost allerdings war der Jakominiplatz stets ein Ort gewesen, der ihm ein dünnes, wissendes Lächeln ins Gesicht zauberte. Nicht nur weil er hier als Kind in den achtziger Jahren des vorigen Jahrhunderts seinen ersten Hamburger bei McDonald's gegessen hatte oder sich nostalgisch ans Opern-Kino erinnerte, in dem sich heute ein Supermarkt befand. Dieser Platz war immer schon vermurkst gewesen, auch wenn man einer so zierlichen Stadt wie Graz so viel Chaos kaum zutraute. Dennoch war es Trost ein Vergnügen, herauszufinden, wer von den Gestalten in dem Gewirr an Menschen *was* war. Taschendieb oder verdeckter Ermittler, Schwarzfahrer oder Kontrollor, Fremdgeher oder Sittenwächter? Der Jakominiplatz war stets Trosts Versuchsanlage. Hier konnte er seine Sinne testen. Hier konnte er prüfen, ob seine Sensoren auch bei großen Menschenansammlungen funktionierten.

Er querte den Platz fast vergnügt, als er plötzlich wie versteinert innehielt. Zwischen einer Gruppe Jugendlicher, die auf die Straßenbahn warteten, starrten ihm die kalten Augen eines haarlosen Monsters entgegen. Trosts Herz schlug schneller, und zum ersten Mal seit Wochen hatte er den Gedanken, dass diese Trugbilder einen tieferen Ursprung hatten. Unwillkürlich begann er zu schwitzen. Erst im Sommer hatte er sich wegen ständiger Kopfschmerzen und einer anhaltenden innerlichen Unruhe durchchecken lassen. Die Untersuchungen hatten Stunden gedauert, das Warten auf die Ergebnisse Tage. Die bangen Minuten beim Oberarzt auf der Onkologie des LKH Graz würde er nie vergessen. Die ausladenden Erklärungen des Mediziners, als er Trost den Zettel mit dem Untersuchungsergebnis mit langen, blutleeren Fingern über den Tisch geschoben und dann endlich in Worte gefasst hatte, was darauf stand. Die schlimmste aller möglichen Ursachen, ein Gehirntumor, konnte ausgeschlossen werden. Was Trost fast noch mehr verwirrt hatte, war die Tatsache gewesen, dass ihn die Diagnose erschütterte. Denn wenn es kein Tumor war, was dann? Woher kamen seine alptraumhaften Tagträume, seine Visionen, wenn nicht von einer sichtbaren Kopfkrankheit? Etwa von einer unsichtbaren Kopfkrankheit? Der Gedanke daran war fast noch schlimmer gewesen.

Er blinzelte sich den plötzlichen Schweiß aus den Augen.

Das schockierende Trugbild war verschwunden, und weil Zeus winselte – hatte er es auch gesehen? –, setzte er sich langsam in Bewegung, ehe er allzu großes Aufsehen erregte.

Trost bog in die Jakoministraße ein, wo er einen winzigen Buchladen aufsuchte, der ein Geheimtipp für Liebhaber von Krimis war, die in Kleinverlagen oder speziellen Editionen herausgegeben wurden. Schon beim Eintreten waren seine Ängste und Sorgen wie weggespült vom Meer der Geschichten, das ihn hier erwartete. Der Besitzer stand wie immer selbst im Geschäft, witterte sofort, dass Trost nach etwas Besonderem spähte, und rief: »Das einzige Verbrechen, das vor Weihnachten erlaubt ist, ist ein Wintereinbruch!« Der Mann ließ einen Moment verstreichen, gab sich dann aber mit dem müden Lächeln Trosts zufrieden und fügte versöhnlich hinzu: »Und solche, die in Büchern vorkommen, natürlich. Ich hätte da was für Sie …«

Keine zehn Minuten später schleppte Trost mehrere Kriminalromane und eine Biografie von Audrey Hepburn in einem Plastiksack durch die Stadt und machte sich auf den Rückweg Richtung Univiertel. Mittlerweile pfiff er ein Lied und fragte sich, wann er das letzte Mal so unbeschwert gewesen war. Ein Armin Trost, der im Gehen pfeift? Er kam sich im Augenblick selbst maßlos fremd vor, so launenhaft und wechselhaft in seinen Emotionen. Er musste jedoch zugeben, diesen Fremden durchaus zu mögen.

Zeus trabte während all dieser Zeit immerfort an Trosts Seite, blieb nicht etwa schnuppernd stehen, rannte nicht voraus, ließ sich nicht ablenken. Sogar der Hund schien sich keine Sekunde der guten Laune seines Herrn entgehen zu lassen. Er war ungemein wachsam, als wüsste er, dass er ihn vor sich selbst beschützen musste.

Die Kameras an den Hausfassaden und im Rondo am Jakominiplatz bewegten sich, fingen Mann und Hund ein. Folgten ihnen. »Mandl«, knarzte es in Trosts Ohrstöpsel. »Was zum Teufel machen Sie am Jakominiplatz? Wir brauchen Sie hier. Uns läuft die Zeit davon.« Und das klang mindestens so dringend wie die Aufforderung an die Hobbits, den verdammten Ring in den Feuern Mordors zu versenken.

Trost nahm wieder einmal den Stöpsel aus dem Ohr und steckte ihn ein. Dann klopfte er sich auf den Oberschenkel und stellte überrascht fest, dass Zeus sofort an seiner Seite war. Trost ging in die Knie und streichelte ihn. Wuselte sich durch sein dichtes Fell. Nach einem leise gesprochenen »Okay« rannte der Hund wieder drei Schritte voraus. Zeus war wie sein Schatten. Mehr noch: das einzige Wesen, das sich in seiner Nähe wohlfühlte. Und plötzlich durchflutete ihn eine nie geahnte Zuneigung zu dem Tier. Fast betroffen darüber erhob sich Trost und wunderte sich über sich selbst.

13

Im Bann des Märchenwalds

Des Weiteren geschah an diesem Tag nichts Außergewöhnliches, außer dass Armin Trost sich mit Zeus an seiner Seite wieder auf den Weg durch die Gassen machte, um das Hundetraining fortzusetzen. Es lag ihm nichts daran, aus Zeus ein abgerichtetes Zirkustier zu machen, er wollte lediglich vermeiden, alle paar Minuten ins Stiegenhaus zu laufen, um nach dem Päckchen mit den Büchern zu sehen, das er vor Eva Schöns Wohnungstür abgelegt hatte. Denn natürlich hatte er die Bücher nicht für sich selbst gekauft, sondern für sie. Seit Stunden dachte er an nichts anderes als daran, dieser fremden Frau ein Geschenk zu machen. Trost schüttelte den Kopf, um auf andere Gedanken zu kommen, beugte sich zu Zeus und kraulte ihn ausgiebig hinter den Ohren.

Der Tag neigte sich dem Ende zu, und Trost fragte sich nicht zum ersten Mal, was es bringen sollte, stundenlang ein Stadtviertel zu observieren, ohne zu wissen, wen oder was er eigentlich suchte. Sie hatten nichts in der Hand, keine Spur, kein Detail. Wonach sollte er also Ausschau halten?

Er hatte sich dennoch wieder den Stöpsel ins Ohr gesteckt und folgte den grotesken Anweisungen, die ihn von der Parkbank zur Haltestelle und quer durchs Univiertel führten. Es dämmerte bereits, als die Operation mit einem krächzenden »Grimm, Ende« für heute abgebrochen wurde. Einmal mehr fühlte Trost sich verarscht, Schwarz hatte sich tatsächlich den Namen der Märchensammler gegeben, und sie alle waren seine Märchenfiguren.

Es hatte wieder leicht zu schneien begonnen, und im gelben Licht der Straßenlaternen schimmerten die Flocken wie Feenstaub. Trost blickte sich um und stellte überrascht fest, dass er nach seinem irrlichternden Abendspaziergang durch den halben

Stadtbezirk an einem Ort gelandet war, den er bislang noch nie betreten hatte: die Hainbuchenallee am Rosenhain.

Auch Zeus stand überrascht und wie angewurzelt am Weg, der durch verknotete und knorrige Baumwesen hindurchführte. Wie weißer Staub hatte hier der Neuschnee den Waldpfad mit einer dünnen Schicht überzogen, und Trost rang mit der Entscheidung, die nach der Ärztin Oktavia Aigner-Rollett benannte Allee weiterzugehen und damit mit seinen Fußabdrücken den Zauber der Unberührtheit zu durchbrechen oder mit diesem magischen Bild vor Augen einfach umzukehren. Es war selbst für eine kleine Stadt wie Graz ungewöhnlich, einen Weg zu beschreiten, den nicht Minuten zuvor bereits ein anderer gegangen war.

Die Verlockung war schließlich zu groß, und so schritt Trost aus und betrat den Märchenwald mit den Gedanken an einen merkwürdigen Fall und an eine seltsame Begegnung im Stiegenhaus, doch beides streifte ihn diesmal bloß wie eine ferne Erinnerung. Viel magischer zog ihn an, was er im Augenblick wirklich sah und spürte. Die vollkommene, alles in samtige Weichheit dämpfende Stille, wie sie nur frisch gefallener Schnee zu bilden vermochte. Es hätte ihn nicht gewundert, wenn jetzt tatsächlich Wesen aus Märchen aufgetaucht wären, eine runzlige Sagengestalt zum Beispiel oder irgendein grell gekleideter Prinz auf einem silbrig schimmernden Pferd. Im Abendlicht der spärlichen Laternen zitterten die Eiskristalle an den Blättern, und es schimmerte gerade noch so viel Grün und Braun durch die eisige Umgebung, dass man direkt fühlen konnte, wie überrascht die Welt von dieser plötzlichen Eiskaltstarre war.

Nach ein paar Minuten in einer Kulisse, die ihn mittlerweile vollkommen vereinnahmt hatte, erreichte Trost eine Bauruine, die jetzt, im Schatten einer nahenden Winternacht, noch trister wirkte. Das Jesuiten-Refektorium, das im 16. Jahrhundert als Erholungsheim für Ordensmitglieder gebaut worden war, galt seit Jahren als Schandfleck, der längst revitalisiert werden müsste. Wobei in Graz mitunter auch einige Stimmen dagegen wetterten, da zu befürchten war, dass dabei das umliegende Gestrüpp zu beseitigen wäre, immerhin ein romantisches Ensemble von Felsrosen und Felsenbirnen, das von einem Vogelkirschbaum und zwei Vogelbeerbäumen umgeben war, botanische Besonderheiten, die von Kennern geschätzt und mitunter durch wilde Protestschreiben an Rathaus und Medien verteidigt wurden. Der Anblick der Ruine irritierte Trost, ehe er ihm einen Seufzer entlockte und er das Bedürfnis hatte, sich mitten auf dem Weg in den Schnee zu setzen. Und wenn Trost ein Bedürfnis hatte, dann gab er dem auch meist nach. So geschah es, dass er am Boden saß, als plötzlich eine Gestalt vor ihm auftauchte, die aus dem Dickicht getreten war, als hätte sie nur darauf gewartet, Trost vorteilhaft gegenüberzutreten. Ihr Auftritt kam so überraschend, dass auch Zeus völlig überrumpelt an Trosts Seite hechelte und dem sich nähernden Schatten einen unpassenden Dackelblick entgegenwarf, anstatt anzuschlagen und seinen Herrn zu beschützen. Während Trost spürte, wie sein Hosenboden nass vom Schnee wurde, kam die Gestalt ans Licht und hatte Trosts volle Aufmerksamkeit. Vor allem, weil sie eine Pistole auf ihn richtete.

14

Die Bestie

»Hetzen Sie nicht gleich Ihre Bestie auf mich. Ich wollte Sie nicht erschrecken.«

Trost bezweifelte, dass Zeus sich tatsächlich auf jemanden stürzen würde, schon gar nicht wie eine Bestie, doch als er dem Hund einen Seitenblick zuwarf, wurde er eines Besseren belehrt. Zeus hatte einen düsteren Blick aufgesetzt, die Lefzen spannten sich und brachten beeindruckende Zähne zum Vorschein. Ein tiefes Grollen rollte aus ihm hervor.

Trost streichelte den Hund und wisperte ihm beruhigende Worte zu. »Ganz ruhig, Zeus. Der Mann ist wahrscheinlich nur verrückt geworden, weil er immer noch die Waffe in der Hand hält.« Er musterte die sich nähernde Silhouette mit einem drohenden Blick. »Verrückt und lebensmüde. Ich rate Ihnen, die Waffe wegzustecken, der Hund kann das nicht ausstehen.«

Zeus senkte den Kopf und schlich langsam auf den Fremden zu.

»Trost? Ich sagte, pfeifen Sie die Bestie zurück, sonst muss ich den Hund erschießen. Und dann Sie.«

»Zeus«, sagte Trost genervt, und der Hund blieb stehen, dachte kurz nach und kehrte wieder zurück an seine Seite, wo er sich gleichgültig in den Schnee setzte. Da stellte Trost fest, dass sie nun so viele Spuren im Schnee hinterlassen hatten, dass der magische Moment der Unberührtheit endgültig verflogen war. Unberührt oder gar unschuldig war jetzt gar nichts mehr.

»Sie sind unvorsichtig, Trost. Ich hätte nicht gedacht, dass es so einfach wäre, Sie um die Ecke zu bringen. Wie das ausgesehen hätte, Trost im Schnee sitzend mit einer Kugel im Kopf.«

Trost verkniff sich die Bemerkung, dass er kaum noch sitzen

würde, hätte er eine Kugel im Kopf. Jetzt stand der Fremde im Licht einer gelblich schimmernden Laterne vor ihm und steckte die Waffe wieder ein. Es war Schwarz, der ihn hier draußen in dem Stadtwald gestellt hatte, und Trost hatte nicht das Gefühl, dass es sich um ein zufälliges Treffen handelte.

Der Einsatzleiter blickte sich um und machte ein anerkennendes Gesicht, soweit überhaupt Mimik in dem behaarten Gesicht zu bemerken war. »Ein lauschiges Plätzchen, Ihr Spazierweg, muss man schon sagen. Das alles wirkt wie aus einem Buch gezaubert. Ein Märchenwald.«

»Verstehen Sie mich bitte nicht falsch, ich finde es beachtlich, wenn Männer unseres Metiers Bücher lesen. Aber es ist schon erstaunlich, dass Sie Hunde als Bestien bezeichnen, von Märchenwäldern reden, Ihren Leuten bei einem Einsatz Codenamen aus der Sagenwelt geben und sie dann noch dazu mit einer Waffe bedrohen.«

Schwarzbarts Lachen wurde von einem plötzlich aufkommenden Winterwaldrauschen verschluckt. Einen Moment lang konnten sie nicht sicher sein, ob es ihre Worte überhaupt noch schaffen würden, gehört zu werden.

»Wow, wow, wow«, machte Reinfried Schwarz, was eigentümlich wie ein Filmzitat klang. »Jeder hat so seine Eigenheiten. An meine werden Sie sich gewöhnen müssen«, versetzte er schließlich. »Ich gebe mir im Gegenzug auch Mühe, Ihre zu akzeptieren. Apropos.« Schwarz bedeutete ihm, ein Stück gemeinsam zu gehen. »Was ist das eigentlich? Haben Sie irgendeine Krankheit, das Asperger-Syndrom oder so? Macht Sie das so anders?«

Trost hatte nicht vor, sich provozieren zu lassen.

»Nicht falsch verstehen«, spielte Schwarz offensichtlich auf Trosts Formulierung von vorhin an. »Ich will nur wissen, woran ich bei meinen Leuten bin. Und wenn jemand darunter ist, der eine Art Autist ist, dann ist das gut zu wissen. Denn Autisten haben Fähigkeiten, die andere nicht haben. Sie sehen also, ich betrachte das durchaus positiv. Ich hab auch schon viel von Ihnen gehört. Natürlich hab ich das. Wer nicht? Aber ich möchte von Anfang an etwas klarstellen. Wir haben in diesem Fall nicht viel Geduld. Genau genommen haben wir schon mehr davon bewiesen, als uns allen guttut. Wir sind Ihnen gefolgt, und Sie und ich wissen – nein, *alle* wissen –, dass es General Pankraz ist, der Sie noch im Spiel hält. Er vertraut Ihnen. Warum, das kann niemand so richtig nachvollziehen. Aber ich rate Ihnen dennoch, missbrauchen Sie dieses Vertrauen nicht.«

»Das habe ich nicht vor.«

Schwarz kam näher und machte ein ernstes Gesicht. »Sie sind lange genug im Geschäft, um zu wissen, dass Ihre Karriere auf des Messers Schneide steht. Dieser Fall stagniert. Wir haben nichts. Keine Spur. Gar nichts. Jeder Tag kostet Geld. Immens viel Geld. Und wenn die Medien davon Wind bekommen, läuft Gierack zur Höchstform auf. In diesem Fall wird er uns die Meute aber nicht vom Leib halten. Ich habe die Befürchtung, dass er Schuldige sucht, da er ja selbst nicht involviert ist. Und die Betonung liegt auf: *einen* Schuldigen.«

»Aber Sie und ich wissen auch, dass diese Mädchen nicht einfach nur in den nächstbesten Zug gestiegen sind. Denen ist etwas passiert.«

»Ehrlich gesagt nein, Trost. Ich weiß das nicht. Aber ich kenne den General lange genug, und er kann sich auf meine Loyalität verlassen. Wenn er Ihnen vertraut, tue ich das auch. Bis zu einem gewissen Grad jedenfalls. Was ich Ihnen zugestehen kann, ist, dass auch ich das Gefühl habe, dass hier etwas Übles im Gang ist. Etwas *wirklich* Übles. Aber wir brauchen endlich Ergebnisse. Und zwar bald. Denn wenn wir keine liefern, gibt es Bauernopfer. Und Sie glauben gar nicht, wie viele *Sie* gerne als Bauernopfer sehen würden.«

»Oh, ich glaube, das weiß ich durchaus.«

Schwarz schnalzte mit der Zunge und packte Trost am Arm. »Hören Sie auf, verdammt noch mal. Hören Sie auf, spazieren zu gehen. Tun Sie etwas Nützliches.«

Ungläubig blickte Trost auf die Krallen, die sich in seinen Oberarm bohrten. Schwarz wurde wieder zu Blackbeard. Er tat es also schon wieder, und doch beherrschte er sich diesmal.

»Das ist genau das, was ich unter *etwas tun* verstehe. Mit dem Spazierengehen fing alles an, also mache ich damit weiter.«

Schwarz seufzte, steckte seine Hände in die Hosentaschen und streckte seine Ellbogen durch. Er schob sein Kinn unter den Schal, der seinen Hals bedeckte. »Ich habe eine Antwort in dieser Art befürchtet. Ich bitte Sie deshalb lediglich, einen Zahn zuzulegen. Einen großen, fetten Zahn. Gehen Sie schneller, Trost. Viel schneller.«

15

Moon River

Als Trost zurück in seine Wohnung kam, war es bereits spätnachts, und die eigentümliche Stille, die der Schneefall stets auslöste, hatte sich in den Straßen und Gassen von Graz breitgemacht. Etwas verschämt bemerkte er, dass sein Herz einen Sprung machte, als er die Fassade seiner neuen Wohnung erblickte. Er wusste nur zu gut, dass es nicht die Vorfreude auf die warme Stube allein sein konnte. Da war etwas anderes, das ihn durchflutete, eine Art Freude, wie er sie schon lange nicht mehr gespürt hatte.

Eine Minute später war er zu Hause und öffnete ein Fenster, das hinaus in den Innenhof führte. Er lauschte einer fernen Melodie, die ihn ganz in ihren Bann zog. Er erkannte sie als »Moon River« und schloss die Augen. *Diese Stimme.*

Er schloss das Fenster wieder und betrat stattdessen den kleinen Balkon, bedacht darauf, so leise wie möglich zu sein, als könnte jedes Rumpeln der Tür und jedes Knarzen der Dielen das Lied unterbrechen und für immer verstreichen lassen.

Er suchte den Ursprung der Melodie, tastete mit seinen Blicken die nachtfinsteren Fenster an der Fassade ab, bis er schließlich an einer Bewegung schräg über ihm haften blieb. Fassungslos starrte er nach oben und hielt die Luft an. Dort saß sie, auf der Fensterbank. Zupfte an einer Gitarre und sang dieses Lied, das jeder kannte. Das jeden zum Träumen brachte. Moon River. Eva Schön war also wieder zu Hause, und einen entsetzlich verwirrenden Augenblick lang stellte er fest, dass er sie vermisst hatte. *Vermisst.*

Er ließ sich auf einen Stuhl nieder, schloss die Augen, lauschte und bildete sich ein, dass ein ganzes Orchester diese zauberhafte Stimme begleitete. Er lächelte. Was, wenn das wahr wäre und im Inneren von Eva Schöns Apartment die Musiker säßen, sanft an ihren Instrumenten hantierend, während der Schnee …

»Hallo, Nachbar.« Eva Schöns Stimme klang belustigt, und Trost öffnete die Augen. »War es so einschläfernd?«

Trost richtete sich auf und machte einen unbeholfenen Schritt auf das Geländer zu. »Ganz im Gegenteil. Ich fand es zum Träumen schön.«

»Oh, Sie müssen nicht gleich übertreiben. Und danke für die Bücher.«

Trosts Herz machte einen Sprung. Einfach so, als hätte es einen Grund dazu. Dabei stand er doch nur am Balkon einer Wohnung, die er vor Kurzem bezogen hatte, und plauderte mit einer Nachbarin. Während eines Wintereinbruchs. In einer bibbernd frostigen Nacht.

Er antwortete »Gern geschehen«, doch zu spät, denn als sie ihre Beine von der Fensterbrüstung geschwungen hatte und ihm »Gute Nacht« zurief, wusste er, dass er eine Gelegenheit verpasst hatte. Warum hatte er sie nicht gefragt, ob sie einen Spaziergang im Schnee machen wollte? Es hätte ihm nichts ausgemacht, noch einmal hinauszugehen, obwohl er gerade von einem stundenlangen Marsch zurückgekehrt war. Er hätte sie auch auf einen Drink ins Café keine hundert Meter entfernt einladen können. Doch jetzt schloss sich ihr Fenster. Das Licht dahinter erlosch. Trost stand immer noch im Freien. Rieb sich den Nasenrücken. Atmete tief durch und musste sich eingestehen, dass ihn das Schicksal mit vielen Fähigkeiten ausgestattet hatte, Spontanität gehörte jedoch leider nicht dazu.

22. Dezember

Von nun an werden die Tage wieder länger.
Doch die Nächte wehren sich.

16

Ein Ziehen und Brennen im Brustkorb

Am nächsten Morgen lag der Schnee bereits so hoch, dass er sich die Schuhe im Stiegenhaus abklopfen musste und Zeus beim Schütteln feine schmutzige Spritzer an der Wand hinterließ.

Trost öffnete die Tür zu seiner Wohnung, und der Hund huschte hinein, als er ein leises Zischeln vernahm. Es kam von oben.

»Hallo, Herr Polizist!«, rief Eva Schön. Sie beugte sich übers Geländer und strahlte ihn an. Ihr braunes Haar war feucht und glitzerte im Licht des Stiegenhauses silbern schimmernd wie Lametta. »Haben Sie zufällig etwas Milch übrig?«

Trost blähte die Backen, als forderte die Frage all seine Vorstellungskraft. »Oh, da muss ich nachsehen.«

»Ja, sehen Sie nach. Und dann kommen Sie nach oben. Es gibt Toast, Avocadoaufstrich und Honig, und wenn Sie wollen, auch ein Glas Wein.«

Wein? Zum Frühstück?

Als Trost mit weichen Knien in seine Wohnung huschte und vom Licht des Kühlschranks beleuchtet wurde, zeichnete sich ein geradezu irrwitziges Lächeln auf seinem Gesicht ab. Sein Herz raste. Er griff nach der Milchpackung, schlug die Schranktür mit der Ferse zu, steckte Zeus einen Pansen ins Maul und befahl ihm, ruhig auf seiner Decke liegen zu bleiben und nichts anzustellen, ehe er aus der Wohnung lief, hinauf in den zweiten Stock, zwei, drei Stufen auf einmal nehmend und sich fühlend, als wär's Frühling. *Sein* Frühling.

»Ist offen«, erhielt er als Antwort auf sein Klopfen an die angelehnte Tür. Er trat ein. Schloss die Tür hinter sich. Atmete durch. Und setzte Schritt vor Schritt in fiebriger Erwartung. Der Tag hatte wirklich aufregend begonnen.

Als Erstes registrierte er den Duft nach Rosen, Vanille und

Minze, eine Kopfnote, die sich ihm einprägen sollte und ihn wohl für alle Ewigkeit an diesen Moment erinnern würde. *Rosen, Vanille, Minze.* Er kam aus dem dunklen Vorzimmer in eine hell im Morgenlicht strahlende Küche, auf deren Esstisch ein Frühstück angerichtet war, das so zauberhaft in allen Farben schimmerte, als wär's der Gabentisch einer Werbeeinschaltung.

Eva Schön huschte wie ein Derwisch zwischen den Kästen herum, begrüßte ihn mit einem fröhlichen »Hi« und sah in ihren Jeans und dem weiten weißen T-Shirt noch einmal um einige Jahre jünger aus. Trost fühlte sich beinahe alt, denn älter als fünfundzwanzig, dreißig konnte sie tatsächlich nicht sein. Sie trug das frisch gewaschene und geföhnte Haar diesmal offen. Ihr Zeigefinger schnellte nach oben, legte sich auf die Nase, so als fände sie einen verlorenen Gedanken dadurch leichter wieder. Mit einem erleichterten »Das war's« drehte sie sich um und drückte einen Knopf, der die Kaffeemaschine aktivierte. Das Mahlwerk kreischte auf, und mit einem Blubbern tropfte frisch gemahlener Kaffee in eine Tasse, dessen Aroma sofort den Raum erfüllte und sogar den Duft ihres Parfums überlagerte.

Trost stand hilflos da und kam sich vor wie ein Teenager, der zum ersten Mal im Haus seiner Freundin aufgeschlagen war. Fast hätte er erwartet, Eva Schöns Eltern würden um die Ecke schwirren, »Oh, das ist also der große Unbekannte« und »Schön, Sie kennenzulernen, Armin« rufend. Er betrachtete die Bilder, die an der Wand lehnten, offenbar das Werk eines modernen Künstlers, der sich auf bunte Porträts alter Menschen in greller Kleidung spezialisiert hatte.

»Jonas Peterson«, erklärte Eva und zeigte auf eins der Gemälde, das eine Greisin in blauer Jacke, gelben Strümpfen und mit rotem Kopftuch zeigte. Die Falten ihres Gesichts waren extrem betont worden, die Lippen knallrot geschminkt, überhaupt sah sie wie die hippe Version einer »Alice im Wunderland«-Protagonistin aus. Trost fand sie auf irritierende Weise anmutig und verstörend zugleich.

»Sie können sich gerne in der Wohnung umsehen. Ich bin gleich so weit …«

Trost wollte erwidern, sie solle sich keine Umstände machen, doch er ließ es bleiben, da sie längst dabei war, genau das zu tun. Hinter dem Esszimmer stand eine Flügeltür offen, die in ein Fernsehzimmer führte, eine weitere Tür ging wohl ins Schlafzimmer ab. Scheu blickte er sich um. Über dem Esstisch hing eine moderne Lampe an einer Art Metallbalken, der an ein Überbleibsel einer Baustelle erinnerte. Die Glühbirnen baumelten an Seilen herab. Die Fenster gaben den Blick auf den Innenhof frei, ebenso wie der kleine Balkon, den auch seine Wohnung hatte. Auf dem Fensterbrett eines dieser Fenster musste sie gestern Abend gesessen und ihn mit dem Lied verzaubert haben.

»So, ich denke, wir haben alles.«

»Ich …« Trost machte eine unbestimmte Geste. »Also ich frühstücke selten. Für mich passt es bestimmt.«

Sie warf ihm einen merkwürdigen Blick zu, fast so als hätte sie ihn erst in diesem Augenblick wirklich wahrgenommen.

»Ich habe heute jemand anderes erwartet, wurde aber versetzt«, sagte sie. »Schön, dass Sie eingesprungen sind. Sekt, Prosecco, Cider, was möchten Sie?«

Trost hob die Hände und lehnte ab. Der Stachel der Eifersucht traf ihn so unvorbereitet wie die Einladung vorhin. Die Enttäuschung war ihm wohl anzusehen, denn Eva Schön lachte auf, wobei sie sich eine feuchte Locke aus dem Gesicht strich und sich hinters Ohr klemmte.

»Ich frühstücke ab und zu mit einer Kollegin. Doch sie ist krank und musste kurzfristig absagen.« Der Eifersuchtsstachel wurde wieder ein Stück weit herausgerissen, ein unbestimmter spitzer Schmerz blieb dennoch zurück.

Eine Minute später hatte er das Glas Prosecco, das sie ihm trotz seines Einwands, er müsse noch arbeiten und der Tag habe erst begonnen, in die Hand gedrückt hatte, bereits zur Hälfte ausgetrunken. Und noch während er die belebende Wirkung des Alkohols und den verführerischen Geschmack von Lachsscheiben mit Oberskren auf leicht getoastetem Brot spürte, fragte er sich, welch seltsamer Zufall ihn hierhergeführt hatte. Ein Fall, der zur Chefsache erklärt worden war und gar kein richtiger Fall war, und eine Kollegin, die Eva Schön versetzt hatte. Lächelnd belegte er sich eine weitere Semmel mit Wurst.

Eva Schön plauderte während des Essens unentwegt und schien das Gegenteil eines Morgenmuffels zu sein. Sie erzählte ihm, aus welcher Gegend sie ursprünglich stammte – Gleisdorf – und wo sie lange gelebt hatte – Wien und Berlin –, wie viele Geschwister sie hatte – zwei – und welche Berufe die ausübten – Regieassistentin bei ServusTV und freie Fotografin. Die Fragen über Zufälle und Seltsamkeiten, die Trost durch den Kopf schwirrten, verflüchtigten sich, und während sie sprach wie ein Wasserfall, studierte er ihr Gesicht. Sie hatte makellos weiße Zähne, die Nasenspitze war ganz leicht nach oben geschwungen, die Augen lagen orientalisch schräg und etwas zu weit auseinander, die Backenknochen betonten die Wangen, und ihr braunes Haar umrahmte in losen schulterlangen Locken ihr Gesicht. Irgendwann zog sie die Beine zu sich heran und knabberte an in Streifen geschnittenen Karottenstücken. Das Knacken ihrer Bisse erfüllte den Raum, und Trosts Blick fiel unwillkürlich auf ihre langen, dünnen Finger.

»Ich rede und rede und rede, und Sie sagen gar nichts. Sind Sie immer so schweigsam?«

Ich komme nur nicht zu Wort, dachte Trost in sich hineinschmunzelnd, sagte aber stattdessen: »Was wollen Sie denn von mir wissen?«

Ihre Augen rollten in alle Richtungen, und sie machte ein Gesicht wie bei »Activity«, wenn nach einem Begriff oder einer Geste gesucht wurde. Trost hatte sie zuvor auf höchstens dreißig Jahre geschätzt, manchmal wirkte sie auf ihn jedoch wie ein Teenager – manchmal aber auch wesentlich älter.

»Hm … ist Ihr Beruf gefährlich?«

Trost spitzte die Lippen. »Manchmal.«

Ihre Augen blitzten kurz auf. »Und jetzt gerade? Ist er da«, sie legte ganz bewusst eine kurze Pause ein, *»gefährlich?«*

Es war das zweite Mal, dass seine Nachbarin ihm die Röte ins Gesicht trieb. *Los, komm schon, lass dir eine pfiffige Antwort einfallen.* »Wie meinen Sie das?« *Eine Gegenfrage, echt jetzt?*

Sie griff nach einem weiteren Karottenstück und grinste. »Na das, was Sie gerade tun. Sie waren ja gestern verkleidet.«

In Wahrheit war er gar nicht verkleidet gewesen, das war sein normaler Wintermantel. Und auch die Mütze mit dem unschicklichen Spitznamen hatte er getragen, weil ihm kalt gewesen war.

»Ach so, das meinen Sie. Nein, das ist nicht gefährlich. Ein normaler Job.«

»Sie beobachten also jemanden, tagein, tagaus. Ich dachte, Polizeiarbeit sei aufregender …«

»Oh, manchmal ist sie das auch. Es kommt schon hin und wieder zu Verfolgungsjagden. Leute einzusperren ist auch kein Spaß …« Dass er plötzlich ins Prahlen verfiel, kannte er von sich bislang nicht. Irgendwie schaffte es Eva Schön, ihn ständig aus der Fassung zu bringen.

»Wissen Sie was? Ich zeig Ihnen etwas. Das wird Ihnen vielleicht gefallen.«

Eine Minute später kam Eva Schön ihm so nahe wie selten eine Frau vor ihr. Eine weitere Minute später spürte er zum ersten Mal seit einer halben Ewigkeit jenes Ziehen und Brennen im Brustkorb, das ihm ganz unmissverständlich klarmachte, dass sich etwas in seinem Leben verändert hatte.

17

Lembergs Gefühle

»Okay, Drachentöter und Michl sind auf dem Posten. Schabbock und die Weiße Frau auch. Verdammt, und wo ist Mandl? Schöcklhex, wo ist das Mandl?«

Anne Lemberg alias Schöcklhex – immerhin die berühmte Hexe der Grazer und nicht irgendeine Nebendarstellerin, dachte sie – stand knöcheltief im Neuschnee vor der Universitätsbibliothek und massierte sich die Schläfen. Sie hielt nicht nur diese dämlichen Namen nicht mehr aus, sondern auch Schwarzbarts Stimme. Er klang wie die Schauspieler in den Soldatenfilmen, die die Vorgesetzten spielten und dabei auch eine klischeehafte soldatische Stimmlage einnahmen. Seine Anweisungen flirrten wie Maschinengewehrsalven durch den Äther, und zu allem Überfluss hatte sie nicht das Gefühl, dass sie der Sache, wegen der er hier war und sie seit Tagen ausrückten, auch nur einen Schritt näher gekommen waren. Fast wünschte sie sich Balthasar Gierack herbei. Bislang war nur der Umstand besser, dass immer noch keine Zeitung und keine TV-Station Wind von der Sache bekommen hatte, und das war schon bemerkenswert, operierte die Polizei doch im Univiertel, in einer Gegend also, in der bekanntlich immer irgendwer irgendwo ein Video aufnahm oder verschwörerische Mails an Zeitungsredaktionen schrieb, Podcasts betrieb, an einem Blog bastelte oder ein TikTok-Video arrangierte. Der einzige Vorteil der gesamten Operation war aus Lembergs Sicht, dass sie nicht weit zu gehen hatte, da ihre Wohnung sich in der Zinzendorfgasse befand. Für sie und neuerdings auch für Trost war es gewissermaßen ein Heimspiel, in dieser Gegend zu agieren.

Beim Gedanken an ihren ehemaligen Kollegen wurde ihr schwer ums Herz. Sie war einmal regelrecht vernarrt in ihn gewesen, doch mit der Zeit hatte er sich entfernt. Nicht nur von ihr, sondern von allen, die ihm einst nahegestanden waren. Er war versetzt worden, operierte jetzt fürs Ministerium, wurde nur für Spezialfälle ans Landeskriminalamt angedockt und wechselte dann kaum ein Wort mit ihr oder einem anderen Kollegen. Beim letzten großen Fall hatte er überhaupt beschlossen, die Ermittlungen auf eigene Faust in Italien durchzuführen. Das hatte ihm endgültig den Unmut aus Graz und – wie sie gehört hatte – auch jenen seiner eigenen Familie eingebracht. Trost war ein Eigenbrötler, ein Selbstdarsteller und ganz offensichtlich ein von seinen Eingebungen Getriebener. Doch genügte das, um ihm gram zu sein? Die Gelegenheit, just bei diesem neuen Auftrag mit ihm zusammenzuarbeiten und dabei auch noch ganz in seiner Nähe zu wohnen, ließ ihr Herz höherschlagen. Wer weiß, was kommt?

»Schöcklhex?«

Lemberg schloss die Augen und seufzte. Was für ein Kinderkram. »Auf dem Posten.«

»Gut so. Heute brauchen wir Ergebnisse. Also Augen auf, verstanden?«

»Verstanden.« *Du Dolm. Was für Ergebnisse soll es geben?*

Es war bald Weihnachten. Und es schneite in Graz, was einem Wunder gleichkam. Und es war kalt. Und sie hieß Schöcklhex. Gut, Schöcklhex ging ja noch, wenn man nicht eitel war und das etwa darauf bezog, dass man unansehnlich aussah, aber zumindest so viel Selbstbewusstsein hatte Lemberg, um deshalb nicht gleich in Tränen auszubrechen. Sie war, das wusste sie, nach den herkömmlichen Ansichten und Normen durchaus attraktiv, Schöcklhex war also nichts weiter als die dämliche Marotte eines Vorgesetzten, der andere kleinmachte, um selbst größer zu wirken.

Und außerdem, hör dir einmal das Gemecker vom Grafen an, den du Schabbock nennst. Schabbock, ausgerechnet, ein versponnenes Wesen, das sich vor lauter Hass in Brand steckt und mit glühendem Schädel durch die Gegend springt und Angst und Schrecken verbreitet. Glühender Schädel. Und das, wo der Graf doch immer so auf sein Äußeres bedacht ist …

»Wirklich? Haben Sie wirklich verstanden? Ich glaube nämlich nicht.«

Sie hatte plötzlich ein mulmiges Gefühl. Was, wenn Trost diesmal scheiterte? Warum ließ er sich nicht helfen? Sie könnte die Mittelsfrau sein, das Bindeglied zwischen seinen Intuitionen, Marotten und Launen und dem Rest der Mannschaft, Gierack, Schwarz und den Jungen. Wenn er sie nur an sich heranließe.

»Doch, ich *habe* verstanden«, beharrte sie. Auch wenn sie überzeugt davon war, dass diese ganze Operation, dieses Überwachen des Univiertels, ein riesengroßer Blödsinn war. Nichts als ein trauriges Hirngespinst eines Kollegen, der ihr mehr bedeutete als die meisten anderen. Sie stolperten doch nichts als Zufällen hinterher. *Armin, wach auf. Komm wieder zurück. Lass mich dir helfen.*

Vor dem Würstelstand blieb sie stehen und studierte die »Speisekarte«, wenn man das mit Ketchup verschmierte, folierte Blatt Papier so nennen konnte. Das weiße Plüschpferdchen lächelte sie an.

»Was darf's sein?«, vernahm sie die Stimme des Mannes hinter der Theke. Ein junger, feister Kerl mit winzigen Augen. Sie wusste, dass das nicht der üblicherweise anwesende Wurstmann war, und schätzte im Bruchteil einer Sekunde ab, ob sie von diesem Kerl ein Hotdog zubereitet bekommen wollte.

Zwei Minuten später stand sie an einem der Stehtische vor der Wurstbude und betrachtete das Plakat eines Perchtenlaufs, das mit Tixo-Streifen an der Außenwand des Wagens festgemacht worden war.

»Hast Lust, ein paar Perchten anzuschauen? Wird ein echter Perchtenlauf, kein Krampusding.«

Lemberg hatte dem Wurstmann gar nicht richtig zugehört. Sie machte eine flüchtige Geste. »Und wo soll das Ganze stattfinden?«

»Steht eh oben. Grazer Vorstadt.«

Lemberg hob wissend den Kopf. »In der Vorstadt, soso.« Sie ließ den Blick weiter über die Holzverschalung vor der Vorklinik und die Fassade des Hauptgebäudes der Uni schweifen und hoffte, dass der Mann hinter dem Tresen sie in Ruhe lassen würde. Schließlich musterte sie die Fenster des Wohnblocks an der Harrachgasse. Dort, wo Trost vor Kurzem eingezogen war. Sie war aufgeregt. Sollte sie einfach anläuten? Sie könnten ja gemeinsam ein Stück des Weges ihrer Ermittlung gehen. Das war schließlich auch nicht auffälliger, als jeden Tag allein in der Gegend herumzuspazieren.

»Schöcklhex«, knisterte es plötzlich in ihrem Ohr. »Sie nehmen sich heute die Schubertgasse bis zum Hilmteich vor. Abmarsch bitte.«

Seufzend warf Lemberg den letzten Rest des Hotdogs in den Mülleimer und tat, wie ihr geheißen worden war.

Der Wurstmann stützte sich auf den Tresen und blickte ihr aus seinen kleinen stechenden Augen düster nach. Er fuhr sich mit dem Handrücken über die Nase, schüttelte den Kopf und murmelte: »Was für eine Verschwendung.«

18

Ein magischer Moment

Trost betrachtete sich staunend im Spiegel in Eva Schöns Schlafzimmer. Auf dem Tischchen war Schminkzeug verstreut, winzige Pinsel, Farbtuben, Cremen ... Die Frau wusste ganz genau, was sie tat, und hatte mit wenigen Pinselstrichen eine jüngere, fitter aussehende Trost-Variante aus ihm gemacht.

Sie betrachtete ihr Werk und setzte ein zufriedenes Gesicht auf. »Ich finde, wenn Sie undercover agieren, sollten Sie künftig vorher zu mir kommen. Mit etwas mehr Zeit werden nicht einmal Ihre Arbeitskollegen Sie erkennen.«

Trost war ehrlich überrascht. Er sah wirklich gesünder aus. Dann traf sein Blick auf Eva Schöns Spiegelbild. Sie blickten einander an. Lächelten. Ein seltsam erhabener Moment, der dummerweise davon unterbrochen wurde, dass Trost daran denken musste, wie selten einem so etwas im Leben widerfuhr. In seinem Alter sowieso. Dass man einer Frau ... durch einen Spiegel ... in die Augen ...

Trost klopfte auf seine Knie und sprang auf. Keine Frage, er wäre am liebsten geblieben. Und er hätte am liebsten diese Hand gehalten, die ihn zuvor mit Wattebällchen und Pinselchen bearbeitet hatte. Sie war ihm so nahe gekommen, dass er einen schwarzen Punkt an ihrem Augenlid ausmachen konnte, ein Brösel ihrer Wimperntusche vielleicht. Und ihr Duft nach Rosen und Vanille und Minze raste durch seinen Körper und manifestierte sich dort einmal mehr für die Ewigkeit. Aber er hatte plötzlich auch registriert, dass der Tag fortgeschritten war.

»Ich muss gehen«, hauchte er fast ein wenig atemlos. »Es war schön.«

Sie legte den Kopf schief und betrachtete ihn. Dabei war nicht klar, ob sie ihm überhaupt zugehört hatte. Sie näherte sich ihm wieder mit einem Wattebausch und tupfte an seine Wange. »Jetzt ist es perfekt. So gut es halt geht.« Sie lächelte lautlos.

Eine Sekunde lang schauten sie sich an. Er bemerkte ein Bläschen an ihrer Oberlippe. Zwang sich, sich umzudrehen, und lief an den grotesk geschminkten Alten von Jonas Peterson und dem Rest des Frühstücksgeschirrs vorbei und hinaus aus der Wohnung, ins Stiegenhaus, einen Stock tiefer, in seine eigene Wohnung, wo er die Tür hinter sich zuknallte und sich mit dem Rücken dagegenlehnte.

Erst jetzt holte er tief Luft und schloss die Augen. Sein Herz raste. Das zuvor war ein magischer Moment gewesen, das wusste er. In solchen Augenblicken kam es zu Küssen. So war das zumindest immer in Filmen. Und manchmal auch in echt. Obwohl – und jetzt einmal nicht an die Umfrageergebnisse von Lifestylemagazinen denken, die davon berichten, dass jeder Mann zwischen vierzig und fünfzig jeden zweiten Tag Sex mit einer anderen Frau hat und dergleichen mehr –, wie häufig waren solche Momente für einen fast Fünfzigjährigen tatsächlich? Er hätte die Gelegenheit beim Schopf packen sollen, oder – etwas charmanter ausgedrückt – er hätte sie wenigstens sanft auf die Wange küssen können. Einfach so. Aber in diesem Fall ging es um Armin Trost. Und da hatten solche Momente keinen Platz. Vor lauter Realität.

Er öffnete die Augen. Und blickte in die erwartungsvoll dreinblickenden Gesichter der Möbelpacker, die natürlich in Wahrheit keine Möbelpacker waren, sondern Männer namens Isaak Sturm und Uwe Beinhart, zwei Nahkampfexperten, die sich das BK von der Cobra für diesen Einsatz ausgeliehen hatte. Hinter ihnen sah er, wie Melitta Owusu den Hals reckte, um ihn zu Gesicht zu bekommen, und Nemanja Gore, Silvia Lust, Lemberg und der Graf waren auch da.

»Was für ein Glück«, plärrte eine Stimme, die keinem von ihnen gehörte. Trost machte ein paar Schritte auf sie zu, registrierte das Summen der Monitore, nahm das Odeur von feuchten Wintermänteln und Leder wahr und bemerkte jetzt auch

Schwarzbarts Gesicht, das hinter einer gewaltigen Tasse Kaffee mit der Aufschrift »Grazer Stadtklub GAK« auftauchte.

»Das ist aber nett, dass er doch noch auftaucht, unser Charmeur, der sich während der Dienstzeit ein nettes Plauscherl mit der Nachbarin gönnt.«

»Was macht ihr in meiner Wohnung?«

»*Meiner* Wohnung«, lachte Schwarz auf. »Ich hab ja schon viele Kolleginnen und Kollegen erlebt. Jeder hat schließlich seine Macken. Aber so etwas wie Sie, mein Lieber, ist mir noch nicht untergekommen. Sie machen wirklich, was Sie wollen …«

»Diese Wohnung dient der Tarnung. Wenn wir hier Gruppentreffen veranstalten, wird daraus aber nichts. Da könnten wir ja gleich mit einem Schild um den Hals durch die Straßen rennen.«

»Ach ja? Und was würde auf dem Schild stehen?«

»›Mörder, bitte melden‹.«

Lemberg schnalzte mit der Zunge und trat zwischen die beiden. »Das ist lächerlich. Bitte hört auf.«

Trost musterte den Einsatzleiter aus schmalen Augen. »Sie trinken aus meinem Becher.«

Schwarz betrachtete den Aufdruck. »Kommt bestimmt nicht mehr vor, ist nicht mein Verein.«

Als wäre das Eis gebrochen, suchten sich jetzt alle einen Platz, zückten Handys und Tablets und erwarteten offenbar Neuigkeiten.

Lemberg winkte Trost zu sich, schob das Tablet so hin, dass auch er einen Blick darauf werfen konnte, und wisperte ihm zu: »Du warst nicht wirklich bei der Nachbarin, oder?«

Trost zuckte mit den Schultern.

In diesem Moment ploppte das Bild eines Mannes auf den Bildschirmen auf, ein kantiges Gesicht mit Bürstenhaarschnitt. Eine randlose Brille saß filigran auf der großen Nase, und seine Augen warfen einen Raubvogelblick unter den buschigen Augenbrauen auf sie. In Wahrheit wusste Trost jedoch, dass General Pankraz nur ihn fixierte.

»Ich muss Sie nicht daran erinnern, dass jede Stunde zählt. Ich muss Sie sicherlich auch nicht daran erinnern, dass in solchen

Fällen keine Pausen erlaubt sind. Kein Dösen, kein Flanieren. Es wird heute alles rausgehen, die Presse wird verrücktspielen, die Leute werden ausflippen. Ich brauche Sie jetzt alle wachsam und hellhörig. Rund um die Uhr.« Er räusperte sich. »Wegtreten. Nur Trost nicht. Leutnant, rufen Sie mich umgehend zurück.«

19

Schatten in dunklen Räumen

Trost stellte sich etwas abseits in eine Ecke und spürte die Blicke der anderen in seinem Rücken. Vor allem den von Lemberg, der zuletzt weniger böse als vielmehr vernichtend gewesen war.

»Leutnant. Nächster Einsatzort Mozartgasse. Und ich rate Ihnen, bringen Sie mir schnell Ergebnisse. Uns rennt die Zeit davon«, bellte Pankraz ohne Umschweife.

»Schon wieder eine Vermisste?«, flüsterte Trost.

»Wir müssen davon ausgehen, ja. Diesmal eine dreiundzwanzigjährige Sportwissenschaftstudentin aus Eibiswald.«

»WG oder Wohnung?«

»Kleine Substandard-Wohnung.«

»So was gibt's noch?«

Pankraz ging nicht auf die Frage ein. »Trost, hören Sie. Vielleicht täuschen wir uns auch, und die Frauen tauchen wieder auf. Zumindest bei der Letztgenannten sind es kaum zwei Tage, seit sie das letzte Mal gesehen wurde. Aber wir müssen aufpassen, dass uns da nicht etwas um die Ohren fliegt. Etwas, das *Sie* uns um die Ohren geworfen haben.«

Das sekundenlange Schweigen, das folgte, unterbrach Pankraz.

»Hören Sie, ich weiß, dass Ihnen die ganze Sache gegen den Strich geht. Aber Reinfried Schwarz ist ein guter Mann. Einer unserer Besten. Wenn schon das BK sich einschaltet und Gierack die Einsatzleitung entzieht, dann wollte ich, dass nicht gleich Sie das Ruder übernehmen. Das hätte für noch böseres Blut gesorgt. Schlimm genug, dass dauernd etwas in der Steiermark passiert und ich Sie dort einsetzen muss. Und schlimm genug, dass immer *Sie* es sind, der die Dinge bemerkt und die Fälle dann auch noch löst. Mir wäre es lieber, ich könnte Sie ins Weinviertel an die slowakische Grenze beordern, nach Dürnkrut oder Gänserndorf oder von mir aus auch nach Oberlech auf eine Skipiste am anderen Ende der Welt, so weit weg von den Steirern wie möglich jedenfalls. Aber es ist, wie es ist.«

Den Spruch hatte er erst vor Kurzem gehört ...

»Wie geht es Ihren Händen?«

Trost betrachtete den linken Daumen, der immer noch einbandagiert war. Der rechte sah zwar auch etwas mitgenommen aus, war aber fast wieder voll einsatzfähig. Er erinnerte sich an die Schmerzen, die die Verstümmelungen im vergangenen Sommer verursacht hatten. Er erinnerte sich auch an das Meer – und verzog das Gesicht.

»Verzeihen Sie, ich wollte da keine Wunden aufreißen«, sagte Pankraz schnell und wirkte ungewohnt empathisch. Einen Moment lang zumindest. »Aber Trost«, schnarrte seine Stimme dann, »wenn Sie nicht bei der Sache sind, muss ich Sie rausnehmen, hören Sie? Lassen Sie Schwarz nicht allzu sehr spüren, dass Sie ihn verachten.«

»Ich verachte niemanden.«

»Ich weiß, dass Sie das so sehen. Aber Sie wissen nicht, wie Sie auf die meisten wirken. Ich sage Ihnen nur, reißen Sie sich am Riemen, seien Sie kooperativ.«

Trost nickte mechanisch, auch wenn er wusste, wie sinnlos seine Reaktion war, da Pankraz ihn ja nicht sehen konnte.

»Und?« Die Stimme des Generals klang erwartungsvoll. »Hatten Sie schon eine Eingebung? Eine Vision?«

Trost seufzte. Pankraz war in dieser Beziehung nicht anders als all die anderen. Er sah in ihm eher einen Mutanten, ein Wesen mit speziellen Fähigkeiten, als einen Menschen. Das gereichte Trost zwar meist zum Vorteil, denn immerhin hatte es ihm diesen Posten als Sonderermittler verschafft, manchmal nervte es aber einfach nur.

»Nein. Nichts.«

Pankraz' Stimme verfinsterte sich. »Dann wird es Zeit, Trost. Machen Sie von mir aus eine Séance, lassen Sie sich mit dem Sirup des Peyotl-Kaktus volllaufen, mir egal. Haben Sie aber gefälligst bald eine Eingebung, damit wir diese Frauen finden und den Fall lösen. Sonst wird es Sie und diese Abteilung bald nicht mehr geben. Mich schicken sie dann in Frühpension und Sie in ein Heim für abnorme Rechtssprecher.«

Abnorme Rechtssprecher statt Rechtsbrecher, das Wortspiel gefiel ihm.

»Ich mein das jetzt im Ernst, Trost. Mozartgasse 1, das Haus am Eck zur Heinrichstraße. Zweiter Stock, Tür vier. Das Mädel heißt Magritte Zollneritsch. Schauen Sie sich um, hören Sie in sich hinein und finden Sie das Mädchen. Die Kollegen kommen später nach, aber fangen Sie schon einmal an, das nimmt sonst kein Ende.«

In der dunklen Ecke war nur Trosts Gesicht beleuchtet. Er lehnte sich mit dem Rücken an die Wand. Die Schatten tanzten über seine Nase und den Mund. Und er fragte sich: *Warum bin ich vorhin so Hals über Kopf aus Eva Schöns Wohnung gerannt? Warum nur?*

20

Der Mann mit Hut

Die Mozartgasse war eine verkehrsberuhigte Seitengasse der Heinrichstraße. Universitätsinstitute wie jenes für Germanistik oder Musik- und Sportwissenschaft befanden sich hier ebenso wie Grünflächen und dreistöckige Gründerzeithäuser mit ausgebauten Dachgeschossen. Vor einem solchen stand Trost jetzt und schnappte nach Luft. Er war die Treppen etwas zu schnell hinaufgelaufen. Zeus an seiner Seite schaute ihn nur mitleidig an, denn der Hund hatte die paar Stufen natürlich mit Leichtigkeit genommen. Die verschlossene Tür aufzumachen schien anfangs ein Problem, weil er erst zu Atem kommen musste, dann besann er sich aber darauf, dass diese alten Flügeltüren mit einem einfachen Trick aufzukriegen waren. Man musste nur mit dem Fuß unten an die Tür drücken und sich dann mit dem ganzen Körpergewicht dagegenlehnen. Sekunden später war er im Reich einer Büchernärrin.

Jemand anderem war das Chaos, das ihn umgab, nicht zuzuschreiben. Schon in der Diele stapelten sich die Wälzer zwischen Schuhen und Kleiderständern. Die Wände im Wohnraum, der auch als Schlafzimmer fungierte, waren ebenfalls vollgestellt mit Büchern, und selbst der winzige Esstisch, der an die schmale Küchenzeile angrenzte, ließ nur Platz für einen Teller mit Bröseln und ein Glas, dessen Fingerabdrücke durchs Tageslicht zu sehen waren. Es war ihm unbegreiflich, wie die Bewohnerin es geschafft hatte, all die Bücher hier hinaufzuschleppen, ganz zu schweigen davon, sie alle zu lesen.

Er schaute sich fast ein wenig traurig um. Magritte Zollneritsch. Ein schöner Name, wie er fand. Er erinnerte ihn an den Maler René Magritte, den Typen, der diese merkwürdigen, gespenstisch anmutenden Bilder gemalt hatte, die einen Mann von hinten zeigten, der eine Melone am Kopf trug. Alles, was unheimlich war, fiel Trost immer sofort ein. Er stellte sich vor, dass sein Gehirn ein tiefschwarz beseelter Muskel sein musste.

Der Gedanke an diese Bilder ließ ihn mit einem Mal vorsichtig werden, und er bewegte sich, als erwartete er, jeden Moment hinter einer Ecke eine Gestalt hervortreten zu sehen. Einen großen schwarzen Mann mit Hut.

In Wahrheit aber bewiesen die nächsten Minuten, dass hier nichts auf eine vergangene Auseinandersetzung oder gar auf eine unmittelbare Gefahr hindeutete. Diese Wohnung war zwar nicht aufgeräumt, aber es gab auch keine Spuren eines Streits oder einer gewaltsamen Handlung. Im Schrank befanden sich zwei Koffer, Platz für einen dritten konnte Trost nirgendwo ausmachen. Der Kleiderschrank und die Kommode machten auch nicht den Eindruck, dass etwas fehlte. Die junge Dame dürfte also nicht verreist sein. Und doch hatten ihre Eltern ihr plötzliches Verschwinden gemeldet, was die Polizei angesichts der jüngsten Vorfälle in dem Stadtviertel alarmiert hatte.

Trost drehte sich im Kreis. »Komm schon«, zischte er. »Da muss etwas zu spüren sein. Irgendetwas.«

Zeus legte den Kopf schief und schaute ihn verwundert an. Trost beachtete ihn nicht.

Drei junge Frauen. Die erste war immer noch nicht identifiziert und im Krankenhaus verstorben. Die zweite war siebenundzwanzig Jahre alt, hieß Nele Hammersdorf und hatte eine Affäre mit Balthasar Gierack gehabt, seinem früheren Vorgesetzten, der Mitte fünfzig war. Sie hatte eine Wohnung in einem Hochhaus in der Liebiggasse hinter dem Resowi-Center gemietet. Nach zwei Tagen hatte Gierack sie – natürlich auf inoffiziellem Weg – als vermisst gemeldet. Und jetzt war eine weitere Vermisstenmeldung eingegangen. Magritte Zollneritsch, Mozartgasse, siebenundzwanzig, Vielleserin.

Und die Verbindung zwischen den dreien? Außer dass es sich um Frauen handelte, die in der Nähe der Uni wohnten?

Wenn es eine gab, hatte er sie noch nicht erkannt.

»Aber da *muss* es etwas geben.«

Wieder drehte sich Trost im Kreis. Er sprach mit sich selbst und hörte deshalb die Schritte nicht, die sich rasch näherten. Selbst Zeus war so gebannt vom Selbstgespräch seines Herrchens, dass er mit keinem Laut die Person ankündigte, die nun einen Gegenstand hob und damit auf Trosts Kopf zielte. Und traf.

Anfangs war der Schock, überrumpelt worden zu sein, viel größer als der Schmerz. Dunkle Flecken beeinträchtigten Trosts Sichtfeld. Der Schatten, der über ihm stand und jetzt einen furchtbaren Lärm machte, war nicht klar zu erkennen. Nur so viel: Es war ein Mann mit Hut.

21

Die Verfolgung

Trost hielt die Hände schützend vors Gesicht, doch die Schläge prasselten auf ihn ein wie Trommelfeuer. Die Wirkung dieser Hiebe war jedoch nicht allzu verheerend, also holte Trost seinerseits aus, schlug blindlings zu und traf offenbar, denn die Schlagserie riss ab.

Er drehte sich stöhnend auf den Bauch und sah im letzten Moment, wie eine Tür zuschlug und Zeus bellend davorhockte.

Trost richtete sich auf, schüttelte sich und nahm die Verfolgung auf. Anfangs hatte er noch Mühe, sich auf den Beinen zu halten, doch als er im Stiegenhaus der Schritte gewahr wurde, die sich rasch entfernten, bekam auch er neue Kräfte und sprintete dem Mann nach. Täter kehren an den Tatort zurück, schwirrte es ihm durch den Kopf. Mit etwas Glück und Ausdauer hätte er den Fall bald gelöst.

Er wurde schneller, nahm zwei, drei Stufen auf einmal, spürte Zeus dicht hinter sich. Sein Ehrgeiz war nun endgültig geweckt. Zu zweit konnten sie es schaffen.

Er stürzte auf die Straße, blickte nach rechts und sah, wie der Mann soeben die Humboldtstraße erreichte. Ohne Kommando stürzte Zeus los. Er überholte Trost mühelos und hetzte dem Flüchtenden im Hundegalopp hinterher. Trost trieb Atemwolken vor sich her, und die kalte Luft brannte schon nach wenigen Schritten in seiner Lunge. Sie hatten den Rosenberggürtel, der den Beginn der Aigner-Rollett-Allee markierte, fast erreicht, jener Allee, die Trost erst vor Kurzem kaum betreten hatte wollen, um den Zauber frisch gefallenen Schnees nicht zu zerstören. Jetzt hatten ihn die Schritte Dutzender, vielleicht Hunderter Füße zu einem festgetretenen, rutschigen Pfad verwandelt. Der Mann vor ihm stolperte, fiel der Länge nach in den Schnee, und Zeus legte eine seiner schweren Tatzen auf seinen Rücken. Sich seiner Überlegenheit gewiss, tat er nichts Weiteres, als in dieser Haltung hechelnd auf Trost zu warten. Der Ermittler verlangsamte seine Schritte, kam schnaufend näher und beobachtete den Hund. Er brachte sekundenlang kein Wort heraus.

Speichelfäden tropften indes auf das Gesicht des Mannes. »Bitte«, keuchte er, »nehmen Sie den Hund von mir. Ich bitte Sie.«

Trost dachte nicht daran. Sein Kopf schmerzte, und seine Lungenflügel taten immer noch weh.

»Sie sind festgenommen«, sagte er.

»Festgenommen? Sie sind von der Polizei? Was machen Sie in der Wohnung meiner Tochter? Ihr habt versprochen, nach ihr zu suchen, nicht in der Wohnung zu warten, bis sie wieder auftaucht. Ich dachte, Sie wären ein Einbrecher. Ein verfluchtes Ekelpaket, das in den Sachen meiner Tochter wühlt.«

Die Vorstellung, den Fall gelöst zu haben, zerrann wie ein Schneemann in der Sonne. Wenngleich das Bild falsch war, denn es gab nicht genug Schnee für Schneemänner, und von Sonne war weit und breit auch keine Spur. Das Tageslicht kam von nirgendwo und überallher. Der Tag sah aus, als versteckte er sich hinter Tüll und Löschpapier. Wenigstens kräuselten sich plötzlich wieder besänftigende oder doch nur alle Unbill herunterspielende Schneeflocken.

22

Team Wichtel & Co.

»Es bringt nichts, herumzutoben und uns gegenseitig die miese Laune an den Kopf zu werfen. Wir kennen doch alle Kollege Trosts Fähigkeiten genauso gut wie seine Macken. Was sollen wir uns jetzt also darüber aufregen? Wir müssen den Fall lösen.«

Die kurze Verteidigungsrede kam von unerwarteter Seite. Der Graf hatte sich seiner angenommen und Reinfried Schwarz den Wind aus den Segeln genommen. Der wiederum war zuvor von Balthasar Gierack angestachelt worden, was schon allein an dessen schmallippiger Visage zu sehen war, mit der er vermeintlich desinteressiert in sein Handy tippte und dabei dünn lächelte. Sie befanden sich wieder im Landeskriminalamt in Wetzelsdorf. Im Besprechungszimmer. Kaffeeduft lag in der Luft, die halbe Mannschaft war einberufen worden, *Krisensitzung*, wie Schwarzbart es genannt hatte.

Diesmal war auch Gierack, der Leiter des Landeskriminalamts, hinzugezogen worden, Soko-Leiter Reinfried Schwarz führte den Vorsitz, Armin Trost war soeben Ziel seiner Angriffe geworden. Während sich die anderen geduckt hatten, hatte der Graf Trost verteidigt. Hinter den raumhohen Fenstern glänzte weißer Nebel. Die sanften Schneeflocken waren wieder verschwunden.

Anne Lemberg ergriff nun das Wort, und es war offensichtlich, dass sie es tat, um von der Missstimmung abzulenken. »Es gibt drei Frauen, die binnen kürzester Zeit entführt worden sind. Im ersten Fall kam es zu einer grauenhaften Misshandlung mit Todesfolge. Im zweiten«, Lemberg warf Gierack einen Seitenblick zu, »ist es eine *sehr junge* Universitätsangestellte, die spurlos verschwunden ist. Und im dritten Fall hat ein Vater eine Vermisstenanzeige aufgegeben. Die beiden Letztgenannten könnten natürlich einfach fortgegangen sein und nichts mit dem Todesfall zu tun haben. Aber drei Fälle sind eben viel.«

Schwarz, der ungeduldig mit einem Bleistift auf seine Handfläche klopfte, machte ein unwilliges Geräusch. »Was soll diese Wortmeldung, Kollegin Lemberg? *Drei Fälle sind viel.* Das ist weder besonders wortgewaltig ausgedrückt noch sonderlich neu für uns. Leute, es kann doch nicht sein, dass wir tagelang ausrücken und gar nichts haben. Keine Vermutungen, keine Verdächtigen, nicht einmal Gemeinsamkeiten zwischen den verschwundenen Frauen.«

»Das ist nicht ganz richtig«, sagte Trost in die folgende Stille hinein und machte dabei ein Gesicht, als würde er ein Bild vor seinem inneren Auge verfolgen. Ein Bild, von dem er den Blick nicht abwenden durfte, sonst würde es verschwinden.

»Im Vorzimmer von Magritte Zollneritsch, deren Vater mit Zeus Bekanntschaft gemacht hat, steht eine Kommode. Und auf der befindet sich ein Strauß frischer Blumen. Ein Weihnachtsstern, wenn ich mich nicht täusche.«

Schwarz klopfte fester mit dem Bleistift auf seine Handfläche. Er war sichtlich ungeduldig. »Ja, Mensch, und weiter? Was soll daran wichtig sein?«

»Blumen waren auch bei Nele Hammersdorf in der Vase im Vorzimmer. Ebenfalls ein Weihnachtsstern.«

Lemberg und der Graf sahen sich an.

»Ist das sonst noch jemandem aufgefallen?« Schwarz starrte finster in die Runde. »Und lassen Sie mich raten, Trost, auch bei der ersten Dame stand irgendwo ein Weihnachtsstern herum.«

»Sie meinen, neben ihrem Bett auf der Intensivstation? Nein. Mir sind die Blumen nur bei den vermissten Damen aufgefallen. Ich bin aber sicher, dass – würden wir die Identität der ersten Toten kennen – wir auch in ihrer Wohnung diese Blumen finden würden …«

»Genug!«, brüllte Schwarz. »Ich habe Ihre Schlussfolgerung kapiert. Sie brauchen jetzt nicht auch noch zu dozieren.«

Das darauffolgende Schweigen durchbrach Gierack mit umso effektvollerer leiser Stimme. »Jedenfalls …«, sagte er, steckte das Handy ein und massierte sich die Schläfen. »Jedenfalls sind die Blumen bei Nele nicht von mir.«

Und nun war das Schweigen noch peinlicher. Und länger.

»Wisst ihr, Leute«, Gierack räusperte sich, »ich weiß, wie das aussieht. Ich der alte Knacker und sie das junge Ding. Aber ich sag's, wie es ist: Ich glaube, es hat uns beiden Spaß gemacht. Wir haben uns gemocht.« Seine Stimme zitterte. »Aber ganz abgesehen davon. Die Blumen sind wirklich nicht von mir. Sie hatte, soweit ich weiß, keinen anderen Verehrer. Und sie ist jetzt verdammt noch mal schon zu lange weg. Gibt es denn wirklich gar nichts, was wir haben? Keine Vermutung?« Er schaute Trost dabei direkt an.

»An den Blumen ist nichts Außergewöhnliches«, sagte dieser wie auf Kommando, »sie könnten von jeder beliebigen Blumenhandlung in der Stadt stammen, ja sogar die meisten Supermärkte führen sie. Weihnachten ist nun mal die Zeit für Weihnachtssterne. Aber soweit ich weiß, gelten Weihnachtssterne nicht gerade als kreatives Geschenk. Sie sind nichts für junge Leute. Und alle drei Frauen waren doch eher jung. Anstatt hier also eine therapeutische Sitzung einzuberufen, sollten wir in die Runde fragen. Gibt es zum Beispiel etwas Neues vom Team« – er machte eine Pause, die durchaus Verachtung ausdrücken konnte – »Elfen?«

Das Team Elfen bestand aus den Kolleginnen Owusu und Lust sowie einer Handvoll Mitarbeiter aus der Fahndungsgruppe. Sie hielten Kontakt mit den Angehörigen der vermissten Frauen und versuchten, mehr über die Vergangenheit der Personen herauszufinden.

»Ich leite die Ermittlungen, Trost«, warf ihm Schwarz vor den Latz.

»Und ich mache mich wieder auf die Suche nach den Frauen«, erwiderte Trost und stand auf. »Das dauert mir hier zu lange.«

Es war mehr als nur ein Augenpaar, das ihm feindselig hinterherblickte.

23

Die finsterböse Seite der Welt

Natürlich war Holly Golightly eine Escortdame, mit anderen Worten eine Prostituierte, die sich zwar nicht jeder leisten konnte und der man zudem etwas Luxus bieten musste. Aber sie hatte auch ein Herz. Besuchte einen im Knast. Und sie hatte Stil. Sie rauchte die sündhaft teuren und viel zu starken Picayune-Zigaretten, deren Herstellung bereits in den sechziger Jahren eingestellt worden war. Heute gab es nur noch einen ähnlich trockenen und starken Pfeifentabak, der angeblich aber immerhin wie das Original ebenso in der Nähe von New Orleans produziert wurde. Trost glaubte nicht, dass das auf der Bühne echte Picayunes waren, die Eva Schön alias Holly Golightly da rauchte. Wahrscheinlich waren es nicht einmal echte Zigaretten. Aber ansonsten hatte sie durchaus Ähnlichkeit mit der Holly, die er aus dem Film kannte. Die dunkle Sonnenbrille, das hochgesteckte Haar, das schwarze Kleid und das umwerfende »Moon River«, das sie für ihn auf dem Balkon geprobt hatte. Jedenfalls gefiel er sich in der Vorstellung, dass sie es extra für ihn getan hatte.

Noch während des Schlussapplauses verließ er das Schauspielhaus, und als er vorbei an Dom und Burg in Richtung Stadtpark schlenderte, sah er noch einmal seine Nachbarin vor sich und glaubte die Mischung aus Perique- und Samsun-Oriental-Tabak in seiner Nase zu spüren, jene Mixtur, die einst den Picayunes beigemengt gewesen sein soll. Er hatte keine Ahnung, wie dieser Tabak duftete, aber er stellte ihn sich als raue, sinnliche Wolke vor.

»Sagen Sie nichts. Warten Sie … ich wette, Sie sind Philosophieprofessor.« Die Arme ausgebreitet, stemmte sich der Mann mit den Haarbüscheln im Ohr und den geplatzten Adern auf der Nase gegen den Tresen und musterte Trost, der sich soeben in Gedanken versunken ein Käsekrainer-Hotdog in den Mund schob und versuchte, dabei aufmunternd auszusehen.

»Ja, ich bin mir jetzt *sicher*. Philosophie. Sagen Sie ...«

Trost hob auffordernd die Brauen.

»... was lernt man da eigentlich? Was bringt einem das, zu wissen, was man denkt? Oder was man denken *könnte*.«

Trost hatte immer noch einen zu großen Bissen im Mund, um antworten zu können. Das weiße Stoffpferdchen grinste ihn an.

»Ja wirklich, ich versteh's nicht. Ich verstehe Medizin, ich verstehe meinetwegen Jus, aber Philosophie? Wie kann man so etwas lernen wollen? Da kann man ja gleich stempeln gehen.«

Trost hatte den Bissen endlich verarbeitet und machte ein anerkennendes Geräusch. »Ich gebe Ihnen recht. Ich versteh's auch nicht.«

»Aber warum unterrichten Sie es dann?«

Da sich soeben eine Traube junger Leute näherte, die eine Bestellung aufgab, die für sie allein unmöglich zu verzehren war, nahm das Gespräch ein abruptes Ende. Trost wurde abgedrängt, und ohne die Unterhaltung fortzusetzen, fand er sich schließlich neuerlich auf dem Weg durch die Straßen. Er hatte in der Zwischenzeit Zeus von zu Hause abgeholt, wischte sich unter dem spektakulären Dach der erst vor wenigen Jahren fertiggestellten Universitätsbibliothek die Mundwinkel sauber und ließ den Hund kurze Zeit später an den Alleebäumen der Schubertstraße auf dem Weg Richtung Hilmteich sein Geschäft verrichten. Dort, wo er vor einigen Wochen gesehen hatte, wie eine splitternackte Frau aus einem weißen Bus geworfen wurde. Trost rieb sich die Wange, die immer noch von den Hieben des besorgten Vaters von Magritte Zollneritsch schmerzte.

Er warf Zeus einen vorwurfsvollen Blick zu. »Sag, warum hast du mich in der Wohnung eigentlich nicht gleich verteidigt, hm?«

Der drehte den Kopf zur Seite und schaute ihn verständnislos an.

»Tu nicht so unschuldig. Draußen warst du schnell und gut,

aber drinnen, als mich der Kerl geschlagen hat, hast du nur dumm zugeschaut und ihn machen lassen.«

Fast verächtlich blickte Zeus jetzt die Straße entlang. Er verstand sowieso kein Wort, weshalb dann einem Mann, der seltsames Zeug redete, in die Augen sehen?

Der Ermittler seufzte. »Na, komm her, mein Freund.« Er strich Zeus über den Kopf. »Ist ja gut.«

Der Abend kroch langsam auf Mitternacht zu, ein eisiger Windstoß greinte durch die Baumwipfel und verzog sich Richtung Mensa. Ihm folgte ein Wispern im kältestarren Astwerk, das Trost sogleich unheimlich vorkam. Es klang, als unterhielten sich Riesen über ihm. Er erinnerte sich daran, dass bald die Zeit heranbrach, in der manche Leute durch ihre Häuser wanderten und den Rauch von Räucherstäbchen und Räucherasche in die Ecken der Räume bliesen. Gerade die Ecken waren bekanntlich ja die Stellen, in denen sich das Unheil besonders gern versteckte. Natürlich, wo auch sonst? Und wer nicht räucherte? Wer sich nicht ans ungeschriebene Gesetz hielt und stattdessen nachts durch die Gassen wandelte? Der durfte sich nicht wundern, wenn die finsterböse Seite der Welt sich ihm zuwandte.

Zuerst nahm Trost die Veränderung in der Luft wahr. Sie bewegte sich plötzlich nicht mehr. Dann fiel ihm auf, dass die Bäume nicht mehr flüsterten. Und erst seine dritte Wahrnehmung war jene der Gestalt, der er vor sich gewahr wurde. Eine haarlose, nackte Frauengestalt, die über den gefrorenen Boden auf ihn zuwankte. Sie zitterte, und vor ihrem Mund bildeten sich dichte Atemwolken. Ihr Blick huschte scheu durch die Nacht, und Trost hatte nicht das Gefühl, dass sie ihn registrierte. Er sprach die Frau an. Ging auf sie zu. Doch sie huschte von einem Baum zum nächsten. War flinker, als er zunächst gedacht hatte.

Zeus winselte kurz auf. Wedelte mit dem Schwanz. Ließ es dann aber wieder bleiben, da er die Situation offenbar doch nicht so lustig fand. Wie ein Gespenst wirkte die Frau jetzt. Ihr Körper war gar nicht nackt, sondern von einem dünnen weißen

Laken bedeckt, das nun hinter ihr herflog, während sich ihre Gesichtszüge veränderten. Sie schien Trost erst jetzt zu bemerken, kicherte gackernd und kratzte mit ihren Fingernägeln über die Baumrinden, was ein ohrenschmerzendes Geräusch verursachte.

Irgendwann besann sich Trost endlich und blieb stehen. Er schloss die Augen, musste für sich erkennen, dass er eine seiner Halluzinationen gehabt hatte. Sein Atem beruhigte sich nur langsam. Zuletzt blies er die Luft stoßweise aus. Hatte sich wieder erfangen. Öffnete die Augen.

Sie stand vor ihm und starrte ihn an. Ein haarloses, blasses Gesicht. Blaue Lippen. Atemwolken. Zähne kamen zum Vorschein und entblößten ein diabolisches Lachen.

Da hatte Trost schon die Beine in die Hand genommen, er lief zurück Richtung Wohnung. Zeus folgte ihm und schien den Ernst der Lage ebenso begriffen zu haben. Die finsterböse Seite der Welt gefiel auch ihm nicht.

24

Der telefonische Begleitservice

Holly Golightly aus ihrem Kopf zu kriegen war einerseits gar nicht so leicht möglich, andererseits in letzter Zeit auch nicht wirklich ihr großes Bemühen. Selten hatte sie eine Person gespielt, in die sie sich so intensiv hineinversetzte. Eva Schön konnte fühlen, wie sie in der Rolle aufging. Wie sie sie genoss. Dieses verspielt Verruchte, aber auch die Zerbrechlichkeit der Figur, harmlos und gefährlich zugleich. Eine der größten Bühnengestalten der Literaturgeschichte, einst gespielt von Audrey Hepburn. Und jetzt von Eva Schön. Wie das klang. Wunderbar.

Es war weit nach Mitternacht, als sie die Harrachgasse entlang nach Hause ging. Das Studentenlokal an der Ecke hatte bereits geschlossen, die Nacht war still und glasklar, zitterschreiend kalt. Viele meinten, eine Frau solle in Graz des Nachts nicht allein auf der Straße sein, immer wieder war von Übergriffen zu hören, eine Partei bot sogar einen telefonischen Begleitdienst an. Frauen konnten dort anrufen und sich mit der beruhigenden Stimme am Ohr nach Hause geleiten lassen. Sie musste kichern, was sicherlich auch den Martinis geschuldet war, die sie im Anschluss an die Vorstellung mit ein paar Kollegen im Josefine in der Franziskanergasse getrunken hatte. Das winzige Kellerlokal in der schmalen Verbindungsgasse zwischen Hauptplatz und Franziskanerplatz war einer der Lieblingsorte der Grazer Nachtschwärmer. Nicht nur weil diese Gegend mit den viel zu engen Schlurfen zwischen den Häuserzeilen und den unregelmäßigen Pflastersteinen am Boden so wunderbar nostalgisch wirkte, hier hatte man das Gefühl, sich in einer Mischung aus Venedig und dem Mittelalter zu befinden. Die Dichte an Lokalitäten erinnerte sie an die unbeschwerte Zeit als Studentin. Als mit den Donnerstagen die Ausgehzeit begann, die meist erst Sonntagmittag mit maßlosen Kopfschmerzen auf der Couch im Wohnzimmer der Eltern endete. Uringetränkte Gassen, beschmierte Toiletten, Bierschaum an den Lippen – sie liebte die Bilder, die sie heraufbeschwor.

Vor sich hin kichernd wählte sie nun die Nummer dieses seltsamen Begleitservices. Die angenehme Stimme eines jungen Mannes meldete sich am anderen Ende der Leitung. Er stellte sich als Jörg Bodenfeger vor, und sie prustete in den Hörer. Der Mann lachte mit, meinte, das sei nicht weiter schlimm, so ergehe es ihm meistens, wenn er seinen Namen nenne, und während sie schilderte, wo sie sich befand und woher sie kam, sperrte sie die Tür des Mehrparteienhauses auf. Bodenfeger wollte wissen, wo genau sie wohnte, und machte allen Ernstes den Versuch zu flirten. Als Eva Schön ihr Stockwerk erreichte, hielt sie abrupt inne und legte auf. Bodenfeger rief sie zurück, doch sie drückte ihn weg, rührte sich aber nicht von der Stelle. Vor ihrer Wohnungstür baute sich ein Schatten auf.

Erst jetzt bemerkte sie, dass sie das Licht im Stiegenhaus gar nicht eingeschaltet hatte, so sehr war sie in das Gespräch mit der sonoren Jörg-Stimme vertieft gewesen. Jetzt tastete sie zitternd an der Wand entlang. Ihrem ersten Impuls, auf dem Absatz kehrtzumachen und davonzurennen, war sie nicht nachgekommen, jetzt bereute sie es, denn sie war sich nicht sicher, ob ihre Beine sie noch weit genug tragen würden, um dem Stiegenhausgrauen zu entkommen. Der Schock fraß sich durch ihre Knochen und lähmte sie beinahe. Dann endlich fand sie den Lichtschalter. Sie betätigte ihn. Das grelle Flurlicht schrie ihr ins Gesicht. Sie blinzelte.

Und die Gestalt vor ihrer Tür blinzelte auch. Sie drückte sich tief in den Kragen eines Mantels, nur die Augen blitzten hervor, und Eva Schön fragte sich noch einmal, warum sie Jörg Bodenfeger vom Begleitservicetelefon einfach weggeschaltet hatte. Sie wusste nicht, wie, aber vielleicht hätte er ihr helfen können. Vielleicht.

25

»Alle machen sich um mich Sorgen«

»Also das musst du mir jetzt noch einmal erklären. Du bist wegen eines Traums vor meiner Tür aufgetaucht? Bist du Schlafwandler? Oder irgendwie …?« Sie machte mit ihrem Zeigefinger eine kreisende Bewegung an ihrer Schläfe.

Trost kam sich unheimlich dämlich vor. Jetzt hielt sie ihn auch noch für verrückt. Als er Zeus in seine Wohnung gebracht, an die Tür seiner Nachbarin geklopft und sich dort niemand gerührt hatte, war er einfach zu Boden gesackt und an Ort und Stelle eingeschlafen. Was hatte er sich nur dabei gedacht, wie ein Penner vor ihrer Tür zu lungern? Oder – schlimmer noch – wie ein Stalker. Wie ein gehörnter Liebhaber, der seine Freundin nicht aufgab.

Aber er war nichts von alledem. Ratlos starrte er in das Glas Gin Tonic, das sie ihm in die Hand gedrückt hatte. Als er immer noch nicht aufblickte, stieß sie ihr Glas an seines, sagte »Prost« und lächelte. »Komm schon. Das war süß. Du hast schlecht geträumt und bist zu mir gekommen. Und du hast dir Sorgen gemacht. Um mich. Du bist der einzige Mensch, der sich Sorgen um mich macht.«

Sie setzte sich neben ihn auf die Couch. Wie zufällig berührten sich dabei ihre Knie. Trosts Herz raste im Intercitytempo. Als er aufschaute, bemerkte er, wie sie ihn fixierte, während sie an ihrem Glas nippte. Sie musste es doch hören, sein Herz, wie es dröhnend pumpte und dabei klang wie die wilden Trommeln der Orks in den Höhlen von Moria.

Was zum Teufel war los mit ihm? Verlor er sich jetzt allen Ernstes in den Geschichten von Büchern, die Schwarzbart sicherlich allesamt in seinem Regal stehen hatte? Ausgerechnet jetzt?

Eva stellte ihr Glas auf den Tisch. Trost hielt sich an seinem fest.

Die Thomasnacht rückte näher, jetzt fiel es ihm wieder ein.

Das ist die Zeit, in der die Wilde Jagd beginnt, die erste Raunacht. Von dieser Nacht an spielte die Welt zwölf Tage lang verrückt. Erst von dieser Nacht an …

Sie rückte ein Stück näher.

Die Alte auf dem Peterson-Bild, das auf dem Boden stand, starrte ihn an. Hatte sie sich nicht gerade eben bewegt? Das war unmöglich. Natürlich war es das, aber er hätte schwören können, dass sie sich bewegt hatte.

Er musste jetzt unter allen Umständen die Nerven behalten. Wenn er jetzt aufsprang, weil er vor einem Bild zurückschreckte, dann würde ihn seine Nachbarin nie wieder in die Wohnung lassen. Er riss sich von der Alten los. Schaute Eva Schön ins Gesicht. Stürzte in die Tiefe hinter ihren Augen. Er fühlte sich einen Wimpernschlag lang schwerelos. Hilflos wie ein Teenager, der sich an Fragezeichen festklammerte.

Sie kamen sich noch ein Stück näher. Wie in einem Teenagerfilm. Irre. Aber herrlich.

Und dann läutete es an der Tür.

Eine Sekunde lang schienen beide zu überlegen, ob sie das Geräusch wirklich gehört hatten. Und wenn ja, ob sie es einfach ignorieren sollten. Dies war der Moment eines Kusses. Welcher Vollidiot klingelte da an der Tür? Noch dazu um diese nachtschlafende Zeit?

Eva Schön stieß sich seufzend, aber energisch von seinem Knie ab und lief zur Tür. Trost wartete und ließ die Berührung wirken. Er vernahm Gemurmel, konnte die Stimmen aber nicht zuordnen. Dann kam seine Nachbarin zurück. Doch sie war nicht allein.

Hinter ihr tauchte ein dürrer, hoch aufgeschossener Kerl im Türrahmen auf. Er räusperte sich unbeholfen. An seiner Seite standen zwei Streifenpolizisten, die Trost argwöhnisch musterten, ihn aber nicht erkannten.

»Und es ist wirklich alles in Ordnung?«, wollte der Dürre wissen. Er schob sich nervös seine Brille auf die Nase.

»Aber ja, wenn ich's euch doch sage«, flötete Eva Schön fröhlich. »Und Sie sind wirklich der Mann vom Telefon, der mich den ganzen Weg durch den Stadtpark begleitet hat? Mein Retter in der finsteren Stunde? Jörg«, sie wartete grinsend, »Bodenfeger?«

Der Mann lächelte, als hätte sie einen Witz gemacht, den nur sie beide verstanden, was offenbar auch der Wahrheit entsprach. Er war um Souveränität bemüht, wurde aber nun doch verkehrszeichenrot bis hinter die Ohren. Trost konnte gut nachempfinden, wie er sich fühlen musste, denn Eva Schön hatte auch ihn mit ihrer unumwundenen Art nicht nur einmal in Verlegenheit gebracht.

»Wie wunderbar ist das denn?«, rief sie. »Alle machen sich um mich Sorgen. Setzen Sie sich doch. So viele Ritter, ich bringe Ihnen gleich einen Drink.«

»Das ist wirklich nicht nötig.«

»Natürlich nicht, aber dringend notwendig«, lachte sie.

Die beiden Polizisten schafften es irgendwie zu widerstehen und verabschiedeten sich. Der eine nahm dabei die Kappe ab, und Trost glaubte sogar die Andeutung einer Verbeugung zu bemerken. Der andere ging rückwärts zur Tür und winkte Eva Schön dabei mehrmals zu, während er Trost einen unsicheren Blick zuwarf. Das war wohl der Moment, in dem er ihn doch noch erkannte, ehe die Tür vor seiner Nase ins Schloss fiel.

Eine Minute später kam Eva mit einem weiteren Glas Gin Tonic zurück, reichte es der rettenden Telefonstimme und musterte die beiden Männer, die nun vor ihr nebeneinander auf der Couch saßen, während sie auf einem Sessel Platz nahm. Vor kaum zehn Minuten hatte dort, wo jetzt Jörg Bodenfeger saß, Eva Schön gesessen, und sie waren einem Kuss näher gewesen denn je.

Trosts Herz pumpte jetzt anders. Eher aus Verlegenheit. Und grenzenloser Enttäuschung. Seine Nachbarin tratschte mit dem Telefonisten, sie warfen sich Erinnerungen an ihr Gespräch zu, als läge es Jahre zurück. Sie lachten und prosteten einander zu, und Trost hatte immer deutlicher das Gefühl, das fünfte Rad am Wagen zu sein. Irgendwann stand er auf und verabschiedete sich. Sie hob nur das Glas wie bei einer flüchtigen Bekanntschaft, die soeben in einem Lokal an ihr vorüberging. Ein wenig fassungslos verließ Trost die Wohnung. Ein wenig *sehr* fassungslos.

23. Dezember

Man muss kein Prophet sein, um ihn als allzu kurzen und überaus hektischen Tag zu entlarven. Nur noch ein Tag bis zum Heiligen Abend.

26

In der Vorklinik

Der Schnee fiel nun plötzlich in dicken Patzen und hüllte alles in Schweigen. In Kapuzen geduckt huschten die Leute durch die Straßen, sofort setzte auch das Knirschen und Schaben von Schneeschaufeln ein. Abgaswolken kräuselten sich über den Straßen, und die gelben Lichtflecken der Räumfahrzeuge flackerten durchs dichte Weiß in der Luft und sorgten für anmutige Reflexionen.

Trost bibberte ein wenig unter der feuchten Kälte und betrachtete versonnen das hinter dem Bretterverschlag etwas verloren wirkende Gebäude der ehemaligen Vorklinik. Sie war ein Spezifikum der Universität Graz gewesen, denn hier hatte die zweijährige Ausbildung als Einstiegsmodul für das medizinische Studium stattgefunden. Hier wurde theoretisch all das gelernt, was später praktisch zur Anwendung kommen sollte. Es war eine Eigenheit in Graz, dass das Vorklinikgebäude an den Campus der Karl-Franzens-Universität angrenzte, nicht aber an die Medizinische Universität, die wiederum am LKH-Klinikum im Bezirk St. Leonhard am Stadtrand angesiedelt war, rund drei Kilometer Luftlinie entfernt. Aber damit wäre nun ohnedies bald Schluss. Das Gebäude würde nicht mehr lange stehen.

Auf diese Baustelle starrte Armin Trost jetzt schon seit geraumer Zeit und konnte nicht sagen, warum er das tat. Als zöge ihn das Objekt magnetisch an, bemerkte er plötzlich eine Lücke im Bauzaun und ging darauf zu. Plötzlich hielt ihn eine Stimme auf. Der Würstelbudenmann rief ihm zu: »Sie wollen da doch nicht etwa hinein, oder?«

Trost blickte zwischen ihm und dem Abrissgebäude hin und her. »Doch, warum nicht?«

Der Würstelbudenmann schürzte die Lippen. »Sakrament,

dann sind Sie wirklich ein Professor. Ich dachte, das wär ein Scherz gewesen.«

Trost seufzte und ging auf die Bude zu, bestellte sich eine Flasche Mineralwasser und betrachtete Zeus, wie er sich neben ihn hinsetzte und ihn erwartungsvoll anschaute.

»Mag der Hund ein Würsterl?«, fragte der Mann, doch ehe Trost antworten konnte, flog auch schon eine Wurst vor Zeus' Beine. Einen Sekundenbruchteil später war sie im Maul des zotteligen Riesen verschwunden.

»Lange werden Sie ja eh nimmer in das Gebäude gehen können. Ist da überhaupt noch was drinnen? Die haben ja schon die Bagger auffahren lassen. Zuerst haben s' die Bäume weggerissen, dann kommen die Mauern. Wenn sie einmal angefangen haben, geht alles sehr schnell. Die Hälfte der Büros soll schon leer sein. Möchte wissen, ob s' die Leichen auch schon weggeräumt haben. Wollen S' nicht doch eine Frankfurter oder ein Burenhäutl?«

Trost winkte ab und deutete mit dem Zeigefinger an, dass er einige Sätze zurückspulen wollte. »Welche Leichen?«

Die Fragezeichen auf dem Gesicht des Mannes waren beinahe sichtbar. »Sie meinen, Sie wissen das gar nicht? Dass dort das Leichenlager für die Studenten ist?«

Trost lief ein Schauer über den Rücken.

»Na, schon allein deshalb werden sie nicht abgehen, die Aufschneider«, fuhr der Würstelmann fort. »Mir sind Studenten, die was lesen, lieber als solche, die ein Messer in der Hand haben. Nix für ungut, falls Sie einer von denen sind. Gibt ja immer Ausnahmen. Sie scheinen mir ein Anständiger zu sein. Aber reden tun Sie nicht viel, oder?«

Trost leerte die Plastikflasche in einem Zug, legte einen Fünfer auf den Tresen und wartete auf das Wechselgeld.

Der Würstelbudenmann zuckte mit den Schultern. »Muss man ja nicht immer tratschen. Haben S' eh recht. Aber heben Sie sich Ihnen die Worte für die Hübsche auf, die Sie kennengelernt haben. Na, da schauen S', was? Was ich alles mitkrieg von hier aus. Hab Sie einmal zusammen gesehen. Viel Glück! Braucht man immer im Leben ...«

Welche Leichen, schoss es Trost durch den Kopf. Und offenbar hatte er es auch schon gesagt, denn der Würstelbudenmann grinste plötzlich breit, sodass ein Stück Wursthaut zwischen seinen Schneidezähnen zu sehen war.

»Sie wissen wirklich nichts davon? Da haben Sie sich jetzt aber verraten. Einer von denen sind Sie dann nicht. Ist mir eh lieber, wie gesagt. Na, die bewahren da die Leichen auf, Leichen im Keller sozusagen.« Er lachte wieder laut, wobei er ein schnarrendes Geräusch machte, als lachte er ein Husten weg. »Damit die Studenten üben können, brauchen sie Leichen. Stellen Sie sich das vor. Sie studieren was, wo sie einem eine Leiche auf den Tisch legen. Grausig ist das.«

Trost schaute ihn an und dachte, dass der Würstelmann etwas ganz Ähnliches tat. Er hatte ja gewissermaßen auch Leichen auf dem Tisch.

Er war schon gegangen, als er ihm nachrief, dass das doch etwas ganz anderes sei, und Trost dachte, dass er besser aufpassen müsse. Er hatte offenbar schon wieder einen seiner Gedanken laut ausgesprochen.

Trost schenkte dem Würstelmann noch ein gutmütiges Lächeln und hörte ihn dann irgendwann nicht mehr. Er schlüpfte durch die Lücke im Bauzaun und staunte nicht schlecht, als er einige junge Leute an den Fensterbänken der raumhohen Verglasungen des Abbruchgebäudes sitzen sah. Sie blätterten in Büchern oder scrollten sich durch Instagram-Reels. Er schüttelte den Kopf, dachte, was das doch für eine Zeitverschwendung sei, und musste zugleich zugeben, sich mittlerweile doch sehr weit vom Jungsein entfernt zu haben. Er betrat das Haus und erschrak zunächst darüber, dass er seine eigenen Schritte auf dem mit Bauschutt übersäten Boden hören konnte. Das Objekt wirkte auf seltsame Weise ausgehöhlt und doch nicht leer. Als hätte sich in ihm die Erinnerung an all das wissbegierige Leben der letzten Jahre festgesetzt und wollte nicht weichen. Als er an einer offenen Flügeltür vorüberkam, ging er hindurch und setzte sich in die letzte Reihe eines gewaltigen Hörsaals. Er stellte sich vor, wie es sein musste, hier gemeinsam mit Hunderten

Studenten zu sitzen und den Vorträgen der Wissenschaftler zu lauschen.

Er hatte einmal gehört, dass sich hier in der Vorklinik die größten Hörsäle weit und breit befanden. Andere Fakultäten wichen hierher aus, wenn mit einem besonders großen Andrang an Zuhörern zu rechnen war. Er malte sich aus, wie er hier auf eine Philosophie-Einführungsvorlesung wartete, dann plötzlich aufstand und nach vorn zum Rednerpult ging, so wie es sich der Würstelmann vorhin ja auch vorgestellt hatte. Trost, der Philosophieprofessor, das brachte ihn zum Schmunzeln.

Die gute Laune war jedoch wie weggewischt, als er plötzlich an Jonas denken musste, seinen mittlerweile erwachsen gewordenen Sohn, den er im Sommer fast verloren hätte. Um ihm näherzukommen, hatte Trost im Rahmen einer Mordermittlung eine Reise mit ihm unternommen und dabei … Nun ja, wie es so oft bei seinen Fällen war, hing das Leben letztlich am seidenen Faden. Seines – und das seines Sohnes. Er hatte ewig nichts mehr von ihm gehört, wusste nur, dass er nach Wien gegangen war, denn nicht zuletzt diese Aktion hatte zum endgültigen Bruch mit seiner Frau Charlotte geführt, was bedeutete, dass er nun auch seine beiden jüngeren Kinder kaum noch zu Gesicht bekam. Dieses Lebensmodell – eine Familie – sei in seiner Branche ohnehin zum Scheitern verurteilt, hatte ihm schon vor zwanzig Jahren sein einstiger Vorgesetzter Karl Meinrad attestiert, ehe er sich mit seiner Dienstwaffe das Gehirn an die Wand gepustet hatte. Trosts Branche war das Mörderjagen, und das Ganze war seit einiger Zeit auch noch mit einem speziellen Etikett versehen, denn Trost agierte für das Bundeskriminalamt stets in höchst brisanter Mission und wurde, abgehoben vom sowieso schon mörderischen Alltag, nur noch für besonders prekäre Fälle eingesetzt. Kein Wunder, dass bei so einer Jobbeschreibung kein Platz für das Konstrukt Familie war. Oder, anders formuliert, die Familie, die das akzeptierte, musste erst noch gefunden werden. Und doch wusste er natürlich, dass er Charlotte mit diesem letzten Gedanken unrecht tat, denn mehrmals hatte sie ihm den Rücken gestärkt und betont, dass sie sehr wohl von Anfang an gewusst habe, worauf sie sich einlasse, als sie einen Polizisten geheiratet habe. Es war nicht der Beruf, der ihre Familie gesprengt hatte, es war das, was er aus Trost gemacht hatte. Eine vom Bösen geleitete Marionette, ein Medium, das wie durch finstere Magie alles Dunkle dieser Welt anzog und nicht zuletzt sogar seine eigenen Kinder mehrmals in Gefahr gebracht hatte. Niemals absichtlich, natürlich nicht. Aber was spielte das für eine Rolle? Er war zu weit gegangen. Die Realität war ihm zu nahe gekommen. Er musste es also einsehen: In seiner Branche gab es kein Familienleben.

Trost wischte sich mit dem Handrücken über die Augen.

»Alles in Ordnung?«

An seiner Seite stand ein junger Mann. Er wirkte sportlich, war groß gewachsen, und in seinem Gesicht spiegelte sich jene seltsame Mischung aus Arroganz und Empathie, die viele Ärzte auszeichnete. Trost war zu perplex, zu erschrocken, hier noch jemanden anzutreffen, als dass er zu einer Antwort fähig gewesen wäre. Er hob den Daumen, hatte aber im selben Moment nicht das Gefühl, dass das die richtige Geste war. Machte man das heute überhaupt noch, den Daumen heben, wenn etwas in Ordnung war? Einen Moment lang fragte er sich, ob der junge Mann vielleicht drauf und dran war, Psychologe zu werden. Möglicherweise studierte er dabei auch so etwas wie Dämonologie. Wusste er etwa etwas über Wahnvorstellungen, über Trugbilder, die so real waren, dass sie einen in den Wahnsinn trieben?

Trosts Gedanken zogen deshalb so merkwürdige Schleifen, weil er in dem Moment, als er Kopf und Daumen gehoben hatte, dem Studenten über die Schulter und den Hörsaal hinunter in Richtung Pult geschaut hatte. Dort, zwischen den ersten Reihen, drehte sich eine Gestalt zu ihm um. Und zwar auf eine Weise, die deutlich machte, dass sie ganz genau wusste, dass Trost hier war. Sie fixierte ihn mit kalten Augen. Haarlos und ausdruckslos starrte sie ihn an, und es lag so viel Vorwurf in ihrem Blick, dass Trost mit einem Mal erbärmlich zumute war. Es war dasselbe Gesicht, das ihn nun schon seit geraumer

Zeit in seinen Tagträumen verfolgte. Das Gesicht der Frau, die aus dem weißen Bus geworfen worden war. Und die jetzt tot war.

»Möchten Sie einen Schluck Wasser? Sie sind ja ganz blass.«

Was zum Teufel geschieht hier? »Glauben Sie an Geister? An haarlose Monster?«

Der Student machte ein verwundertes Gesicht, murmelte etwas und verschwand. Doch noch zu wenig Empathie für einen richtigen Seelenklempner.

Als Trost sich wieder der schauderhaften Gestalt in den ersten Reihen zuwandte, war sie verschwunden. Er erhob sich irritiert und verließ den Hörsaal auf wackeligen Beinen. Als er durch den Gang wankte, vernahm er Schwarzbarts Stimme im Ohr.

»Mandl. Irgendwelche Beobachtungen?«

»Nein. Nichts«, gab Trost gepresst zurück. Männern seines Alters war es immer noch unangenehm zu sprechen, ohne einen Telefonhörer oder wenigstens ein Telefon ans Ohr zu heben. Noch vor gar nicht allzu langer Zeit hätten die Leute in so einer Situation einen Bogen um ihn gemacht. Heutzutage konnten Selbstgespräche führende Verrückte aber auch in der Straßenbahn sitzen, ohne schief angeschaut zu werden.

Trost kam das alles so sinnlos vor. Seit er diesen Lieferwagen und die blasse Frau gesehen hatte, tappten sie im Dunkeln. Und schon nach der ersten verschwundenen Frau war der geheime Großeinsatz ausgerufen worden. Ja, Nele Hammersdorf war das Gspusi von Gierack. Aber sie war auch die Tochter eines einflussreichen Politikers, eines Landesrats. Also höchste Geheimhaltungsstufe, größte Diskretion, aber vor allem: enorme Eile.

»Enormste Eile«, wie BK-Chef Major Norbert Pankraz es formuliert hatte. Nach ein paar Tagen hatte Reinfried Schwarz den Namen »Operation Sagenland« etabliert. Sagenland, wie dämlich, und nur deshalb, weil Schwarz als Burgenländer die Steiermark liebte. Das sei wie bei den Hobbits hier, hatte er gesagt, »alles so grün und schön geschwungen und entspannt wie im Auenland«. »Der sauft zu viel von unserem Wein«, hatte

Trost den Grafen daraufhin sagen hören und ihn in diesem Moment sogar regelrecht sympathisch gefunden.

Er, Trost, war nun also das »Schwarze Mandl«, eine düstere Erscheinung, die an einen verheerenden Brand erinnerte. Damals, am »Schwarzen Sonntag von Wies«, hatte ein junger Mann eine Gruppe Besucher des Kirtags in einen Raum gesperrt, damit niemand diesen verlassen konnte, ohne zu bezahlen. Der Raum fing Feuer und löste eine Tragödie aus. Eine wahre Geschichte aus dem 19. Jahrhundert, die auch in die Sagenwelt eingegangen ist.

Trost stand verloren in einem der Gänge der Vorklinik und gab »Schwarzes Mandl« bei Google ein, drückte auf »Bilder« und runzelte die Stirn. *Schwarz, du Hund.* Das Schwarze Mandl war ein verrunzeltes Wesen, eine verkohlte Leichengestalt, die umherwandelte und Leute erschreckte.

Trosts Augenbrauen zogen sich zusammen und bildeten dicke Wülste auf seiner Stirn. Seit wann hatte er diese alptraumhaften Visionen? Waren sie schon da gewesen, bevor der Lieferwagen diese erbarmungswürdige Frau ausgespuckt hatte, oder erst danach?

Er rieb sich die Augen und bemerkte den Studenten von vorhin, der von seinen Geistergeschichten nichts hatte wissen wollen, also ganz offensichtlich doch keine Freud'sche Karriere einschlagen würde. Der Bursche, denn nichts anderes war er aus Trosts Perspektive, telefonierte und verschwand um die Ecke am Ende des Gangs. Trost starrte einen Augenblick auf die Stelle, an der der Student zuvor gestanden hatte, eine Sekunde, zwei, dann nahm er kurzerhand die Verfolgung auf, und natürlich konnte er sich wieder einmal nicht erklären, warum er das tat. Später würde er sich eingestehen müssen, dass es manchmal besser war, nicht auf seine Instinkte zu achten.

27

Glühwein am Vormittag

Fast zeitgleich mit Trosts Besuch im Abbruchgebäude war die Luft am Grazer Hauptplatz schwer von Baumkuchenduft, dem Aroma einer ungarischen Süßspeise aus Germteig und dem Rumgeruch der Punschmeile. Den Standlern am Christkindlmarkt vor dem Grazer Rathaus war die gestrige Nacht kaum anzumerken, und das, obwohl die Saufgelage in der Adventzeit berüchtigt waren – zumal seit einigen Jahren das anscheinend immerwährende »Last Christmas« von »Wham!« durch schrille Livekonzerte volkstümlicher Coverbands vor dem Rathausbalkon abgelöst wurde – und mehr an Bierzeltfeste erinnerten als an Weihnachten. Außerdem war der geschmückte Baum am Hauptplatz, eine fast dreißig Meter hohe Tanne aus dem Ennstal, heuer ganz ausgesprochen dürftig. Ihm hatten Äste ausgeschnitten und andernorts im Stamm eingeschoben werden müssen, und die Seite Richtung Franziskanerplatz, jene, die wegen der geringen Entfernung zum nächsten Häuserblock kaum zu fotografieren war, wies – bei Tageslicht gut sichtbar – schon lange vor dem Heiligen Abend braune Stellen auf. Immerhin hingen überall Lebkuchenherzen, junge Leute trugen leuchtende Weihnachtsmannmützen und kicherten mit geröteten Nasen aus Kapuzenjacken mit Fellimitaten. Das Gedränge hatte im Laufe des Tages bedrohliche Ausmaße angenommen, und schon zur Mittagszeit schienen die Ersten zu wanken und viel zu laut zu johlen. Obwohl man den Standlern stets nachsagte, ihre hochprozentige Ware mit Wasser zu strecken, tat der Alkohol offenbar doch seine Wirkung.

Sich ausgerechnet hier vormittags zu treffen war eine Eigenheit vieler Grazer Angestellter. Termine wurden kurz vor Weihnachten mit Vorliebe in einen der dreizehn Christkindlmärkte der Stadt verlegt, und auch Polizisten – zumindest jene, die nicht sofort als solche zu erkennen waren – mischten sich zu diesen Zeiten unters Volk.

Der Glühwein dampfte in Anne Lembergs Hand, und die Hitzewolken krochen ihre geröteten Wangen entlang. Der Mann, der ihr am Stehtisch fast ein wenig zu nahe rückte, saß normalerweise hinter einem Schreibtisch und tobte. Diesmal hatte er seine Nerven allerdings im Griff, wenngleich seine Stimme vor Anspannung zitterte.

»Irgendwas Neues?«

Lemberg schüttelte den Kopf. Es war seltsam, dass Balthasar Gierack sie das fragte, denn seine Informationen bekam er üblicherweise aus erster Hand, von Schwarz oder sogar Pankraz persönlich. Und wenn nicht von diesen beiden, dann vom Grafen, den Anne schon seit längerer Zeit im Verdacht hatte, dem Chef in den Arsch zu kriechen. Sie würde sich jedenfalls niemals vereinnahmen oder gar manipulieren lassen, so viel stand fest.

»Und Trost?«

»Nein«, gab Lemberg zwischen zwei vorsichtigen Schlucken von dem heißen Getränk zurück. »Sogar er hat noch nichts herausgefunden.«

»Sogar, sogar«, äffte er sie nach. »Als wär er ein …« Er schien sich mitten im Satz am Riemen zu reißen, trank aus seinem Glühweinbecher und versuchte es erneut. »Ich meine nicht, ob er was herausgefunden hat, sondern ob er in der Spur bleibt. Reißt er aus? Ist er tragbar? Sollen wir ihn abziehen?«

Lemberg war überrascht. Nicht nur, weil Gierack offensichtlich gar nicht wissen wollte, wie es um den Verbleib seiner Freundin stand, sondern auch, weil er es, wie unschwer herauszuhören war, immer noch auf Trost abgesehen hatte, wo er doch froh sein musste, dass der Mann, der alle Fälle löste, sich auf der Suche nach seiner verschwundenen Liebschaft befand.

»Schauen Sie mich nicht so frappiert an. Wir wissen beide, dass wir nicht gut miteinander auskommen. Aber Sie müssen auch zugeben, dass die Art, wie der Kollege arbeitet, für die Polizei nicht tragbar ist. Er sollte es als Privatdetektiv versuchen, da kann er machen, was er will. Ich denke, wir sollten ihm zumindest eine kleine Lektion erteilen. Ihn einfach einmal mittendrin von einem Fall abziehen. Das hätte keine großen Folgen, wäre ihm aber vielleicht eine Lehre.«

Lemberg registrierte, wie er sie über den Becherrand hinweg beobachtete. Sie fühlte sich unwohl, denn Gieracks Worte brachten sie zum Grübeln. Und sie spürte noch etwas anderes. Einen tiefen Groll, der sich in ihr ausbreitete wie ein Geschwür.

»Wissen Sie«, sagte Gierack, während er den Becher in seiner Hand drehte, »Trost ermittelt ja gar nicht. Er hat da eine Affäre laufen. Die Kollegen erzählen, dass er was mit der Nachbarin hat. Können Sie sich das vorstellen? Er sollte an einem Fall arbeiten und hat stattdessen nichts anderes im Sinn als ein Techtelmechtel.«

Lemberg fuhr hoch. »Blödsinn. Das ist Blödsinn.«

»Ach ja? Er war bei ihr in der Wohnung. Besuchte eine Vorstellung. Sie ist Schauspielerin, haben Sie das gewusst?«

Natürlich hatte Lemberg das gewusst. Natürlich wusste sie das alles.

Gierack musterte sie und senkte dann seine Stimme zu einem verschwörerischen Raunen. »Die Wahrheit ist: Er hintergeht alle. Jeden, der ihn mag. Er hat die Abteilung hintergangen, er hintergeht seine Familie, seine – Freunde.«

Es war zum Verrücktwerden. Einerseits spürte sie, wie er sie manipulierte, andererseits konnte sie die Tränen kaum noch zurückhalten. Gierack, dieser miese Kerl, hatte es bestimmt darauf angelegt. *Armin hintergeht mich*, dachte Lemberg.

»Ich bitte Sie ja nur«, ließ Gierack nicht locker, »die Augen offen zu halten. Es kann nicht sein, dass ein Mitglied des Ermittlerteams einfach tun und lassen kann, was es will. Es wird Ihr Schaden nicht sein, glauben Sie mir. Das kann Ihrer Karriere einen großen Sprung verleihen.« Er machte eine effektvolle Pause und seufzte theatralisch. »Wissen Sie, ich will meine Freundin zurück. Dafür würde ich *alles* tun.«

Sie konnte hören, wie gekünstelt das klang. Niemals würde sie ihm das abnehmen. Niemand würde das. Und doch schaute sie ihn jetzt lange an und presste dabei die Backenzähne aufeinander.

»Wir werden sie finden, verlassen Sie sich auf uns. Und wer nicht mitzieht, ist draußen, da haben Sie meine Unterstützung. Sie haben recht, Armin muss zu spüren bekommen, dass er nicht einfach machen kann, was er will.«

Sie stellte den Becher ab und bemerkte eine plötzliche Entschlossenheit an sich, eine Seite, die in dieser Form bislang bestimmt noch niemand an ihr wahrgenommen hatte. »Danke für die Stärkung. Ich muss wieder an die Arbeit. Ich bin schließlich die Schöcklhex.«

Gierack blieb allein am Stehtisch zurück. Er grinste über Lembergs Anspielung auf Schwarzbarts Marotten, war aber dann doch verwundert darüber, wie das Gespräch ausgegangen war. Er konnte nicht glauben, dass er plötzlich eine Verbündete hatte. Es war so … einfach gewesen.

28

Der grausige Fund

Es war eine willkürliche Entscheidung gewesen, dem jungen Mann durchs Unigebäude zu folgen. Es gab keinen offensichtlichen Grund dazu, wenn man einmal davon absah, dass hier kaum noch jemand anzutreffen war. Immerhin befanden sie sich in einem Abbruchhaus. Aber der junge Mann hatte zuvor einen Anflug von Empathie bewiesen und dann doch einen Rückzieher gemacht, als hätte er sich seiner dunklen Seite entsinnt. Mit seinen freundlichen Sätzen war er gewissermaßen in Trosts Sphäre eingedrungen, da durfte er sich nicht wundern, plötzlich zum Ziel einer Verfolgung zu werden.

Dem Studenten nachzugehen, ohne Argwohn zu erregen, war Trost ein Leichtes. Ein paar Schatten huschten noch durchs Gebäude, Liebespärchen und Besoffene, vielleicht sogar der eine oder andere Arbeiter, obwohl Trost sich das einen Tag vor dem Heiligen Abend kaum vorstellen konnte. Er ließ dem jungen Mann gerade so viel Vorsprung, dass er nicht auf ihn aufmerksam wurde, und wenig genug, als dass er seine Spur verlieren könnte. Jedes Mal wenn er um eine Ecke bog, erspähte Trost den jungen Mann im letzten Augenblick. Es war ein geschmeidiges Hinterherjagen, bei dem sich die Türen problemlos öffnen ließen, kein Laufen, kein Schwitzen.

Und doch veränderte sich alles, als Trost plötzlich ein Tisch voller abgehackter Körperteile entgegenrollte. Ein Fuß, der in kahlen Schienbeinknochen mündete, ein blutleerer Arm, der an einer Schulter hing, nein, zwei, drei Arme, die an Schultern hingen. Ein ganzer Haufen Körperteile auf einem Rollwagen.

Trost erschrak und blieb wie angewurzelt stehen. Der Tisch kam immer näher, drängte ihn an die Wand, sodass eine der leblosen kalten Hände seine Taille streifte.

In diesem Moment kam eine feiste kleine Gestalt um die

Ecke, die offenbar alle Mühe hatte, den Tisch auf seinen Rollen um die Kurve zu schieben.

»Oh, verzeihen Sie bitte. Das Ding lässt sich verdammt schwer manövrieren«, rief die junge Frau gut gelaunt.

Trost lächelte lässig, jedenfalls hoffte er, dass es ein lässiges Lächeln war. Die stumme Geste sollte »Schon gut, kein Problem« bedeuten, obwohl er sich nicht sicher war, ob sie nicht eher als das »Wääähh« zu erkennen war, das aus ihm hinausgebrüllt werden wollte. Natürlich hatte Trost schon allerhand gesehen, Leichen sowieso, aber Körperteile, die wie Ersatzteile herumgekarrt wurden, waren noch einmal eine Spur erschütternder, und außerdem war er sonst meistens vorgewarnt – im Leichenschauhaus, bei einem Tatort. Aber hier in einem Universitätsgebäude, das im Begriff war, abgerissen zu werden?

Die Frau schüttelte den Kopf, als sie mit dem Rollwagen an ihm vorüberglitt. »Falsches Studium«, flötete sie grinsend. »Ganz sicher.«

Trost machte eine Grimasse in ihrem Rücken, dennoch lachte sie auf, als hätte sie ihn gesehen. »Ist so. Fix. Wenn Sie das schon nicht vertragen …«

Nach dem Intermezzo war von dem Studenten, dem er gefolgt war, keine Spur mehr zu sehen. Die Stimme der jungen Frau war ebenso längst verebbt, offenbar war er in einen Bereich der Vorklinik gedrungen, der trotz der Baustelle noch in Betrieb war, obwohl man da und dort bereits die Zeichen des nahenden Umzugs erkannte. Gestapelte Kartons, ein Container voller Gerümpel, und hinter dem Glasfenster einer verschlossenen Tür zeigte sich ein in fahles Grau gehüllter, vollkommen leer geräumter Hörsaal.

Trost ging den Gang entlang weiter und beschloss, eine Flügeltür zu öffnen, hinter der Licht brannte. In diesem Raum war es nahezu still, lediglich an zwei, drei Tischen befand sich jeweils eine Handvoll junger Leute, die in blutbespritzte Fleischerschürzen gekleidet um grauenhaft zugerichtete menschliche Körper gruppiert waren. Es sah aus wie ein geheimes Versuchslabor, in dem Experimente an Menschen durchgeführt wurden. Einen skurrilen Moment lang dachte Trost daran, eine Sekte aufgespürt zu haben, die ein abartiges Ritual durchführte. Vielleicht verwandelten sich die Studenten in ihren blutigen Schürzen auch jeden Moment in Reptilien und offenbarten sich solcherart als Mitglieder des Cthulhu-Clans. Trost biss sich auf die Unterlippe, um seiner Phantasie Einhalt zu gebieten. Er durfte jetzt nicht an Horrorgeschichten denken, er war im Hier und Jetzt – und das war im Augenblick unheimlich genug.

»Wir haben hier keine Geheimnisse«, rollte plötzlich eine unglaublich tiefe Stimme an seine Seite heran wie eine Geröll-lawine.

»Sie befinden sich im Seziersaal der Vorklinik. Hier erfahren angehende Ärzte mehr über den menschlichen Körper. Allerdings ist dieser Bereich nicht frei zugänglich. Im Augenblick schon gar nicht. Sind Sie« – eine winzige Pause, die Trost nicht entging und wohl auch nicht entgehen sollte – »Student? Ich hoffe, nicht. Denn wenn doch, dann müsste ich Ihnen dringend dazu raten, die Studienrichtung zu wechseln, so verschreckt, wie Sie dreinschauen, und, mit Verlaub, in Ihrem Alter …«

In diesem Moment vernahm Trost das Knacken eines menschlichen Knochens unter einer gewaltigen Schere, gefolgt von einem »Ups« eines der Studenten.

29

Menschliches Ersatzteillager

So erschrocken er über die plötzlich an seiner Seite herandonnernde Stimme gewesen war, so musste Trost doch auch schmunzeln. In seinem Alter noch als Student bezeichnet zu werden war schmeichelhaft.

Die Augen des Mannes – gutmütig leuchtende braune Kugeln hinter den dicken Gläsern einer Hornbrille – verrieten, dass er Trosts Gedanken erraten hatte. »Na, Sie glauben gar nicht, wie lange manche Leute studieren. Aber wenn Sie kein Medizinstudent sind, was machen Sie dann hier? Haben Sie sich verlaufen?«

»Nein. Ich bin nur ein Vater, der sich umsieht, um herauszufinden, ob das für seine Tochter der richtige Ort ist.« Es war manchmal erschreckend, wie einfach ihm Lügen über die Lippen kamen.

»Ein Vater ...«, wiederholte der Mann, »... die Arme«, murmelte er, sodass Trost es kaum hören konnte. »Na, ich führe Sie gerne herum. Adelheid mein Name, ich bin Professor hier am Institut, Meinhart Adelheid, Sie haben bestimmt schon von mir gehört.«

»Trost«, antwortete Trost, denn er sah keinen Grund, seinen Namen zu verschweigen. Die beiden schüttelten sich die Hand. Jene des Professors war kalt wie Schnee, Trosts Hände glühten. Und nein, von einem Mann namens Adelheid hatte er noch nie gehört, das wüsste er.

Der Professor räusperte sich und runzelte die Stirn. »Nun denn, kommen Sie, Herr Trost. Ich habe gerade ein paar Minuten. Ich zeige Ihnen das Institut oder das, was davon noch übrig ist. Wir wollen ja nicht, dass Ihre Tochter durch Ihre bloßen Beobachtungen, denen es bestimmt an Informationen mangelt, einer großen Chance beraubt wird.«

Zunächst näherten sie sich einem der Tische im Seziersaal, auf dem ein Oberschenkel von den Zangen und Scheren der Studenten malträtiert wurde. Professor Adelheid schaltete sich kurz ein, erklärte den jungen Leuten die richtige Technik, wobei seine Stimme niemals den freundlichen, aber auch etwas herablassenden Tonfall verlor.

»Wissen Sie«, sagte Adelheid, als sie kurz darauf den Saal wieder verließen, »mir ist dieses Haus ans Herz gewachsen – und die Studenten natürlich auch. Aber es gibt ein paar Exemplare darunter, die einfach mehr Übung brauchen als andere, und ich finde es eine ausgezeichnete Idee, an Tagen zu arbeiten, an denen normalerweise kein Betrieb ist. Bei all dem Trubel, der durch den Umzug auf uns zukommen wird, werden die jungen Herrschaften jede Extraeinheit benötigen, die sie kriegen können, und ich gebe ihnen die Chance. Deshalb sehen Sie heute hier noch jemanden …«

Sie gingen weiter und erreichten einen breiten Gang, ein Kuriositätenkabinett, das Trost an die Geschichten der Kaiserzeit erinnerte, wo Menschen mit seltenen Krankheiten und abstoßenden Verhaltensmustern wie Zootiere gehalten wurden und dem schaurigen Gaudium der Hochwohlgeborenen dienten. Körperteile in Vitrinen, riesige Wandbilder, die die seltsamsten Erkrankungen des menschlichen Körpers vergrößert darstellten, und jede Menge Sezierbesteck.

Adelheid seufzte. »Ich will gar nicht daran denken, was das für ein Aufwand sein wird, alles im neuen Institutsgebäude unterzubringen. Ich meine, *alles* geht sowieso nicht. Aber der Gedanke widerstrebt mir, einzelne Vitrinen und deren Inhalt wegzuschmeißen. Ich meine, da stecken doch Schicksale dahinter.«

Trost fand das plötzliche Mitleid merkwürdig. Professor Adelheid wirkte wie ein Fleischer mit akademischer Ausbildung. Als würde er mit Anzug in den Schlachthof gehen.

»Und woher beziehen Sie Ihre Körper? Ich meine …«

»Ich weiß, was Sie meinen. Ich bezeichne Menschen, die das tun, als Helden. Sie helfen über ihren Tod hinaus. Sie sind mitunter Lebensretter für kommende Generationen. Wir ehren dieses Vermächtnis, so gut es geht.«

Trost ließ sich das Prozedere erklären. Wer seinen Körper nach dem Tod der Anatomie zur Verfügung stellen wolle, melde das telefonisch an und bekomme einen Ausweis im Scheckkartenformat. Diese sogenannte Patientenverfügung solle der Betroffene stets bei sich tragen. Im Fall des Todes werde dann umgehend die Anatomie verständigt. »Und dann kommt der Leichnam hierher.«

Adelheid war stehen geblieben und wies auf eine Tür, die in einen winzigen stillen Raum führte. »Sollte es Angehörige geben, können sie ihren Liebsten hier im Verabschiedungsraum Lebewohl sagen. Danach wird der Körper der Medizin übergeben.« Er sagte tatsächlich »Lebewohl«, was Trost angesichts der Umstände reichlich daneben fand.

»Dann ist das hier so etwas wie ein menschliches Ersatzteillager?«

»So kann man es ausdrücken, ja. Auch wenn es nicht besonders respektvoll klingt. Wir legen großen Wert darauf, dass mit den Leichen pietät- und würdevoll umgegangen wird. Sie werden auch in einer Urne am Waldfriedhof Tobelbad beigesetzt.« Adelheid hüstelte. »Also, wir machen das so, dass die Gebeine verschiedener Personen gleichzeitig begraben werden. Manchmal kann man ja nicht mehr sagen, welcher Teil zu wem gehört, schließlich wird ja nicht der ganze Körper in einem Kurs durchgenommen, und es kommt schon vor, dass man einmal vierzig, fünfzig Unterarme oder Oberschenkel braucht, um den Studenten die Anatomie nur dieses Körperteils näherzubringen. Die restlichen Körperteile sind dann Gegenstand weiterer Kurse. Sie verstehen?«

Trost nickte. Und wie er verstand.

»Schaun Sie, wichtig ist doch, dass die Studenten was lernen. Ihre Tochter wird sich an diese Kurse gewöhnen. Ein Arzt muss ja den menschlichen Körper kennen, und wie anders soll er ihn studieren?«

Der Professor schob Trost schließlich mit der Bemerkung,

er habe nun zu tun, durch eine Seitentür auf die Harrachgasse hinaus. Er sagte wieder »Leben Sie wohl«, und als die Tür zufiel, schnappte Trost so gierig nach Luft, dass er sich dabei fast verschluckte. Er kannte den Tod. Sogar recht viele Facetten davon. Aber Orte, an denen er so allgegenwärtig war wie in diesem Universitätsinstitut, gab es wohl nicht viele in der Stadt. Und mit einem Mal fand er es überaus befremdlich, dass er um dieses Gebäude herum seit Tagen Spaziergänge machte. Er betrachtete es, und plötzlich wirkte es auf ihn sonderbarerweise wie Stefan Ruzowitzkys Kulissen in »Hinterland«. Wie ein schräges Bild, das ihm etwas erzählen wollte von der Verrücktheit dieser Welt.

30

Lemberg

Hinter der Glasfront glitzerte ein eiskalter Wintertag und zeichnete die Konturen der Stadt mit scharfen Kontrasten. Beim ersten Hinsehen waren die Farben unwirklich satt, und Trost musste den Kopf neigen, um festzustellen, dass es kein Gemälde, sondern die Realität war. Die Realität eines Ausblicks, den er seit vielen Jahren kannte.

Sie waren abermals allesamt ins Präsidium berufen worden. Offenbar waren konspirative Treffen in Innenstadt-Kaffeehäusern nicht mehr gefragt. Trost wunderte sich allerdings, wie viel hier los war, ehe er erkannte, dass ein Gutteil der Anwesenden gar keine Polizisten waren. Sie warteten lediglich auf den Gängen, wo sie nacheinander in Vernehmungszimmer gebeten wurden.

Niemand beachtete Trost, wie er so dastand, die Menschen betrachtete und den Eindruck erweckte, selbst in einer Reihe zu warten.

»Hast du etwa Lust, befragt zu werden?«

Lemberg tauchte plötzlich an seiner Seite auf und folgte seinem Blick, der über den Gang streifte.

»Was soll das hier?«, wollte Trost wissen, was Lemberg mit einem Schulterzucken quittierte.

»Schwarz will, dass Nachbarn, Freunde und Bekannte der verschwundenen Damen in einer konzertierten Aktion befragt werden. Wir erfassen die Daten, analysieren, dokumentieren. Das Übliche halt.«

»Aber wir haben keine Spur.«

»Nope. Du etwa?«

Die beiden sahen sich an. »Das würdest du wissen«, gab Trost zurück.

»Ach, ist das so? Ich glaube nicht. Ich glaube, wir beide

sind mittlerweile auf verschiedenen Planeten unterwegs. Du ziehst dein Ding allein durch, und ich bin im Team – bei den anderen.«

Trost erwiderte nichts darauf, denn ihm fiel nichts ein, was er hätte sagen können, aber er musste zugeben, dass ihn ihre Aussage schmerzte. In Lembergs Stimme hatte ein ganzer Sack voll Sarkasmus mitgeschwungen, und er hatte keine Lust, dem jetzt auf den Grund zu gehen. Doch seine Strategie, dadurch ihrem Zorn zu entgehen, ging nicht auf.

»Wir tappen alle im Dunkeln, weißt du«, zischte sie und hatte offensichtlich Mühe, ihre Stimme so weit im Griff zu haben, dass niemand etwas davon mitbekam. »Aber es wird nicht einfacher, wenn du aus deinen Gedanken eine Mördergrube machst und niemanden daran teilhaben lässt. Welche Spur verfolgst du? Was hast du vor? Bist du etwa wieder drauf und dran, irgendwo im Ausland zu ermitteln? Rufst du mich morgen wieder aus Italien an wie letzten Sommer, oder wird es diesmal Sibirien sein? Oder meldest du dich gar nicht mehr?«

Lemberg spielte auf die jüngste spektakuläre Ermittlung an, bei der die ganze Stadt in einen Hexenwahn verfallen war und Trost beinahe beide Daumen verloren hätte.

»Anne …«

»Nein, nix Anne. Ich finde, du schuldest …«

Trost packte Lemberg am Oberarm und zerrte sie ins nächstbeste Zimmer. Dabei handelte es sich um eine Kammer, die mit Putzzeug, stapelweise Klopapier und einem Kopierer vollgestellt war. Als die Tür ins Schloss fiel, war es sekundenlang vollkommen finster. Trost tastete fluchend nach dem Lichtschalter, und als er ihn fand und das grelle Licht den Raum erhellte, war ihm seine Kollegin so nah, dass er erschrak. *Einstige Kollegin*, erinnerte er sich, denn seit seiner Versetzung in eine Sonderabteilung des Bundeskriminalamtes war er genau genommen nicht mehr im Team der Grazer Mordgruppe – auch wenn sie jeder spektakuläre Fall doch wieder zusammenführte.

»Was soll das?« Trosts Stimme bebte. »Warum verhältst du dich so unprofessionell?« Er konnte ihr Duschgel riechen, eine

Zitronennote mit einem Schuss Lavendel. Letzterer könnte aber auch von ihrem frisch gewaschenen Pullover stammen.

»Unprofessionell?«

»Ja, genau das. Wir machen unseren Job, jeder auf seine Art, so wie immer. Und am Ende werden wir diese Kerle, die was auch immer getan haben, schon kriegen. Aber die Nerven wegschmeißen ist eigentlich Gieracks Metier. Stattdessen spielst du plötzlich verrückt.«

»Verrückt?«

»Ja. Wiederholst du jetzt immer alles, was ich sage?«

Sie blickte ihm direkt ins eine, dann ins andere Auge. Er bemerkte, dass ihre Unterlippe vor Aufregung zitterte.

»Armin, du hockst bei deiner Nachbarin, anstatt dich an der Fahndung zu beteiligen. Du sitzt im Schauspielhaus, du flirtest. Und jetzt soll *ich* verrückt sein? Sag mal, geht's noch?«

»Sag du mir mal, was das soll? Bist du eifersüchtig, oder was? Was geht es dich an, mit wem ich mich nach Dienstschluss unterhalte? Sind wir etwa zusammen?«

Der Blick, den er dafür erntete, ließ ihn alarmiert zurückweichen. So hatte sie ihn noch nie angesehen – mit dieser Mischung aus Verachtung und Befremden. Einen Wimpernschlag lang wusste er nicht, ob sie ihm eine Ohrfeige verpassen oder in die Nase beißen würde. Sie tat beides nicht, drehte sich stattdessen wortlos um und verließ den Raum.

Trost blieb noch eine Weile in der Kammer, ehe er Lemberg folgte. Von ihr fehlte inzwischen jede Spur, stattdessen trafen ihn einige Blicke der wartenden Zeugen, und er überlegte, wie schalldicht eine Tür zum Kopierraum wohl sein konnte.

31

Trosts Flucht

Trost musste daran denken, wie seltsam es war, dass er mittlerweile in einer Wohnung in der Neunzig-Grad-Kurve Harrachgasse, Ecke Halbärthgasse wohnte. Zwei Gassen, die Ende des 18. Jahrhunderts entstanden waren, als dieser Bereich, der »Kommende Leech« genannt wurde, parzelliert worden war. Auch die Zinzendorfgasse war in jener Zeit errichtet worden und bildete mit dem Glacis ein Quadrat um die älteste Kirche von Graz, die Leechkirche.

Dieses Gotteshaus würde Trost bestimmt nicht mehr betreten, seit er dort einmal eine Panikattacke erlebt hatte, und auch wenn Lemberg in der Zinzendorfgasse wohnte, hatte er nicht das Bedürfnis, in ihrer Nähe zu sein – jedenfalls redete er sich das ein. Und doch war er davon überzeugt, dass ihn vor einigen Wochen, als er das Erlebnis mit dem weißen Lieferwagen und der kahlen Frau hatte, etwas in diese Gegend getrieben hatte, denn in seiner Welt existierte so etwas wie Zufall nicht. Es gab immer eine Kraft, die einen lenkte. So löste er auch seine Fälle.

Er sah sich um. Gefühlt die halbe Nachbarschaft rund um die Harrachgasse war versammelt und wartete darauf, befragt zu werden. Er konnte sich nicht erinnern, wann das letzte Mal so eine aufwendige Untersuchung gemacht worden war. Aufwendig und auffällig. Eigentlich hätte er sich an den Befragungen beteiligen sollen, aber wie so oft schaffte er es, sich um die langweiligen Aufgaben einer Ermittlung zu drücken, wobei ihm seine Eigenschaft, manchmal einfach nicht bemerkt zu werden, zugutekam.

Nach der Auseinandersetzung mit Lemberg hatte er es rasch aufgegeben, nach ihr zu suchen, schlich stattdessen den Gang entlang und erhaschte gerade noch einen Blick auf Gierack, der flink wie ein Schatten durch die Seitentür ins Stiegenhaus entschwand. Trost folgte ihm aus einem Impuls heraus, wenngleich er ahnte, dass ausgerechnet dieses Stiegenhaus kein guter Ort war, seinem einstigen Vorgesetzten zu begegnen. Hier hatten sie ihren letzten Streit gehabt, seit damals war Trost davon überzeugt, dass ihrer beider Schicksal sie alsbald wieder aufs Schlachtfeld führen würde. Etwas waberte um die Erscheinung von Gierack, das Trost in den Bann schlug. Mit anderen Worten: Seine Aura wurde stets vom Bösen angezogen, warum also auch von Gierack?

Trost öffnete die Tür ins Stiegenhaus so leise wie möglich und lief dem Chef der steirischen Kriminalabteilung hinterher. Als er das Parterre erreicht hatte, war die Eingangstür gerade dabei, ins Schloss zu fallen, und als Trost ins Freie trat, rechnete er beinahe damit, dass Gierack ihn mit geladener Pistole erwarten würde. Dem war nicht so. Stattdessen war plötzlich Schwarz an Gieracks Seite aufgetaucht. Und nicht nur das, auch eine ganze Meute von Journalisten, die ihre Mikrofone auf die beiden richteten. Handys ragten hoch über ihren Köpfen, und ein Kamerateam schob sich durch die Menge auf sie zu. Gierack und Schwarz waren umringt.

Jeder normale Mensch hätte sich angesichts dieses frivolen Interesses unwohl gefühlt. Nicht so Gierack, der das Bad in der Medienmenge bekanntermaßen stets genoss. Interessanterweise schien auch Schwarzbart Gefallen daran zu finden, stellte sich breitbeinig auf, die Hände vor der Brust verschränkt, und gab den Anwesenden zu verstehen, dass er sich alle Zeit der Welt nehmen würde, ihre Fragen zu beantworten.

Trost manövrierte sich um die Traube herum und fand es bemerkenswert, wie geschickt die beiden die Fragen parierten, ohne allzu viele Ermittlungsdetails zu verraten. Also ohne zu verraten, dass es praktisch keine Ermittlungsdetails gab. Keine Frage auch, dass mit keiner Silbe erwähnt wurde, dass eine der vermissten Damen Gieracks Freundin war.

Irgendwann trafen sich ihre Blicke. Es geschah, während Schwarz sprach und Trost über die Schulter zurückschaute. Trosts und Gieracks Augen richteten sich aufeinander wie bei einem Duell. Gierack blitzte ihn an, seine Mundwinkel zuckten, und dann griff er plötzlich nach einem Mikro, das Schwarz gerade unters Kinn gehalten wurde, und rief: »Wissen Sie was, diese Frage kann Ihnen Leutnant Armin Trost von der Sonderermittlungseinheit am besten beantworten. Er ist gerade hier. Fragen Sie doch einfach ihn, er ist Bundesbeamter, die wissen meistens mehr als wir.« Gieracks Arm schnellte nach vorn, und sein ausgestreckter Zeigefinger zeigte in Trosts Richtung. Dutzende Blicke folgten ihm.

Innerhalb eines Sekundenbruchteils erstarrte Trost zu einem Eisblock. Seine Sensoren scannten die Umgebung, während sein Mund aufklappte und er Gierack fassungslos anstarrte. Von allen Dingen, die Trost hasste – und derlei gab es wahrlich eine ganze Menge –, stand der Angriff einer Journalistenmeute ganz oben auf der Liste. Er bemerkte noch, wie Gierack amüsiert grinste, als er auf dem Absatz kehrtmachte, den Kragen seiner Jacke hochklappte, seinen Kopf unter der Bärenfellhaube versteckte, um die nächste Ecke bog und von dort – noch ungesehen von den Kameras – in Richtung Bushaltestelle sprintete.

Stoßgebete zum Himmel schickend, ein Bus möge doch in diesem Augenblick kommen, keuchte Trost auf die Haltestelle zu und konnte sein Glück kaum fassen, als tatsächlich ein 33er heranfuhr, die Türen zischend öffnete und ihn einließ. Als hätte der Herrgott ihm tatsächlich ein Taxi vorbeigeschickt. Atemlos ließ er sich in eine Sitzbank fallen und beobachtete, wie sich die Kamerateams näherten, wie Journalisten versuchten, den Bus zu erreichen. Warum fuhr der denn nicht los?

Um Himmels willen, so fahr doch endlich!

Fast hätte er den Busfahrer angeschrien. Doch in diesem Moment zischten die Türen und schlossen sich, der Wagen machte einen Ruck, schob sich aus der Haltestellenbox und nahm Fahrt auf. Im Rückspiegel sah Trost das Gesicht des Fahrers, wie es ihm grinsend zuzwinkerte.

32

Ein Würstel und ein Bier

Eine halbe Stunde später hatte Trost bei der zweiten Dose Bier davon angefangen, über seine Gefühle zu reden. Der Würstelmann hatte sich weit über seinen Tresen gelehnt und ihn mit seinen kleinen vertrauensvollen Glupschaugen angesehen, und Trost hatte geseufzt und von »den Frauen« gesprochen. Natürlich hatte er dem Würstel-Typen nicht viel erzählt, eigentlich nur eine Mischung aus Charlotte, Lemberg und Eva Schön. Aber es hatte gereicht, um dem ansonsten so verschlossenen Mann ein Lächeln ins Gesicht zu zaubern, das allerdings nicht Trost zu gelten schien, schon gar nicht seiner Geschichte. Es wirkte vielmehr, als wäre ein Bild aus der Vergangenheit vor seinem Gegenüber aufgetaucht.

»Woran denken Sie?«

»Ach.« Der Würstelmann fuhr sich übers Gesicht. Und Trost wusste, dass er den Mann dort hatte, wo er ihn haben wollte. Er mochte diesen Moment, wenn Menschen ihre aufgesetzte Fassade fallen ließen und etwas von sich preisgaben. Noch lieber hatte er es, wenn sie es taten, ohne es zu merken.

»Mir ist meine Frau schon lange davon«, sagte er in der für ihn so typisch seltsamen Sprache, die Trost wie eine Mischung aus hastigen Whatsapp-Nachrichten und mürrischem Wirtshaus-Steirisch vorkam. Und aus irgendeinem Grund fand Trost, dass Anderl gar nicht so gut zu ihm passte. Sepp, die steirische Form von Josef, wäre viel besser geeignet. »Und die Tochter ist mir gestorben. Gar net lang her.«

»Tut mir leid«, war alles, was Trost einfiel. Im folgenden Schweigen hoffte er, dass sie kein Kunde unterbrechen würde.

»Weißt«, hob der Würstelmann nach einer halben Ewigkeit wieder an, »alles hat sich seither verändert.«

»Wie ist sie gestorben?«

»Autounfall. Aber …«

»Hm?«

Der Würstelmann drehte sich um und deutete mit dem Kopf in eine unbestimmte Richtung. »Der Ulli, der bei mir aushilft … Ich weiß nicht, hast den schon einmal gesehen?«

Trost schüttelte den Kopf. »Jedenfalls, den hat das auch getroffen.« Der Würstel-Sepp beugte sich plötzlich hinter den Tresen. »Na geh, jetzt hat er die Kisten schon wieder vergessen. Er weiß doch, dass ich sie heute brauch …«

»Was ist mit dem Ulli?«

Der Würstelmann schaute Trost an, als wüsste er plötzlich nicht mehr, wer er war. Der Gedanke an die fehlenden Kisten hatte ihn offenbar ganz in den Bann gezogen. Dann fing er sich jedoch wieder und schloss den Satz ab. »Na, der Ulli hat sie gefunden. Meine Tochter. Damals.«

Trost zahlte und schaute auf die Uhr. »Ich hab grad Zeit.«

»Für was?«

»Ich fahr mit dir die Kisten holen. Zu zweit sind wir schneller.«

»Geh.«

»Ja sicher. Kann ja nicht ewig dauern. Wo sind sie denn?«

»Bei mir daheim. In Voitsberg.«

Trost blähte die Backen. »Okay, das ist nicht gerade ums Eck. Aber heut kommt eh keiner mehr. Die sind doch alle schon in den Ferien, und ich hab auch nichts Besseres vor. Also fahr ma, in einer halben Stunde sind wir dort.«

Der Würstelmann lächelte zurück und zuckte mit den Schultern. Die Bude sicherte er nur notdürftig ab, er wäre ja bald wieder da. Dann reichte er Trost die Hand.

»Anderl«, sagte er und fügte, um alle Unklarheiten zu beseitigen, hinzu: »Anderl. So heiß ich.«

Mist, dachte Trost, hab ich ihn etwa mit Sepp angesprochen?

Sie gingen um die Vorklinik herum in die Attemsgasse. Dort stand Anderls Wagen ganz vorn in einer Parklücke. Er winkte Trost an die Beifahrertür. Kurz darauf stiegen sie ein und fuhren los. In einem weißen Lieferwagen.

33

Im weißen Lieferwagen

Er sah es ganz deutlich vor sich. Die Tür ging auf, eine junge Frau wurde aus dem Wagen geworfen. Als Trost näher kam, war er abgelenkt vom Aussehen der Frau. Der Kreatur mit den Haarbüscheln, die wie Staubfusel um sie herumwehten. Erst als er um Hilfe rief – die Frau in seinem Schoß –, versuchte die Erinnerung, ein Bild wiederherzustellen. Einen weißen Lieferwagen, der zwischen den Baumreihen der Allee davonraste. Er konnte nicht sagen, woher er die Gewissheit nahm, aber es musste *dieser* Lieferwagen gewesen sein. Er spürte es. Natürlich konnte er sich dabei wieder nur auf seine Intuition verlassen, und er musste zugeben, dass es diesmal ein äußerst dürftiges Gefühl war. Also beschloss er, es dabei bewenden zu lassen.

Sie fuhren durch die Stadt Richtung Westen über den Steinberg immer geradeaus. Bis sie am Kreisverkehr in Söding-Sankt Johann die B 70 erreichten, eine Straße, die in der Region seit Jahren Streitthema war. Die einen wollten, dass sie blieb, wo und wie sie war, die anderen – natürlich vor allem die Anrainer – hofften auf eine Umfahrung.

Als sich die Burgruine Krems linker Hand abzeichnete, bogen sie Richtung Voitsberg ab und rollten an einigen Autohäusern und Industriebetrieben vorüber, ehe sie irgendwann in eine Seitengasse einbogen. Die Gasse mündete in einen Waldweg, der irgendwann wohl auch vorbei am Sportplatz und hinauf zur Burgruine Obervoitsberg führen musste. Von dort oben war der Heilige Berg zu sehen und weiter hinten die Pack, hinter der sich Kärnten mit seinen Seen und seinem ewigen Urlaubsgefühl auftat. Hier in der Gasse war es dagegen ruhig und still. Der Abend zeichnete sein Schattenspiel schon weit in den Nachmittag hinein, und die Lichtkegel, die der weiße Lieferwagen auf die Straße vor sich warf, schienen fast ein wenig matt zu sein. Unwillkürlich stellte Trost sich die Frage, ob sie ausreichen würden, wenn die Nacht tatsächlich endgültig hereinbrach.

Bevor ein kleines Wäldchen begann, hielten sie an. Sie standen am Fuß einer Hügelkette, die die Gegend Richtung Norden umspannte. Anderl hatte vor einer offenen Garage gehalten, in der sich ein Stapel Kisten voller Dosen und Kanister befand. Trost schnappte sich eine davon und folgte Anderl, der schon eine Kiste in Händen hatte, zum Wagen. Als sich die Hecktür öffnete, schnappte Trost nach Luft, als erwartete er, weitere kahle Halbtote aus dem Wagen purzeln zu sehen. Doch der Innenraum des Lieferwagens war leer. Er atmete durch.

»Am besten, du stellst sie ganz nach hinten an die Rückwand zur Fahrerkabine.«

Trost sprang in den Bauch des Wagens, und als er die Kiste abstellte, fühlte er sich wie bei Hänsel und Gretel, nur dass er eins der Kinder war und der Anderl die Hexe. Wie leichtfertig er doch gewesen war. Natürlich. Der Typ hatte ihn ganz nach hinten gelockt, damit er in Ruhe die Heckklappe zumachen konnte. Langsam drehte Trost sich um. Sein Herz stolperte. Er hätte schwören können, dass Anderl hinter ihm stand, sardonisch grinsend, ein Beil in der Hand. Doch da war niemand. Nichts dergleichen war geschehen.

Eine halbe Stunde später war es vollends finster geworden, und die Kisten waren allesamt verstaut. Trost tat der Rücken weh, und Anderl hielt ihm ein Schnapsglas entgegen.

»Hier, zur Stärkung.«

Der Birnenschnaps brannte wie Glut. Anderl starrte in die fahle Umgebung. »Willst die Stelle sehen, wo sie gestorben ist?«

Trost wusste, wovon er sprach, schaute Anderl aber erwartungsvoll an.

»Die Stelle, wo meine Tochter …« Er brach ab. Dann zuckte er mit den Schultern, als hätte er noch einmal ernsthaft darüber nachgedacht. »Komm einfach mit.«

Sie fuhren wieder zurück auf die Hauptstraße, bogen auf die B 70 Richtung Köflach ab und blieben bei der nächsten Abfahrt am Wiesenrand an einer Stelle stehen, an der zahlreiche brennende Kerzen den Straßenrand säumten. Von hier aus waren die Umrisse des Schlosses Greißenegg zu sehen, hinter dem die Sonne im Begriff war unterzugehen. Es sah aus wie ein Geisterschloss, und der Anblick schien auch die alten Geister in Anderl zu wecken.

»Es ist jetzt schon ein paar Monate her. Ist im Sommer passiert. Aber immer noch kommen viele Leute hierher. Lore hatte viele Freunde …«, erzählte er mit leiser Stimme. »Tut mir leid«, sagte er dann, »ist immer noch nicht leicht.«

Trost versuchte sich vorzustellen, was passiert war. Der Wagen raste mit vollem Tempo auf die B 70 zu, nahm die Auffahrt, schaffte die Kurve nicht mehr und krachte mit achtzig, neunzig Sachen in die Lärmschutzwand. Keine Chance zu bremsen.

»Die Fahrerin hat noch Hilfe geholt, die Beifahrerin konnte sich selbst aus dem Wagen befreien, aber für Lore kam jede Hilfe zu spät. Die Straße war ewig lang gesperrt, die Feuerwehrleute haben sie natürlich gekannt. Alle haben sie gekannt.«

»Was haben die drei da überhaupt im Wald gemacht?«

»Weiter oben Richtung Wöllmissberg gibt's eine Scheune und einen Windfang. Da treffen sich die Jugendlichen manchmal in der Nacht. Sie trinken und tun andere Sachen, was weiß ich? Eine Geschichte, wie man sie immer wieder hört oder in den Zeitungen liest. Jugendliche saufen, ein Unfall, ein tragischer Schicksalsschlag. Jetzt ist das halt meiner Lore passiert. *Mir.*« Anderl wischte sich die Tränen aus den Augen, zog ein offensichtlich bereits benutztes Stofftaschentuch aus seinem Hosensack und schnäuzte sich.

Trost betrachtete die Bäume ringsum, die Auffahrt, die Kerzen. Über den nahen Wald hatte sich die klirrende Kälte einer Winterdämmerung gelegt. Ein totstarrer Abend. *Keine weiteren Fragen.* Er wunderte sich selbst über diesen Gedanken.

Anderl bedachte ihn mit einem befremdeten Blick aus schmalen Augen. Hatte er etwa schon wieder seine Gedanken laut ausgesprochen? Wenn ja, dann musste das alles andere als einfühlsam geklungen haben.

»Fahren wir«, sagte Anderl plötzlich kühl. »Ich wollt dich nicht damit belasten. Ist meine Sache.«

Sie machten den Umweg durch Voitsberg, weil Anderl noch in der Poststelle vorbeischaute, doch bevor sie aus der Stadt fuhren, bat Trost ihn anzuhalten.

»Ich steig hier aus. Muss frische Luft schnappen.«

Anderl blickte weiter geradeaus und zeigte keine Reaktion. Trost hatte das Gefühl, etwas sagen zu müssen. Er musste das erklären, seine seltsamen Anwandlungen, dass er seine Gedanken in letzter Zeit laut aussprach. Es tat ihm leid. »Hör mal, ich sag manchmal Dinge ...«

Anderl blickte weiterhin starr geradeaus, und Trost brach mitten im Satz ab. Er stieg aus dem Wagen und warf die Tür zu, doch Anderl öffnete das Fenster noch einmal. Seine Augen wurden schmaler. »Glaubst du, ich weiß nicht, wer du bist? Du bist kein Professor oder so was. Du bist vielleicht gar keiner von der Uni. Du bist wahrscheinlich nur ein Journalist. Einer, der die Leute aushorcht und dann hofft, dass es etwas zum Tratschen gibt. Das tun Journalisten nämlich, Tratsch verbreiten. Hast mich wahrscheinlich nur ausspioniert für eine gute Story. Aber bei mir wirst nichts finden. Kannst dir deine Zeit sparen.«

»Ich bin kein ...« Doch Trost kam nicht weiter. Ohne eine Antwort abzuwarten, brauste der Lieferwagen davon und ließ ihn von einer Werbetafel für einen Supermarkt beleuchtet am Straßenrand zurück.

Trost schaute dem Wagen noch eine Zeit lang nach, ehe er sich umdrehte und das Gebäude betrachtete, das der Grund dafür war, dass er plötzlich aussteigen hatte wollen. Das Rüsthaus der örtlichen freiwilligen Feuerwehr. Er ging darauf zu und trat durch eine offene Tür, die sich in einem Bereich außerhalb der Garagen befand. Er steuerte auf eine Stimme zu, die er aus einem der Räume weiter hinten vernahm. Jemand telefonierte. Er klopfte und machte ein paar Schritte in den Raum. Der Mann trug ein Polohemd, auf dem das Logo der Feuerwehr aufgestickt war. Er winkte ihn herein und deutete auf einen Sessel vor dem

Schreibtisch. Als er das Telefonat beendet hatte, wandte er sich Trost zu. »Bitte, was gibt's?«

Fast überrascht über die unkonventionelle Art, riss Trost den Kopf herum. Er hatte sich umgesehen und sich dabei gefragt, was ihm sein Instinkt sagen wollte. Was ihn überhaupt hierhergeführt hatte.

Er stellte sich vor und behauptete ebenso ohne Umschweife, er ermittle in der Unfallsache, die sich im Sommer drüben bei der Auffahrt zur B 70 ereignet hatte.

Augenblicklich verdüsterte sich die Miene des Feuerwehrmanns. »Das mit der Lore? Aber das ist doch alles längst abgeschlossen.«

»Offenbar nicht. Sonst wäre ich nicht hier.«

Die beiden musterten einander sekundenlang wortlos, bis der Feuerwehrmann aufgab und mit den Schultern zuckte.

»Von mir aus. Was wollen Sie denn wissen?«

»Erzählen Sie mir von dem Einsatz. Wie ist er abgelaufen?« Trost versuchte, mit dieser allgemeinen Frage Zeit zu gewinnen. Zeit, die er schleunigst nutzen sollte, um sich selbst darüber klar zu werden, was er hier überhaupt wollte. Der Mann, er hatte sich als OBM Frido Haas vorgestellt, berichtete, wie er als Gruppenkommandant in den Morgenstunden mit dem ersten Mannschaftswagen am Unfallort angekommen sei. Wie emotional die Bergung gewesen sei, dass das Auto gebrannt habe, die Flammen das tote Mädchen auf der Rückbank aber noch nicht erreicht hätten. Trotzdem habe die Zeit gedrängt. Ein zweiter Einsatzwagen sei gekommen. »Das ist uns allen sehr an die Nieren gegangen …«

»OBM steht für …?«

»Oberbrandmeister.«

»Ah.« Trost nickte, als hätte er so etwas schon erwartet. »Emotional war es also«, sagte er, um es dem Mann zu erleichtern, den Faden wieder aufzunehmen. »Wie haben Sie überhaupt von dem Unfall erfahren?«

»Schon allein das war arg. Eine Frau hat angerufen und geschrien, dass da eine junge Frau vor der Tür stehe, die über und über mit Blut besudelt sei. *Besudelt* hat sie gesagt, das weiß ich noch genau. Ein seltsames Wort, finden Sie nicht? Sagt bei uns keiner. Ich war der, der abgehoben hat.«

Erst jetzt holte Trost seinen Schreibblock hervor und machte sich ein paar Notizen.

»Und warum war das so *emotional*? Wird ja nicht der erste Unfall für euch gewesen sein.«

Er wollte nicht so kalt klingen, aber geheucheltes Mitgefühl wäre ihm auch falsch vorgekommen. Trost wusste immer noch nicht, warum er plötzlich in einem Unfall ermittelte, der vor Monaten geschehen war, weit weg von Graz. Eine Saufgeschichte, die tragisch geendet hatte. Na und?

Der Oberbrandmeister faltete die Hände auf dem Tisch. Trost fiel auf, dass er Unterarme wie Popeye hatte. Sein Bizeps spannte das Hemd. »Also wenn Sie es genau wissen wollen … Ganz abgesehen davon, dass es immer eine Challenge ist, der Erste am Unfallort zu sein und Leute aus Blechhaufen schneiden zu müssen, kannten wir das Mädchen. Die Tote. Die Lore.«

Trost runzelte die Stirn. »Wie gut?«

»Na, wie man sich halt im Ort so kennt. Gut halt. Der Langbauer noch mehr als wir.«

»Und wer ist jetzt der Langbauer?«

»Er kam mit dem zweiten Wagen, wohnt etwas weiter die Straße runter am Hauptplatz. Wir haben ihn natürlich – soweit es möglich war – abgeschirmt. Er ging ja mit der Lore, also … sie war seine Freundin.«

Trost, immer noch bemüht, den Grund für seine eigene Fragerei herauszufinden, konnte den fast gleichgültigen Ton in seiner Stimme nicht ablegen. »Und wo finde ich diesen« – ein Blick auf seinen Notizblock – »Langbauer?«

Jetzt betrachtete OBM Haas seine dicken Finger. Es war nicht zu übersehen, dass er auch in seinem Brotberuf mit körperlicher Arbeit zu tun haben musste. »Das ist schwierig, weil er seitdem nicht mehr derselbe ist. Wir haben ihn bis auf Weiteres freigestellt. Ist oft unterwegs, trinkt zu viel. Oder er geht tagelang nicht aus dem Haus und schaut sich Serien an. ›Herr der Ringe‹ und so.«

»›Herr der Ringe‹?« Trost blickte von seinem Notizblock auf.

»Ja, so Zeug halt.«

»Hat er keine Arbeit?«

»Nur Gelegenheitsjobs. Hat er vorher schon gehabt. Er hilft hauptsächlich im Würstelstand aus, der dem Vater von der Lore gehört.«

Trost wartete.

»Ich glaub, irgendwo in der Nähe der Uni, da muss der sein. Dort hat er zuletzt gearbeitet. Aber wie gesagt, wir haben nicht mehr viel Kontakt mit ihm seit damals.«

Seltsam, dachte Trost, dabei hieß es doch immer, die Feuerwehren pflegten eine ausgezeichnete Kameradschaft.

OBM Popeye schaute ihn finster an. »Die haben wir auch. Aber manchmal reicht das eben nicht …«

Trost stand auf. Seine ungewollt ausgesprochenen Gedanken machten ihn nervös, und seine Beine fühlten sich seltsam steif an, so als hätte er seit Stunden in derselben Position verharrt. Langbauer war also Ulli.

»Wo wohnt dieser Ulli Langbauer?«

Der OBM schrieb ihm die Adresse auf. »Das ist gleich bei der Bushaltestelle Richtung Graz, vor dem Rathaus. Zumindest war das seine letzte Adresse.«

Trost bedankte sich, drehte sich um und hatte das Büro schon fast verlassen, als der OBM noch einmal das Wort an ihn richtete.

»Woher wissen Sie, wie er heißt?«

Trost runzelte die Stirn.

»Na, Sie haben *Ulli* Langbauer gesagt, aber ich hab seinen Vornamen gar nicht erwähnt.«

Trost machte eine gleichgültige Geste. »Intuition.«

»Und was genau gibt's da jetzt eigentlich noch zu ermitteln, außer dass Wunden aufgerissen werden, die noch gar nicht richtig verheilt sind?«

»Manches sollte vielleicht gar nicht so schnell in Vergessenheit geraten.«

Kurz darauf stand Armin Trost in der Dunkelheit und wartete auf den letzten Bus nach Graz. Er betrachtete das Haus, in dem sich Ulli Langbauers Wohnung befand. Aus keinem der Fenster strahlte Licht, und auf sein Läuten an der Tür hatte auch niemand reagiert.

Er rief in der Zentrale an und besprach mit Silvia Lust, einer der Neuen im Team der Mordgruppe, die weitere Vorgehensweise. Trost gab den Auftrag, alles über diesen Langbauer herauszufinden. Und alles über die beiden Mädchen in dem Auto, die überlebt hatten. Als er seine Kommandos durchgegeben hatte, blieb es still am anderen Ende der Leitung.

»Haben Sie mir zugehört?«

»Ja«, gab Lust zögernd zurück. »Aber ich weiß jetzt nicht, was ich tun soll. Sie sind ja gar nicht mein Vorgesetzter.«

Trost schnaufte genervt in den Hörer. »Dann reden Sie halt mit der Lemberg. Sie hat zuvor nicht abgehoben.«

»Gut, mach ich. Aber welcher Langbauer? Und welche Mädchen bei welchem Unfall?«

Trost gab zu, dass er ein wenig vorgeprescht war. Also holte er erneut Luft und erklärte alles von vorn. Als der Bus kam und seine Lichter Schneisen in die Dunkelheit schlugen, die aussahen wie effektvolle Bühnenbeleuchtungen, fasste er kurzerhand einen Entschluss, wie er den Tag ausklingen lassen könnte. Mit einem Märchen.

34

Bezaubernd

Er hätte dem Ensemble und vor allem seiner Nachbarin einerseits eine ausverkaufte Vorstellung gewünscht. Andererseits war er erleichtert, dass sich immer wieder Lücken zwischen den Sitzen auftaten. Dass ausgerechnet links und rechts von ihm niemand saß, mochte jedoch dem Umstand geschuldet sein, dass Armin Trost nicht wie der herkömmliche Schauspielhausbesucher aussah. Nicht dass man heutzutage noch Anzug trug, wenn man sich der gehobenen Bühnenkunst hingab, aber Trosts äußerliche Erscheinung hatte sogar das Eingangspersonal kurz ins Stocken geraten lassen. Seine Aura, die ihn sonst so unkenntlich, geradezu unsichtbar machte, schien hier an ihre Grenzen zu stoßen. Er war bemerkt worden.

Spätestens als das Licht ausging und das Stück begann, verschwendete Trost jedoch keine Gedanken mehr daran, was andere dachten, er hatte nur noch Augen für die Bühne. Und für Holly Golightly.

Manchmal spürte er das Knistern unter seinem Haaransatz, denn er war sich sicher, dass Eva Schön ihn gesehen hatte. Er hatte schon häufiger den Eindruck gehabt, dass Schauspieler ausgerechnet mit ihm Blickkontakt herstellten, was natürlich Blödsinn war. Sie schauten lediglich ins Dunkel des Publikums, was bei den Zuschauern die Illusion weckte, man spielte nur für sie. So intensiv wie diesmal war dieses Gefühl jedoch noch nie gewesen. Alles verwehte rundherum, als wäre die Welt ein Gebilde, das sich beim leisesten Windhauch verflüchtigte, und als würde die Wirklichkeit nur noch aus ihm bestehen. Und diesem Bühnenbild. Alles verschwand: das Haus mit seinen Besuchern, die Kulissen. Er hatte das Gefühl, Eva wäre tatsächlich nur für ihn auf der Bühne. Als wären sie ganz allein.

Als das Stück zu Ende war und das Licht wieder anging, brüllte die Wirklichkeit auf ihn ein, und er fing erneut einige misstrauische Blicke auf. Die Zweisamkeit mit Eva, denn als nichts anderes hatte er das Stück empfunden, hatte ihn müde gemacht. Er wollte sich nicht weiter den Gaffern aussetzen und blieb einfach sitzen. Um es nicht ganz so verstörend wirken zu lassen, zog er sein Handy aus der Tasche und suchte nach Schlagworten, die ihm einfielen: die Geschichte des Schauspielhauses, Truman Capote und dergleichen mehr.

Plötzlich tauchte ein Mann an seiner Seite auf, aus dessen Kragen ein spiralförmiges Kabel ragte, das in einem Knopf im Ohr mündete. Die massigen Oberarme und das Stiergenick zeichneten ihn noch zusätzlich als hochkulturellen Rausschmeißer aus. Trost hatte schon befürchtet, dass es dazu kommen würde, war dann aber doch einigermaßen überrascht, dass diese kleiderschrankartigen Kerle nicht nur von Diskotheken fürs Rausschmeißen bezahlt wurden, sondern auch von staatsnahen Kulturbetrieben.

»Würden Sie mir bitte folgen, mein Herr?« Wenigstens drückte er sich gewählt aus.

»Schon gut«, seufzte Trost, kratzte sich am ungepflegten Vollbart und folgte dem kleineren, aber um ein Vielfaches schulterbreiteren Mann.

Die Aussicht, vor aller Augen abgeführt, geradezu hinausgeworfen zu werden, war Trost mit einem Mal unangenehm. Warum hatte er gewartet, anstatt als Erster aus dem Zuschauerraum zu laufen?

Immer noch befand sich eine dichte Menschentraube vor der Garderobe, und vor dem Eingang drängten sich die Raucher aneinander wie ein Schwarm Pinguine und zitterten in der Winterkälte unter ihren Mänteln. Trost stellte sich vor, dass sie es hier handhabten wie in den Westernsaloons. Er würde in weitem Bogen aus dem Haus geworfen werden und auf der Straße landen, das gackernde Gelächter der feinen Gesellschaft im Rücken.

»Hören Sie …«, sagte er und wollte dem Türsteher vermitteln, dass er willens war, das Haus still und heimlich und ohne Aufsehen zu verlassen, als der feiste Kerl plötzlich abbog und ihn durch eine Seitentür bat. Schulterzuckend folgte Trost ihm. Immerhin.

Allerdings ... Womöglich sollte er zuvor noch verprügelt werden. Er war zu selten im Schauspielhaus, um die Gepflogenheiten zu kennen, aber wahrscheinlich machte diese Vorgangsweise Sinn, denn wie sähe das aus, wenn jemand wie er durch die Luft flog, am Landeshauptmann vorbei, der keine zweihundert Meter vom Schauspielhaus residierte und sicher Stammgast war. Das gab kein gutes Bild ab. Also der Seitenausgang.

Sie liefen einen weiteren Gang entlang, passierten weitere Türen, und Trost fand das Ganze mittlerweile dann doch reichlich übertrieben, schließlich lebte man im 21. Jahrhundert, da konnte man doch ein Auge zudrücken, wenn die Garderobe nicht ganz der gängigen Etikette entsprach. Er hatte soeben den Entschluss gefasst, hinter der nächsten Tür abzutauchen und davonzurennen, als plötzlich Holly Golightly vor ihm stand. Der Türsteher nickte kurz und verschwand.

Seine Nachbarin war umrahmt von den zahllosen Lampen, die den Spiegel an ihrem Schminktisch umringten wie Perlen. Der Raum war winzig und wirkte vollkommen abgeschirmt von jeglichen Geräuschen.

Eva Schön musterte ihn aus blitzenden Augen. »Ich sehe, wir sind beide verkleidet.«

Trost schmunzelte jetzt und hob unbeholfen die Arme. »Aber du bist eindeutig bezaubernder.«

Bezaubernder?

Und wieder hatte Trost das Gefühl, dass ihm in Gegenwart dieser Frau die falschen Wörter über die Lippen purzelten. Ein vergnügter Ausdruck umspielte ihren Mund. Sie schien eindeutig zu wissen, was sie mit ihm angerichtet hatte.

35

Die Beschattung

Anne Lemberg hatte schon als Kind immense Sturheit bewiesen. Als ihre Eltern sie dazu bringen wollten, in ihrem eigenen Bett zu schlafen, schlich sie Nacht für Nacht aus ihrem Zimmer und stellte sich ans Doppelbett. Wie ein unheilvoller Dämon stand sie dann im Schlafzimmer, zitternd unter der Kälte des dort stets offenen Fensters, und wartete so lange, bis sich einer der beiden – meist war es der Vater – erbarmte und sie zu sich unter die Decke holte.

Auch diesmal zitterte Lemberg unter der Kälte, wenngleich auch aus anderen Gründen. Von ihrem Standort aus hatte sie sowohl den Haupt- als auch den Seitenausgang des Schauspielhauses im Blick, und da sie alle paar Minuten an der Alten Universität vorüberschlich, um von dort in das vom Foyer des Schauspielhauses zu erreichende Lokal zu spähen, konnte sie auch diese Möglichkeit ausschließen. Trost musste immer noch irgendwo im Haus sein. Sie war überzeugt davon, ihn auch in der Nacht unter einer Hundertschaft von Schatten zu erkennen.

Mit jeder Minute stieg deshalb ihr Zorn darüber, dass er immer noch nicht gegangen war, und die Saat, die Gierack gesät hatte, keimte. Natürlich hatte sie Gierack von Anfang an durchschaut. Er war ein berechnender, kalter Scharlatan, ein giftsprühendes Ekelpaket, das aus seinen niederen Antrieben kein Geheimnis zu machen vermochte. Und doch spürte sie, dass die Eifersucht ihren Brustkorb zuschnürte wie der brutale Griff eines Trolls.

Troll.

Die seltsamen Neigungen von Reinfried Schwarz zur Märchenwelt färbten ab, und Lemberg musste grimmig schmunzeln. Just in diesem Augenblick trat Trost aus dem Personaleingang des Schauspielhauses. Und er war nicht allein, ganz und gar nicht, denn er hielt die Hand seiner Nachbarin. Lemberg starb. Zumindest etwas in ihr. Fassungsatemwillenlos starrte sie über die Straße hinweg zu dem ... was? Was sollte das darstellen? Etwa ein Paar? Ein *Liebespaar*? Schwachsinn.

Wäre Lemberg in diesem Moment unter einer Laterne gestanden und nicht im Schatten eines Gebäudes, sie hätte sich dennoch nicht von der Stelle rühren können, denn der Anblick traf sie bis ins Mark. Armin Trost, der schrullige Einzelgänger, der sich wegen seiner Visionen, seiner beinahe schon schwarzmagischen Fähigkeiten, wie ein Gestrandeter in ein Baumhaus zurückgezogen hatte, ging Hand in Hand mit jemandem. Wüsste Lemberg es nicht besser, sie hätte befürchten müssen, dass Trost seinerseits einer Magierin ins Netz gegangen war. Einer Art *Liebeszauberin*.

Sie schüttelte den Kopf, als glaubte sie, dadurch ihre kruden Gedanken loswerden zu können, und folgte den beiden, die gerade durchs Burgtor Richtung Stadtpark verschwanden.

Armin Trost zu verfolgen war nahezu unmöglich, da er schon mehrmals bewiesen hatte, dass seine Sensoren ihn immer wieder warnten, weshalb man ihm auch den sechsten, zuweilen auch einen siebten Sinn nachsagte. In der Erzherzog-Johann-Allee war das doppelt schwierig, da sie breit und einsichtig war und die Bäume viel zu weit auseinanderstanden. Deshalb war sie umso vorsichtiger. Während die beiden nach dem Café Promenade in den Parkring bogen, bahnte sie sich einen Weg quer durch die Wiese und das Gebüsch. Sie schlich durch die Finsternis wie ein Raubtier.

»Na, was hamma denn da für ein Katzerl?«

Die Stimme an ihrem rechten Ohr erklang im selben Moment, als etwas Spitzes ihren Hals berührte und eine kräftige Hand ihren Nacken packte. Außerdem nahm sie den Geruch von Urin wahr und bemerkte, dass sich weitere Gestalten näherten. Dieser verdammte Stadtpark war in der Nacht genau das, was sie ständig in der Zeitung schrieben: ein Ort, den man meiden sollte. Ein unter Denkmalschutz stehendes Drecksloch.

Der spitze Gegenstand an ihrem Hals war wohl ein Messer,

vielleicht auch nur ein rostiger Nagel. Sich darüber Gedanken zu machen, dazu blieb Lemberg jedoch keine Zeit. Sie streckte den Angreifer mit zwei Schlägen – einem in die Achselhöhle, dem anderen ins Brustbein – nieder. Der Mann ging zu Boden, stöhnte, bekam jedoch kaum Luft, um vor Schmerz zu schreien, und genau das hatte Lemberg auch beabsichtigt.

»Und ihr zwei …« Doch sie konnte ihren Satz nicht mehr zu Ende bringen, eine Sekunde später war von den Kumpanen ihres Angreifers nämlich nichts mehr zu sehen. Der Typ hockte nun alleingelassen vor ihr am Boden. Er wimmerte wie ein Kleinkind. Vielleicht hatte sie ihm doch eine Rippe gebrochen.

»Schöne Freunde hast du«, sagte sie ungerührt. »Und jetzt merk dir: In der Nacht sind alle Katzen schwarz. Also nenn mich nie mehr *Katzerl.*«

Fieberhaft tastete sie in ihrer Jackentasche nach den Kabelbindern und packte den Kerl gleichzeitig am Kragen. Sie blickte sich um, Trost und die Frau waren verschwunden, also zerrte sie den immer noch jammernden Halbstarken über den Parkweg zur nächsten Bank, wo sie ihn mit einer Hand fixierte.

»Was machst du da? Aua, du tust mir weh«, jammerte er weiter.

»Keine Sorge«, hauchte Lemberg. »Bald bekommst du richtig Grund zum Jammern.«

Hastig tippte sie eine Nummer ins Handy und verständigte den Grafen, damit er sich um den weiteren Verbleib des Möchtegern-Messerstechers kümmerte. Bei den letzten Worten entfernte sie sich und hoffte inständig, dass Trost die Flüche, die ihr der Kerl nachbrüllte, nicht hören konnte.

Vorsichtig lief sie den Weg weiter, der Straßenlärm des nahen Glacis war selbst um diese Zeit noch beachtlich. Sie schämte sich ein wenig für ihre harte Vorgehensweise bei dem Jugendlichen, die sie an einen Schlägerfilm aus den achtziger Jahren erinnerte. Andererseits war sie soeben bedroht worden, eine Demütigung, die sie sich nicht gefallen lassen konnte. Sie fühlte, dass sie seit ein paar Minuten ein anderer Mensch war. Vielleicht gärte dieser Prozess auch schon seit längerer Zeit in ihr, jedenfalls bildete sie sich ein, sich zu verwandeln. Sie befand sich in einer Art Transformation. Das süße Mädchen mit dem Zopf, »die Trutschn«, wie sie der einstige Kollege Johannes Schulmeister genannt hatte, gab es nicht mehr. Sie ließ sich nicht mehr herumstoßen.

Zehn Minuten später stand Anne Lemberg im Schatten der Vorklinik und betrachtete das Haus in der Harrachgasse, in dem die beiden soeben verschwunden waren. Kurz darauf ging das Licht im zweiten Stock an – in der Wohnung von Eva Schön. Trosts Wohnung blieb dunkel. Lemberg wartete. Fünf Minuten. Zehn Minuten. Natürlich war es möglich, dass Trost in seine Wohnung gegangen war, ohne das Licht anzumachen. Ja klar, aber …

Sie wischte sich eine Träne aus dem Gesicht. Zog das Handy aus der Tasche und wählte eine Nummer.

24. Dezember

Nun beginnt jene Phase der Raunächte,
die auch die »Toten Tage« genannt wird.

36

Der Rauswurf

Trost war überrascht, dass die Würstelbude am nächsten Tag offen hatte, und auch Zeus an seiner Seite ließ mit einem kurzen Bellen hören, dass er sich freute.

»Ah, der angebliche Herr Professor für Philosophie, der in Wahrheit ein Journalist ist. Ich hab ja die Erfahrung gemacht, dass die hochgeistigsten Denker oft die einfachsten aller Speisen zu sich nehmen. Also nicht, dass ich damit sagen will, meine Würstel seien einfach. Nein, alles hochqualitativ. Saugut.« Anderls Lachen ging in einen trockenen Husten über.

Trost versuchte, Sarkasmus oder wenigstens einen Anflug von Ärger herauszuhören, doch Anderls Stimmlage verriet nichts dergleichen. Er schien auch seinen gestrigen plötzlichen Zorn über Trost vergessen zu haben.

Der Imbisswagen wirkte im Licht der Laternen, die trotz des Umstands, dass der Tag schon fortgeschritten war, immer noch brannten, auf dem in eisiges Grau getauchten Vorplatz zur Universität wie ein Fremdkörper. Trost assoziierte ihn mit einem im Meer treibenden Floß, auf dem eine einsame Lampe flackerte. Plötzlich hatte er die Gewissheit, dass hier etwas nicht stimmte.

»Warum hast du überhaupt noch geöffnet?«

»Was meinst?«

»Na, warum du geöffnet hast. Es ist Weihnachten, die Studenten sind fort. Was machst du hier?«

»Weißt, was hier los ist im Studentenviertel? Da kommen am Vormittag oft die Übriggebliebenen von der Nacht davor, die brauchen eine Stärkung. Außerdem gibt's auch am Heiligen Abend einsame, hungrige Seelen.« Er fuhr sich mit dem Handrücken über die Nase. »Und im Übrigen ist Weihnachten heuer bei mir eh abgesagt, wie du ja weißt.«

»Ja. Ich wollte nicht schon wieder …«

»Schon gut, du kannst ja nichts dafür. Aber sag einmal, was machst du eigentlich hier? Jeden Tag kreist du um meine Würstelbude wie ein Satellit.«

Trost senkte den Kopf. Dass Anderl nicht argwöhnisch geworden war, konnte nur bedeuten, dass er mit der ganzen Sache nichts zu tun hatte, und doch wollte Trost seiner Intuition noch nicht so recht folgen.

»Schlechte Zeiten?«

Trost zuckte mit den Schultern, weil er nicht wusste, wie er sonst reagieren sollte.

»Da.« Anderl schob ihm ein Stamperl mit gelber Flüssigkeit über den Tresen. »Das ist das einzige Ritual, das ich heuer beibehalte. Zu Weihnachten hat's bei uns immer Eierlikör gegeben. Frisch gemacht. So soll's auch dieses Jahr sein. Prost.«

Dankbar griff Trost danach, trank das köstliche Getränk in einem Zug leer und ließ sich von Anderl ein zweites Stamperl einschenken.

»Scheiß-Weihnachten.« Anderl klatschte in die Hände, und Trost bemerkte, dass er das tat, um seine Trauer aus dem Gesicht zu verdrängen. Anderls Augen glänzten. »Also«, rief er, »ich hab noch Bosna, Käsekrainer und, wenn du willst, sogar ein Burenhäutl. Aus Wien importiert quasi, und die letzte Schachtel hast du gestern selbst in den Wagen getragen. Aber ich warne dich, ich bin dir wegen der Kistenschlepperei zwar einen Gefallen schuldig, aber das heißt nicht, dass ich mir sagen lasse, was ich zu tun hab und was nicht. Und außerdem heißt es nicht, dass du mich nach Belieben belügen kannst. Also, bist du nun Journalist oder von der Finanz? Willst du meine Kassazettel und die Buchhaltung überprüfen oder einen reißerischen Artikel über was auch immer schreiben?«

So redselig war ihm Anderl bisher noch nie erschienen. Trost entschied sich für den Wien-Import als Reminiszenz an seine Jugendzeit im BZS in der Marokkaner-Kaserne. In diesem Bildungszentrum der Sicherheitsakademie hatte er die fadesten Stunden seiner Polizeiausbildung verbracht und konnte sich heute noch daran erinnern, wie stark die Hummeln in seinen Beinen gewesen waren. Das Einzige, was ihn damals aufrecht gehalten hatte, waren die Mittagessen beim Würstelstand gleich gegenüber gewesen. Eine Burenhaut mit Radler und dazu Kopfwehwind und Staubhusten unter grau poliertem Wiener Himmel.

»Mir sind deine Finanzen wurscht«, sagte Trost. Zeus an seiner Seite blickte ihn erwartungsvoll an, wahrscheinlich, weil er das Wort »Wurscht« kannte. Zeus konnte ein paar Brocken Deutsch. Er war ein kluger Hund.

Während er aß, betrachtete Trost das Plüsch-Lipizzanerpferdchen, das am Tresen stand und ihn angrinste. Er kannte dieses Touristenaccessoire der Weststeiermark, die vom Nimbus der Lipizzaner, die in Piber aufwuchsen und es später bis an die Wiener Hofreitschule schafften, lebte. Dann fiel sein Blick auf das Plakat an der Außenwand des Wagens.

»Ein Perchtenlauf?«

»Ja, der Ulli ist dort immer. Er ist ganz versessen drauf. Komm bloß nicht auf die Idee und sag Krampuslauf dazu. Das sind zwei völlig verschiedene Dinge, aber das soll er dir selber einmal erklären ... Jedenfalls, die Ablenkung tut ihm vielleicht eh gut. Er findet deine Freundin übrigens nett.«

Trost runzelte die Stirn.

»Na, von hier aus hat man einen ganz guten Überblick, und es war gestern Nacht offenbar nicht zu übersehen, dass ihr beide zusammen seid.«

Trost nickte. Er dachte plötzlich wieder an den weißen Lieferwagen. Er konnte sich nicht daran erinnern, welches Modell der Wagen in der Schubertstraße gewesen war, also würde die Suche danach nichts bringen, denn praktisch jedes zweite Auto in Graz war ein weißer Lieferwagen. Und auch wenn er ein flaues Gefühl in Anderls Bus gehabt hatte, war das selbst ihm als Beweis zu wenig. Natürlich, er hätte die Spurensicherung auf das Fahrzeug ansetzen können, und vielleicht würde er das auch noch tun, aber noch gab es dazu zu wenig Impulse.

Die Blumen waren eine weitere Spur. Die verfolgte Lemberg

mit ihrem Team, war aber bisher auch nicht weitergekommen, denn Weihnachtssterne waren keine Seltenheit – immerhin war ja Weihnachten. Die DNA-Analyse der toten Frau war immer noch nicht abgeschlossen, und ganz abgesehen davon, dass die Befragung der Nachbarn und Angehörigen der beiden Vermissten über die Weihnachtsfeiertage hinaus dauern konnte, würde der heute erschienene Zeitungsartikel noch einmal für zusätzliche Arbeit sorgen. Die Fotos der beiden jungen Frauen zierten eine Doppelseite, darunter der Aufruf, sich bei der nächsten Polizeidienststelle zu melden, falls man einen Hinweis habe. Wenigstens wurde die Tote nicht erwähnt, da hatte selbst Gierack sich zurückhalten können. Es sollte keine Panik verursacht werden. Schon gar nicht am Heiligen Abend. Wer wollte schon solches Zeug lesen, bevor das nächste einer ganzen Reihe kalorienreicher Familientreffen anstand?

Trost betrachtete das Gebäude der Vorklinik. Etwas zog ihn einmal mehr auf unerklärliche Weise dorthin, also schlang er die restliche Wurst hinunter, verabschiedete sich von Anderl, klopfte an seinen Oberschenkel, was Zeus nahelegte, nicht von seiner Seite zu weichen, und ging auf das Unigebäude zu. In diesem Moment knackte es in seinem Ohr, und eine nur allzu bekannte Stimme krächzte auf.

»Schwarzes Mandl. Was immer Sie tun, lassen Sie es bleiben und melden Sie sich beim Stützpunkt.«

Trost blieb stehen und stutzte. Die Anweisung machte keinen Sinn. Es war später Vormittag. Gab es etwa neue Erkenntnisse?

»Sie haben richtig gehört«, sagte die Stimme, als könnte sie Trosts Gedanken lesen. »Steigen Sie in den Bus, der gerade kommt. Letzte Reihe.«

In diesem Moment fuhr tatsächlich ein Linienbus in die Haltestellenbucht vor dem Hauptgebäude der Universität ein.

»Und wenn die letzte Reihe nicht frei ist?«

Trost hatte diese Frage rhetorisch gemeint.

»Steigen Sie einfach ein, Sie Witzbold.«

Trost tat wie ihm geheißen und fand sich in einem leeren Wagen wieder. Leer bis auf den Fahrer und den Mann in der letzten Reihe. Es war Balthasar Gierack, der ihn mit grimmigem Blick zu sich winkte.

Das Ganze kam ihm reichlich übertrieben vor.

»Ist es aber nicht, Armin. Wir sind nur vorsichtig«, hob Gierack an, als der Bus losfuhr. »Wir beide hatten unsere Differenzen, ich weiß. Und wir werden sie auch in Zukunft haben. Aber ich will nicht, dass du das falsch verstehst. Das hat nichts mit uns zu tun. Nur mit dir.«

Dass Gierack ihn plötzlich wieder duzte, irritierte Trost weniger, als dass er in Rätseln sprach. Was sollte er nicht falsch verstehen?

»Dass wir dich bis auf Weiteres aus dem Spiel nehmen. Wir haben genug gesehen. Genug gehört. Das musste sich auch Pankraz eingestehen. Du bist nicht bei der Sache. Und deshalb bist du raus. Die Angelegenheit ist zu heikel, um sie durch einen Kollegen, der nicht in der Spur ist, zu gefährden.«

Trost fixierte Gierack aus schmalen Augen. Zeus hatte seinen schweren Kopf auf seinen Oberschenkel gelegt, als wüsste er genau, was da gerade geschah. Sein Herrl brauchte Beistand. Vor allem, weil er offenbar nun schon beinahe jeden Gedanken laut aussprach.

Der Linienbus war losgefahren, und Trost glaubte Anderl zu sehen, wie er ihn fixierte. Hatte er die Burenwurst aufgegessen? Hatte er sie bezahlt? Hatte …?

»Schau, Armin, es hilft nichts. Ich will nicht diskutieren. Gib mir deine Sachen, deine Waffe, deine Dienstmarke, das Übliche halt.«

»Genau aus diesem Grund bin ich froh, nicht mehr unter deinem Einflussbereich zu stehen. Schon vergessen? Du hast mir nichts mehr zu sagen. In diesem Sinne, schönen Tag noch.« Trost schickte sich an aufzustehen, doch Gierack packte ihn am Arm.

»Hinsetzen, Leutnant.« Die blecherne Stimme von General Pankraz kam aus Gieracks Handy, der den BK-Chef via Voicemail zugeschaltet hatte und Trost das Telefon nun vors Gesicht hielt. »So leid es mir tut, Major Gierack hat die Befugnis, Ihnen

Waffe und Dienstausweis abzunehmen. Mir ist zu Ohren gekommen, dass Sie eine Liaison mit Ihrer Nachbarin eingegangen sind. Eine Affäre während eines Einsatzes. Ich konnte es nicht fassen, bis ich gestern die Fakten vorgesetzt bekam. Ich bin enttäuscht, Trost. Sie haben mein Vertrauen missbraucht. Sie sind raus.«

Gierack biss sich auf die Lippen, konnte damit sein Grinsen jedoch nicht unterbinden. Dabei streckte er die andere Hand aus und bedeutete Trost noch einmal eindringlich, ihm die Sachen auszuhändigen. Er machte jetzt ein Gesicht, das Bedauern ausdrücken sollte. »Kollegin Lemberg war Ihnen gestern auf den Fersen, Trost. Im Schauspielhaus, im Park, daheim.«

»Lemberg ... Jetzt wird also schon meine Freizeit überwacht? Dafür haben wir Zeit?«

»Da haben wir es wieder. Sie haben es gerade gesagt. Während dieses Falls gibt es keine Freizeit, Trost. Verstehen Sie das nicht? Alle üblichen Rahmenbedingungen sind außer Kraft gesetzt. Egal, was geschieht, diese Ermittlung hat absoluten Vorrang. Sie können da keine Pantscherl, keine Tête-à-Têtes und sonstigen Liebschaften eingehen.«

Trost blickte lange auf das Display, das Gierack ihm immer noch unter die Nase hielt.

»Haben Sie mich verstanden, Trost?«, bellte Pankraz. »Der Dienst hat *immer* Vorrang, *egal*, was geschieht. Und jetzt händigen Sie dem Kollegen Gierack Ihre Waffe und den Dienstausweis aus.«

Trost kam der Aufforderung wenigstens so weit nach, dass er ihm den Ausweis übergab. »Die Pistax ist wie immer im Handschuhfach meines Wagens, und der steht in Gösting.«

Ungläubig starrte Gierack ihn an. »Du bist so ein ...«

»Schon gut, Gierack, lassen Sie's gut sein«, bellte Pankraz.

Im selben Moment hielt der Bus an. Sie standen stadtauswärts in der Heinrichstraße, und Gierack bemühte sich nun nicht mehr, sein süffisantes Lächeln zu unterdrücken. »Hauen Sie ab, Trost«, sagte er und wechselte nun wie immer nach Belieben zwischen Sie und Du. »Ich kann Ihnen gar nicht sagen, wie gut es tut, das sagen zu können. Sie sind raus. *Raus.* Schleich dich.« Und um der skurrilen Szene noch einen geradezu spektakulären i-Punkt aufzusetzen, winkte Gierack ihm nach, als er das Fahrzeug verließ.

Trost schüttelte den Kopf. Wie dämlich dieser Kerl doch war.

Warum hatte General Pankraz so sehr betont, dass der Fall Vorrang habe, »egal, was geschieht«? Was hatte er damit wirklich sagen wollen?

Als der Bus an Trost vorüberfuhr, sah er, wie Gierack sich die offenbar schmerzende Wange rieb. Sein ganzer Kopf glänzte so bedrohlich rot wie eine einzelne Christbaumkugel in einem starrstillen Winterwald. Hatte Trost ihn zuvor tatsächlich geohrfeigt, oder bildete er sich das wieder nur ein?

37

Frostig wie der Tod

Auf dem Weg zurück in seine Wohnung war der Stadtlärm auf der dezemberfeuchten Straße so groß, dass er Zeus die Kommandos zubrüllen musste. Umso mehr beeindruckte es Trost, wie gemächlich und selbstverständlich der Hund sie befolgte. Eine ältere Dame, die einen Rauhaardackel an der Leine führte, musterte ihn mit gerunzelter Stirn. Trost wusste, dass es die meisten Leute erschreckte, wenn der riesige Vierbeiner an seiner Seite leinenlos am Gehsteig spazierte, umso erstaunter waren sie, dass er so in sich ruhend wirkte, beinahe verstörend ausgeglichen.

Trost ließ die Busfahrt noch einmal Revue passieren und legte nun seinerseits die Stirn in tiefe Falten. Wenn er aus dem Rennen war, bedeutete das auch, dass die Kollegen aus seiner Wohnung rausmussten. Dann war sie keine Kommandozentrale mehr, und sie mussten sich anderswo von den kaltklirrenden Tagen im Freien anwärmen.

Er schritt die schmucklosen Fassaden der Häuser entlang, die ohne Grünstreifen direkt vom Gehsteig ins Mauerwerk übergingen. Bunte Lichtpunkte setzten lediglich einige sporadische Akzente mit in Fenstern leuchtenden Sternen oder einem Weihnachtsmann, dessen Mütze in einen Bommel mündete, der grün leuchtete.

Er holte das Handy aus seiner Jackentasche und las eine Nachricht, die ihm Lemberg offenbar gestern Nacht schon geschickt und die er bis jetzt nicht bemerkt hatte.

»Lieber Armin, es tut mir leid, ich musste das tun«, hatte sie begonnen. »Ich verstehe dich nicht. Wir sind in so einen komplizierten Fall verwickelt, der uns seit Wochen kein Stück weiterbringt, und du flirtest mit deiner Nachbarin? Ich meine, es geht nicht darum, dass ich eifersüchtig wäre, nein …«

Trost blies vor Zorn Luft durch die Nase aus, denn natürlich ging es darum.

»Ich denke an den Fall. Und daran, dass du eigentlich doch verheiratet bist und Kinder hast. Ich kenne dich nicht mehr. Wer bist du? Ich glaube, es ist an der Zeit, dass du wieder zu dir selbst findest. Deshalb muss ich das tun. Um unser aller Willen. Um deinetwillen. Und ich bitte dich: Komm zurück, wenn du wieder bei Sinnen bist.«

Was sollte diese pathetische Nachricht? Und was erlaubte sie sich eigentlich? Er war ihr keinerlei Rechenschaft schuldig. Vor langer Zeit hatte es einen Kuss gegeben, das war alles. Er hatte ihr keine Hoffnungen gemacht. Seine Familie ging sie nichts an. Sein Verhältnis zu seiner Nachbarin – wenn es denn überhaupt eines war – genauso wenig. Er machte seine Arbeit. Doch das, was Lemberg da machte, war Verrat. Verrat an einem Kollegen. Verrat an einem Freund. Trost verlor selten die Fassung, doch wenn er es tat, presste er die Zähne so fest aufeinander und stieß dabei einen so gurgelnden Laut aus, dass selbst Zeus ein paar Schritte von ihm abwich.

»Schwarzes Mandl? Sind Sie noch da?«

Er hatte vergessen, seine Ohrstöpsel zu entfernen.

Schwarz wartete eine Antwort erst gar nicht ab. »Wenn Sie noch dran sind, sollten Sie wissen: Es tut mir leid. Ich habe damit nichts zu tun …«

»Ich weiß«, grunzte Trost, »ich weiß.«

Schneeflocken tänzelten vom Wind getragen über die Häuser der Stadt hinweg und kündigten eine größere, eine höhere Macht an. Vielleicht wirklich die weißen Weihnachten, von denen hier alle seit Ewigkeiten träumten. Jeden Winter erzählten sie aufs Neue von jenem Schneechaos, das im Jahr 1986 dazu geführt hatte, dass die Leute mit Skiern über die Sporgasse wedelten, die Herrengasse zur Langlaufloipe wurde und die Kinder schulfrei bekamen. Beim Gedanken an diesen märchenhaften Winter wurden die Grazer reflexartig melancholisch und seufzten, nicht ohne sofort in Jammerlaune zu verfallen, denn die zu erwartende alljährliche graudämmrige Jännerkälte ließ sie erschaudern. Im Jänner, da waren alle Feste vorüber, die Tage waren trüb und schmutzig und gleichzeitig so frostig wie der Tod. Die Luft war aus allem raus. Die Gelage, der Alkohol, das Lachen und die erfrischende Aufgeregtheit vor Bescherungen und Begegnungen, das alles hatte so sehr ermüdet, dass eine Art Sinnlosigkeit zurückblieb. Was sollte noch kommen außer der endlosen Weite eines trübseligen Jahres?

Doch noch war es nicht so weit. Jetzt stand erst einmal Weihnachten vor der Tür. Noch war da ein Fall zu lösen. *Egal, was geschieht …*

In diesem Moment läutete sein Handy, und eine Minute später lief er sich die Seele aus dem Leib.

38

Euphorbia pulcherrima

Silvia Lust flüsterte aufgeregt, denn offenbar wollte sie von den anderen nicht gehört werden. Trosts gestriger Bitte, für ihn etwas über den Unfall vom vergangenen Sommer herauszufinden, war sie dennoch nachgekommen. Und das Ergebnis dieser Ermittlung ließ sie ihre Stimme kaum unter Kontrolle halten. Als sie mit ihren Ausführungen fertig war, zischte sie ins Telefon: »Und was soll ich jetzt machen?«

Trost war schon in einen auf dem rutschigen Boden unsicheren Laufschritt verfallen. »Nichts!«, rief er. »Ich mein, ich weiß nicht.« Schon nach wenigen Metern begann er zu keuchen. »Warten Sie einfach, bis ich mich wieder melde.« Dann legte er auf und rannte noch schneller. Zeus hinter ihm her.

Der lateinische Name Euphorbia pulcherrima bedeutet »die Schönste«. Dieses Gewächs ist unter dem Namen Weihnachtsstern viel besser bekannt. Die wegen ihrer intensiv rot gefärbten Blätter so beliebte Zimmerpflanze entstammt der Familie der Wolfsmilchgewächse. Es gibt Menschen, die können sie nicht leiden, weil man sie vor Weihnachten praktisch an jeder Ecke kaufen kann, vor allem auch in Supermärkten, und unter Blumenschenkenden besteht die unausgesprochene Übereinkunft, dass in Supermärkten gekaufte Blumen ein Unding sind. So etwas schenkt man nicht. Nichtsdestotrotz gilt der Weihnachtsstern aber als gängiges vorweihnachtliches Mitbringsel in Graz, ob aus dem Supermarkt oder nicht.

Als Trost das Stiegenhaus erreichte, ließ er blitzlichtartig die letzten Stunden Revue passieren. Nicht nur, dass er von seinem Arbeitgeber das Misstrauen ausgesprochen bekommen hatte, schon der Abend davor war nicht so verlaufen, wie er es sich gewünscht hatte, und die Erinnerung daran war wie eine dunkle Hand, die aus einer schwarzen Wolke herausfuhr und sein Herz umklammerte. So fest, dass es wehtat.

Sie waren nach dem romantischen Spaziergang durch den Park direkt in Eva Schöns Wohnung gegangen. Es war ganz selbstverständlich gewesen. Sie hatten sich die Schuhe ausgezogen, die Jacken und Hauben abgelegt, und als sie sich im Flur gegenüberstanden, hatte Trost wohl etwas hilflos dreingeschaut. So als fühlte er sich dabei ertappt, wie er mir nichts, dir nichts so tat, als wäre das sein Zuhause. Eva hatte aufgelacht und »Du bist süß« gerufen, ihn bei der Hand genommen und ihn hinter sich her ins Wohnzimmer gezerrt. So hinter Holly Golightly herstolpernd, war Trost sich dämlich vorgekommen. »Süß« klang wie damals bei den Schulbällen, und diese knisternde Erwartung einer Annäherung erschien ihm unfassbar lächerlich. Nein, *er* war unfassbar lächerlich.

Dann hatte ihr Handy geläutet, und sie war rangegangen. Das Gespräch, offenbar eine alte Freundin, hatte sich in die Länge gezogen, und irgendwann hatte Eva die Hand ans Handy gehalten und Trost einen bedauernden Blick zugeworfen, der ihm zu verstehen geben sollte, dass es länger dauere und ihr leidtue. Trost, zunächst irritiert, hatte ein paar Sekunden gebraucht, um zu begreifen, dann seine Schuhe in die Hand genommen und war zurück in seine Wohnung ein Stockwerk tiefer gegangen, wo ihn Zeus freudig begrüßte. Trost hatte aber nicht wirklich auf ihn geachtet und stattdessen noch eine halbe Ewigkeit versucht einzuschlafen. Er hatte sich geschämt, wie ein verschmähter Liebhaber durchs Stiegenhaus geschlichen zu sein.

Mit offenen Augen hatte er noch Stunden im Bett gelegen und an die Decke gestarrt. Im Halbdunkel des von den Straßenlaternen in diffuse Schatten getauchten Schlafzimmers hatte er sich gefragt, was er hier eigentlich tat. Er hatte diesen Spaziergang gemacht, dieses seltsame Erlebnis mit dem weißen Bus und der ausgemergelten Frau gehabt. Ein Fall war daraus entstanden, und er hatte sich spontan dazu entschieden, in dieser Gegend eine Wohnung zu beziehen. Gut, spontan war relativ, da er ohnehin gerade auf der Suche nach einer Bleibe war, nachdem es mit Charlotte derzeit keine Gesprächsbasis gab. Nicht einmal ein Weihnachtsessen war ausgemacht worden, und außerdem war das Baumhaus zwar fast wintertauglich, richtig bequem war es bei der Bitterkälte aber nicht. Und doch, warum hier in diesem Haus? Auf der rechten Murseite waren die Wohnungen günstiger. Und überhaupt wäre es ihm lieber gewesen, in einem der Vorstadtdörfer zu leben. Warum also ausgerechnet hier, einen Stock unter Holly Golightly? Manchmal hatte er das Gefühl, als übernähme jemand anderes, eine fremde Macht, die Kontrolle über sein Leben. Als führte ein launiger Schreiber seine Geschicke und lenkte sein Leben durch Buchseiten. Trost fühlte sich tatsächlich fremden Gedanken ausgeliefert wie eine Marionette. Mit dem Bild im Kopf, dass er an Händen und Beinen an Fäden gezogen durch eine Winterlandschaft tänzelte, war er schließlich eingeschlafen.

Jetzt lief er durchs Stiegenhaus. Silvia Lusts Anruf hatte in ihm eine Furcht ausgelöst, die er bislang nicht für möglich gehalten hatte. Er nahm zwei Stufen auf einmal, und als er vor seiner Wohnungstür einen Korb bemerkte, hielt er inne. Heute war der Tag vor dem Heiligen Abend, da stellte man sich das ideale Zuhause immer vor einem offenen Kamin vor, mit gelblicher Beleuchtung aus flackernden Adventkranzkerzen, an der Wand aufgerissene Adventkalender, Bücherregale auf bunten Teppichen, dampfende Teetassen und eine Schale randvoll mit Zuckergranaten wie Vanillekipferln und Rumschnitten. Stattdessen fror er in einem zugigen Stiegenhaus, Schuhe und Hose waren feucht vom Schnee, er spürte ein schmales Schweißrinnsal seine Wirbelsäule entlangkriechen. Zeus legte den Kopf schief und starrte ebenfalls auf das Ding vor Trosts Eingangstür.

Der Korb auf dem Fußabstreifer beinhaltete eine Flasche »Erlkönig«, einen speziellen Frizzante aus der Hand eines steirischen Winzers, dazu eine Packung Cracker und ein rosa Briefkuvert, das er sogleich öffnete. Er zog ein Blatt Büttenpapier daraus hervor, das in bemühter, aber doch kindlich wirkender Handschrift folgende Worte enthielt: »Liebster Armin. Gestern

Abend bitte entschuldigen. Sie waren ein Engel. Trinken wir den König gemeinsam?«

Trost musste an alles Mögliche denken. An den Fall, seine Familie, Lemberg, den jüngsten Anruf, warum Eva ihn plötzlich siezte ... Sekunden später stand er vor ihrer Wohnungstür und machte ein glückliches Gesicht, als sie öffnete. Sie sahen einander schweigend an.

Er hob die Flasche. »Ist noch kalt.« Sein Herz hämmerte. Seine Wangen leuchteten.

Sie lächelte. »Was ist los? Bist du gelaufen?«

Um mein Leben und um deines, dachte Trost. Aber diesmal sprach er den Gedanken nicht laut aus.

Sie fragte: »Hat mein Brief also gewirkt?«

»Offenbar«, schmunzelte Trost.

»War auch zu erwarten, die Worte stammen schließlich von der echten Holly Golightly, so etwas Ähnliches hat sie nämlich Fred geschrieben.«

»Aha. Das kam im Stück aber nicht vor.« Er war ein wenig enttäuscht darüber, dass die Zeilen nicht von ihr waren, auch wenn er zugeben musste, dass ihm das »Liebster« ohnehin etwas zu aufgesetzt erschienen war.

Sie griff schließlich nach seiner Hand und führte ihn in die Wohnung, was ihn den nächtlichen Gram und die morgendliche Panik schnell vergessen ließ – und dennoch verlor er bald darauf endgültig die Fassung. Denn als sie in die Küche traten, bemerkte er einen Weihnachtsstern auf dem Tisch. Und der war gestern noch nicht da gewesen.

Woher sie die Blumen habe, wollte er wissen.

Der Tonfall war zu schneidend gewesen, und Eva Schön fasste ihn falsch auf. Für Eifersucht bestehe weder ein Grund, noch habe sie dafür Verständnis.

Doch er bestand darauf, es zu erfahren. Sämtliche Vorfreude war verflogen, der »Erlkönig« völlig vergessen, stattdessen klingelte es in seinen Ohren, als hätte jemand versäumt, die schrille Spannungsmusik eines Horrorfilms abzudrehen.

Die Blumen seien heute Morgen vor der Tür gestanden.

»Ich dachte, sie wären von dir. Aber offenbar habe ich mich getäuscht. Sie sind weder von dir, noch bist du der Richtige für mich. Ich kann niemanden in meiner Nähe brauchen, der eifersüchtig ist. Bitte geh«, rief Eva in seinen Ohrenlärm hinein.

Die Flasche immer noch in der Hand, stand er im Raum und blickte atemlos zwischen ihr und der Pflanze hin und her. »Eifersüchtig? Aber nein. Du verstehst das nicht, die Blumen …«

»Ich verstehe sehr wohl. Weil du einmal mit mir gefrühstückt hast und wir uns nähergekommen sind, hegst du Ansprüche. Aber du hast keine. Ich wollte nur nett sein, weil du gestern so enttäuscht ausgesehen hast. Ich habe mein Leben, du deins, basta. Geh jetzt bitte.«

Doch Trost hatte nicht vor, klein beizugeben. »Diese Blumen!«, rief er viel zu laut. »Verstehst du nicht? Die sind ein Zeichen. Ein ganz übles. Du bist in Gefahr …«

Eva Schön lachte grimmig und funkelte ihn an. »Zeichen, Gefahr, genau. Weißt du, was wir jetzt machen? Wir beenden das jetzt. Raus!«

»Eva … von wem hast du die?«

Aber sie hatte ihn bereits zur Tür hinausgeschoben, wo ihre Stimme wie in einer Kirche von den Wänden widerhallte.

»Ich dachte, du wärst anders. Besonders. Geheimagent und so. Klang spannend. Aber das war eine Täuschung. Du bist genauso wie alle anderen. Komm nie mehr!«

Und mit diesen letzten gekeuchten Worten fiel die Tür vor seiner Nase ins Schloss. Das Echo einer vielfach zugeschlagenen Tür hallte durchs Stiegenhaus.

39

Mister Tod

Trost rannte im Kreis. Zuerst in seiner Wohnung, dann mit Zeus ums Haus herum. Er registrierte die alkoholschwangere Weihnachtsstimmung nicht, die noch von der letzten Nacht durch die vormittäglichen Gassen waberte. Verliebte lagen sich in den Armen, Freunde grölten mit ohrfeigenroten Wangen in den Tag und fingen mit offenen Mündern einzelne Schneeflocken auf. Anderl hatte also recht gehabt, selbst am Heiligen Abend liefen die Leute noch durch die Straßen. Trosts Vorstellung, dass an diesem Tag alle zu Hause im Kreis der Familie waren, eingehüllt in die »Licht ins Dunkel«-Beschallung aus dem Fernseher, während Christbäume geschmückt wurden, traf also bei Weitem nicht auf jeden zu. Um dem seinem Empfinden nach unpassenden Weihnachtslärm zu entgehen, ging er in die Hocke und begann Zeus am Hals zu kraulen. Er hatte plötzlich das Gefühl, nur das Wühlen im bärenartigen Fell seines vierbeinigen Freundes konnte ihn vor seinen sich überschlagenden Emotionen retten.

»Braver Hund«, wisperte er, »braver Zeus.«

Dann stand er auf, streckte dem Hund die flache Hand entgegen und zischte: »Bleib!« Er ging einige Meter, ohne sich umzudrehen, klopfte dann auf den Oberschenkel und bellte »Komm!«. Sekunden später war der Hund an seiner Seite. Dieses Kommando trainierte er noch zwei-, dreimal, ehe er wieder im Fell wühlte, was sie beide gleichermaßen zu beruhigen schien.

»Mein Freund«, hauchte er. »Mein Freund.«

Als sein Handy brummte, zeigte es eine eingehende SMS an. Smileys lachten ihm entgegen, einer grinsend, der andere mit Partyhütchen am Kopf und Tröte im Mund, und ein dritter machte ein überraschtes Gesicht. »Fall abgeschlossen!«, stand darunter. »Wir haben ihn. Mister Tod war's.« Der Graf hatte ihm geschrieben.

Trost hielt einen Augenblick inne, verlor sich in den Zeilen der Nachricht und brüllte dann auf sein Handy ein, ehe er sich im Laufschritt auf den Weg zur nächsten Bushaltestelle machte. Wie immer wich Zeus nicht von seiner Seite.

In Wetzelsdorf gelangte Trost ungehindert ins Gebäude des Polizeihauptquartiers, weil ihn hier schließlich jeder kannte und niemand wagte, sich ihm in den Weg zu stellen. Außerdem waren die wenigsten Leute aufzuhalten, wenn sie energische Schritte setzten und ganz genau wussten, wohin sie wollten. Im Übrigen hatten einige der Anwesenden verräterisch rote Nasen, vor manchen Büros hingen Luftballone, Trost glaubte, eine Sprühkerze zischen zu hören, irgendwo lief wieder einmal »Last Christmas« im Radio, und auf einem noch halbwegs gedeckten Tisch sah er die Reste einer Brötchenplatte, das Schlachtfeld einer Weihnachtsfeier vom Vortag. Offenbar hatte man ihn nicht eingeladen. Warum auch? Er gehörte ja nicht mehr dazu.

Sekunden später riss Trost die Tür zum Vernehmungszimmer im zweiten Stock der Abteilung »Leib und Leben« auf und funkelte den Grafen an.

»Kollege? Zehn Minuten?«

Der Graf rollte mit den Augen. »Armin …«

»Fünf.«

»Aber du tust ihm nichts …«

Trost legte den Kopf schief.

»Schon gut, schon gut, fünf Minuten.«

Daraufhin verließ der Graf den Raum, und Trost blieb mit Mister Tod zurück.

»Mister Tod«, sagte Trost nun laut und schaute sein Gegenüber zum ersten Mal an. Blutunterlaufene Augen betrachteten ihn gelangweilt. Das Gesicht war übersät mit Tätowierungen, ein Fleckerlteppich, der an sinnlose Kritzeleien auf einer ansonsten kahlen Gefängniswand erinnerte. Nur auf seiner Stirn standen klar und deutlich die Wörter »Mister Tod« geschrieben.

Der Mann hatte kurz geschorenes Haar und war mit einer gefütterten Lederjacke bekleidet, unter der er ein weißes Shirt trug. Trost zeigte auf die Flecken auf dem Shirt. »Sind das Blutflecken?«

Der Mann schaute auf, sammelte Speichel im Mund und spuckte auf den Boden. Die Bewegung in seinem Antlitz ließ ihn wie ein zerknülltes Stück Papier aussehen, das man während eines Telefonats malträtierte. »Nicht von mir«, sagte Mister Tod.

Trost nickte, und es war nicht klar, ob das Spucken oder seine Antwort eine Vermutung in ihm bestätigten. Er kannte diesen Mann schon lange, denn immer wieder hatten sich in den vergangenen Jahren ihre Wege gekreuzt. Trost konnte sich nicht erklären, warum Mister Tod gefasst worden war, wo er doch der Meinung war, der Kerl müsste in irgendeinem Gefängnis hocken. Typen wie ihn auf freien Fuß zu setzen war gleichbedeutend mit einer durch die Herrengasse rollenden Handgranate.

»Du willst also die Frauen entführt haben.«

»Wollen tu ich nur die Scheiße aus deinem Schädel prügeln, du Arsch.«

Trost blinzelte. »Zwei Frauen und ein Todesfall, das wird dir zur Last gelegt.«

»Ich kenn nur die Serie mit den vier Frauen und dem Todesfall. Und was mir *zur Last* gelegt wird, ist mir scheißegal. Ich trag genug Binkerl mit mir, eins mehr ist mir wurscht.«

»Wie viel?«

»Wie viel was?«

»Wie viel haben sie dir bezahlt, damit du ein Geständnis ablegst?«

»Alter, bist deppert?«

»Ich kenn dich, Leopold …«

»Nenn mich nicht so, sonst bring ich dich um.«

»Leopold«, wiederholte Trost bewusst betont. »Leopold Spangenwanger. Messerstecher, Vergewaltiger, Schläger, Fußballhooligan. In Graz hast es dir so ziemlich mit allen verscherzt, sogar mit deinesgleichen. Nicht einmal in deinem Verein wollen sie dich noch, weil du bei jedem zweiten Spiel die Toilettenanlagen wie ein Irrer zertrümmert hast. Und die unterste Schublade der Grazer Unterwelt hast du auch vergrault. Zuerst die Tschetschenen, dann die Nigerianer und zuletzt die Wiener. Wir mussten einmal sogar über Personenschutz für dich nachdenken. Und jetzt sollst du Frauen im Univiertel entführt haben? Um genau was zu tun? Vergewaltigen? Zerstückeln? Versklaven?«

»Alter, was nimmst du? Was redest du für Zeug?«

»Ich soll dir sagen, wovon ich rede? Ich rede davon, dass du zur falschen Zeit am falschen Ort warst. Ich glaube, dass sie dich am Arsch haben. Hat dich jemand aus dem Knast geholt, um dir wer weiß was zu versprechen? Denn ich kann mir nicht vorstellen, dass du, wenn du auf freiem Fuß wärst, in Graz geblieben wärst. Also, wie viel haben sie dir gezahlt dafür, dass du hier den Buhmann abgibst, oder reicht dir schon der kurze Freigang ins Vernehmungszimmer?«

Spangenwanger schlug mit der flachen Hand auf den Tisch. »Hör auf, Arschloch! Ich hab gar nichts gemacht. Ich bin aus dem Häfn raus, geh durch den Stadtpark, auf einmal nehmen mich die wieder hops. Ihr wollt mir was anhängen, womit ich nichts zu tun habe.«

In diesem Moment flog die Tür auf, und Gierack platzte in den Raum.

»Trost!«, brüllte er. »Schleich dich.«

Trost erhob sich langsam, ließ Mister Tod dabei aber nicht aus den Augen. »Warum ist der Kerl hier?«

»Weil Hinterher ihn geschnappt hat. Auch andere bringen einmal etwas zusammen, Trost. Jetzt nur nicht neidisch werden.«

Der Graf tauchte in Gieracks Rücken auf, und Trost musterte ihn. Ohne ihn anzusehen, richtete er eine Frage an Spangenwanger. »Seit wann bist du wieder draußen aus dem Häfn, Leopold?«

Mister Tod knurrte: »Seit einer Woche, Arschloch.«

»Eine Woche, soso.« Verächtlich sah Trost zuerst den Grafen

und dann Gierack an. »Das geht sich kaum aus mit den verschwundenen Frauen. Lassts ihn sofort frei, bevor jemand etwas davon erfährt. Könnt ja sein, dass sogar der Tod einen Anwalt hat.«

Gieracks Kopf bekam eine tiefrote, fast bläuliche Farbe. »Raus jetzt, Trost! Schleifts ihn raus, wenn's sein muss. Der Hawi soll sich schleichen. Und dann, Graf, zu mir ins Büro. Wir geben jetzt an die Medien weiter, dass wir ihn haben.«

Doch niemand musste kommen, um Trost zu packen und aus dem Raum zu werfen. Er ging aus freien Stücken. Draußen am Gang standen die Kollegen an den Türen ihrer Büros und bildeten ein Spalier. Einen Moment lang war Trost sich nicht sicher, ob sie sich auf einen Spießrutenlauf vorbereiteten, um einen der Ihren in die Schranken zu weisen, zu prügeln und zu maßregeln. Doch nichts dergleichen geschah. Er passierte die Kollegen, von denen einige Sektgläser und Brötchen in der Hand hielten, und warf Silvia Lust einen langen Blick zu, die jedoch unmerklich den Kopf schüttelte. Was sie herausgefunden hatte, musste Trost noch geheim halten, denn einem Mann wie ihm zur Seite zu stehen konnte im Augenblick Karrieren zerstören.

Als er die Tür zum Ausgang öffnete, rief ihm Gierack hinterher: »Es ist aus, Trost. Hast du gehört? Aus und vorbei. Der Fall ist abgeschlossen. Und du bist es auch. Ein für alle Mal. Abgeschlossen, abgeschossen, ausgeschissen … Frohe Weihnachten!«

Die Tür war schon längst hinter ihm ins Schloss gefallen, als er Gieracks Stimme immer noch zu hören glaubte, wie sie durch den Gang rollte wie ein nicht enden wollendes Erdbeben.

Er beschloss, mit Zeus den Weg zurück in die Stadt zu Fuß zurückzulegen. Er brauchte das jetzt, frische Luft, ein wenig körperliche Anstrengung und ein bisschen Zeit mit seinem Hund, dem letzten Freund, der ihm noch geblieben war. Als hätte er seinen Gedanken gelesen, schmiegte sich Zeus beim Gehen an Trosts Bein. Manchmal rührte ihn dieses Tier mehr als alles andere auf der Welt.

Nachdem er fast eine Stunde gegangen war, erreichte er das Joanneumsviertel, kramte in seiner Tasche nach einem Zehner und gönnte sich einen Glühwein bei einem der Standler. Es war zwar gerade erst Mittag geworden, aber die ersten Standlbesucher hielten sich bereits an den Stehtischen fest. Kreischendes Lachen verriet ihm, dass einige schon jetzt großen Spaß hatten, und endlich brannte die Flüssigkeit auch ihm heiß und verführerisch süß über die Zunge und fand den Weg in seine unergründlichen Innereien, wo sie rasch ein angenehm flaues Gefühl hinterließ. Er genoss es, in der Menge zu stehen und darin anonym unterzugehen. Der Wein wärmte ihn so weit auf, dass er sich bald wohler fühlte. Sehr viel wohler. Zunächst spürte er noch, dass er Hunger hatte, nach dem zweiten und besonders nach dem dritten Glühwein war der Kohldampf aber weg, und er war stark genug, um gemeinsam mit Zeus den weiteren Weg durch die Innenstadt, die Sporgasse hinauf, und später durch den Stadtpark bis ins Univiertel anzutreten. Die gesamte Strecke über summte er »Last Christmas« vor sich hin, zwischendurch so laut, dass ihn Passanten angrinsten, die ihn offenbar um seine gute Weihnachtsstimmung beneideten. Sie dachten wohl, da begegne ihnen ausnahmsweise einmal ein ganz besonders glücklicher Grazer. Ein lebensfroher Kerl.

Wie sie sich doch täuschten. Im Park pinkelte er an einen Baum. »Wie sie sich doch täuschen!«, rief er dabei und musste sich wenige Minuten später eingestehen, dass er nicht mehr wusste, ob er es wirklich laut gesagt oder nur gedacht hatte. Und sich über die Lippen leckend stellte er fest, dass der Schilcher-Glühwein heuer besonders gelungen war. Und überhaupt: War jetzt schon Weihnachten, oder kam das erst?

Sekundenlang hielt er darüber grübelnd in der Harrachgasse inne, als sein Blick auf die Vorklinik fiel. Genauer gesagt auf deren Hülle, denn hinter den meisten Fenstern breitete sich gähnende Leere aus. Einmal mehr zog ihn dieses Gerippe geradezu magisch an. Doch er widerstand.

Zeus folgte seinem Blick, und als Trost auf den linken Oberschenkel klopfte, sprang der Hund an seine Seite, als handelte es sich dabei um einen Zirkustrick. Sie überquerten die Straße. Da blieb Trost plötzlich stehen, drehte sich zu seinem Hund, bedeutete ihm zu warten und rief ihn erst wieder zu sich, nachdem er fünfzig Schritt gegangen war. Zeus hatte sich nicht gerührt und reagierte auf Kommando. Als er bei ihm war, umarmte Trost den Hund und gluckste vor Lachen. Konnte es sein, dass ihn die Nähe dieses Wesens tatsächlich glücklich machte?

In diesem Moment klatschte es aus einem der offenen Fenster, und das bleiche Antlitz von Professor Adelheid schälte sich aus der Dunkelheit.

»Sie scheinen eine gute Hand für Hunde zu haben!«, rief er.

Trost zuckte mit den Schultern und richtete sich auf. »Zumindest für diesen.«

»Oder er für Sie.«

»Ja«, gab Trost zurück, auch wenn er nicht verstand, was ihm der Professor damit hatte mitteilen wollen. »Sagen Sie«, rief er, »haben Sie ein paar Minuten? Mir sind noch einige Fragen eingefallen.«

»Wegen Ihrer Tochter?«

»Nein, wegen der Leichen.«

40

Der Friedhof der Namenlosen

»Sie haben gar keine Tochter, die Medizin studieren möchte, stimmt's?«

Die Stille machte das Knirschen der Kieselsteine unter ihren Schritten ohrenbetäubend. Aus den Waldflecken, die sie umgaben, donnerte Spechttrommeln. An der Landstraße zwischen den Grazer Umlandgemeinden Haselsdorf-Tobelbad und Lieboch heulte ein Fünfzig-Kubik-Moped vorüber. Professor Meinhart Adelheid und Armin Trost standen am Rand des Tierfriedhofs im Ortsteil Tobelbad.

Dass sie hier gelandet waren, begründete Trost mit den seltsamen Wendungen, die dieser Tag von Beginn an genommen hatte. Er war hineingegangen ins Institutsgebäude und wollte mehr wissen über das Sterben. »Also nicht über das Sterben an sich, sondern über das, was davor passiert«, hatte er gesagt. »Das geht mir nicht aus dem Kopf. Es gibt also Leute, die führen allen Ernstes einen Zettel mit sich, der bezeugt, dass ihr Körper im Todesfall auf einem Tisch landen darf, an dem junge Leute mit Scheren und Zangen und Sägen herumstehen und …«

»Ja«, hatte Adelheid ihn unterbrochen. »Solche Leute gibt es tatsächlich.« Und mit diesen Worten hatte er eine Patientenverfügung aus seiner Manteltasche geholt. Gut, es leuchtete Trost ja noch ein, dass der Mediziner, der immerhin auch der Institutsleiter war, eine solche Absicht an den Tag legte, aber Normalsterbliche? Und überhaupt. Wie ging das dann weiter?

Als Antwort auf diese Frage hatte Adelheid nach dem Autoschlüssel gegriffen, damit vor Trosts Nase herumgeklimpert und ihm bedeutet, ihm zu folgen. Dann saßen die drei – Zeus bekam die gesamte Rückbank des Saabs zur Verfügung gestellt – plötzlich im Auto und fuhren aus der Stadt. Am Heiligen Abend. Bei

Schneetreiben. Bis hierher. Nach Tobelbad. Eine Gemeinde im Süden der Stadt.

Eine Motorsäge kreischte irgendwo in den Tiefen des Waldes. Am Rand des Tierfriedhofs befand sich auch der Friedhof der Anatomie. »Einer meiner Vorgänger«, sagte Adelheid, »hat diesen Friedhof zu einem würdevollen Ort herrichten lassen. Genauso wie er den Verabschiedungsraum gestaltet hat, den ich Ihnen in der Vorklinik gezeigt habe. Wissen Sie«, er machte eine ausladende Geste über die Gräber hinweg, »im Tod passen wir alle in die gleichen kleinen Kisten aus Holz. Obwohl es auf den ersten Blick nicht so aussehen mag, wir achten jeden Einzelnen. Wir würdigen die Entscheidung der Menschen, ihren Körper der Wissenschaft zu vermachen. Und auch wenn wir diese Körper dann ausnehmen, zerteilen und sezieren, wir wissen dieses Geschenk zu schätzen. Hier auf dem Friedhof werden die Teile der anatomischen Leichen später bestattet. Sie sehen, wir sind keine Schlächter.«

Trost ließ das Areal auf sich wirken. »Warum zeigen Sie mir das alles?« *Und warum sprichst du dann im selben Atemzug vom Zerteilen und Sezieren?*

»Weil ich nicht wollte, dass Sie einen falschen Eindruck bekommen. Wissen Sie, die Grazer Anatomie hat ein internationales Renommee. Unser einstiger Ordinarius Walter Thiel hat ein spezielles Präparationsverfahren entwickelt, das mittlerweile weltweit angewendet wird. Früher hat man die Leichen mit Formalin fixiert, was das Gewebe viel zu stark gehärtet hat. Mit der Thiel-Methode, die Borsäure, Ethylenglykol, Formaldehyd und andere Substanzen verwendet, bleibt das Gewebe des menschlichen Körpers über den Tod hinaus weich und geschmeidig, auch die Farbe bleibt erhalten. Auf diese Weise lässt sich besser arbeiten, und die Studenten bekommen ein gutes Gefühl für den menschlichen Körper. Wir stecken sehr viel Wissen in dieses Fach. Und dabei sind wir eben auf Körperspenden angewiesen. Wir können uns keine schlechte Presse leisten, verstehen Sie?«

Trost verstand. Adelheid vermutete also wie auch der Würstelbudenmann, er sei Journalist. Er ließ ihn in dem Glauben. »Und haben Sie immer genug Leichen zur Verfügung?«

Adelheid runzelte die Stirn. Das Klopfgeräusch des Spechts setzte aus, als wollte auch er die Antwort nicht verpassen. »Sagen wir so, wir kommen damit aus, freuen uns aber über jeden, der seinen Körper der Wissenschaft widmet.«

»Kostenlos.«

Adelheid lachte unsicher auf. »Natürlich kostenlos. Die Zeiten, in denen die Medizin für tote Körper bezahlte, um von ihnen zu lernen, sind Gott sei Dank längst vorbei.«

»Und was machen Sie so kurz vor dem Heiligen Abend am Institut?«

»Das Gleiche könnte ich Sie fragen.«

Touché.

41

Bodysnatcher

Auch wenn Professor Adelheid den Eindruck erweckte, dass man ihm vertrauen konnte, und Trost keineswegs eine dunkel wabernde Wolke oder Ähnliches um den Mediziner wahrnahm, hatte er dennoch das Bedürfnis, dieser Sache auf den Grund zu gehen. Er wollte mehr wissen. Über Leichen. Und darüber, wie man sie sich beschaffte.

Nachdem er Zeus in die Wohnung gebracht und mit einer Schüssel Hundefutter versorgt hatte, fand er sich nach dem Ausflug zum Tobelbader Friedhof in der Universitätsbibliothek wieder. Dass er so weit gekommen war, hatte er ausschließlich seinem Charme zu verdanken. Nun, eigentlich nicht seinem Charme, sondern seiner manchmal zur Schau getragenen Verzweiflung. Er hatte weder einen Bibliotheksausweis noch eine Ahnung, wie er sich in dem erst vor wenigen Jahren gebauten Gebäude zurechtfinden sollte.

Interessanterweise war noch eine Bibliothekarin vor Ort, eine weitere unstete Seele, die am Heiligen Abend lieber arbeitete, als einsam zu Hause zu hocken, dachte Trost. Als er ihr mitteilte, welche Art von Büchern er suchte, hielt sie inne. Auch Trost betrachtete die Frau, die er anfangs viel jünger eingeschätzt hatte, jetzt mit offenem Blick. Sie hatte wuscheliges Haar und große, wache Augen, die grün schimmerten. Ihr Gesicht war voller Sommersprossen, die sich bis über ihre Lippen ausbreiteten. Ihr schmaler Mund entpuppte zwei Reihen etwas zu gelber Zähne, und ihr Pullover ließ nur die Spitzen ihrer Finger hervorlugen. Alles in allem sah sie aus wie eine Decke vor einem Kamin.

Ihre Augen wurden auf einmal noch größer, und Trost vermutete schon, sie würde ihn wegen seines perversen Buchgeschmacks schelten.

»Wie eine Decke vor einem Kamin? Wieso kommen Sie auf so was? Wie sieht denn jemand aus, der so aussieht?«

Verlegen druckste Trost herum, dass er nur laut an etwas gedacht habe. Er entschuldigte sich, nahm ihr die Bücher ab und ging an einen Tisch in einer ruhigen Nische.

Als Erstes zog er Robert Louis Stevensons »Der Leichenräuber« in einer deutschen Ausgabe aus dem Jahr 1979 aus dem Stapel. Diese Horrorgeschichte stammte ursprünglich aus dem 19. Jahrhundert und schilderte Ereignisse, die sich im London der 1830er Jahre tatsächlich abgespielt hatten. Die Wissenschaft hatte ein ethisches Problem. Zwar durften damals die Leichen Hingerichteter obduziert werden, falls es einen richterlichen Beschluss gab, doch man kam dadurch etwa 1831 auf nur zwölf Leichen. Benötigt wurden aber fast eintausend, um die Studenten und Wissenschaftler mit Körpermaterial auszustatten. Da die Strafen nicht sonderlich hoch waren, entwickelte sich deshalb ein Schwarzmarkt. Immer wieder kam es vor, dass tote Körper aus Friedhöfen und Leichenhallen entwendet wurden. In Edinburgh trieben es William Burke und William Hare noch weiter. Sie begannen, Menschen zu ermorden, um deren Leichname zu verkaufen. Insgesamt gingen sechzehn Morde auf ihr Konto, die Leichen verkauften sie an die private Anatomieschule von Robert Knox, das Edinburgh Medical College. Diese sogenannten West-Port-Morde waren der Beginn des »Body Snatchings«, denn vor allem in den Armenvierteln von London etablierten sich in den 1830er Jahren geradezu professionelle Leichendiebe. Auch hier kam es zu Morden, die Leichen wurden für rund zwanzig Pfund pro Stück verkauft, dienten Perückenmachern und Altkleiderhändlern ebenso wie Chirurgen und Zahnärzten als Material. Hauptgrund für den Handel mit Leichen war die schreckliche Armut der untersten Schichten.

Heutzutage konnte man seinen Körper zwar der Wissenschaft zur Verfügung stellen, finanzielle Vergütung gab es dafür aber keine. Im Gegenteil, für eine Körperspende war ein Unkostenbeitrag für die Einäscherung, die Urne und das Begräbnis zu bezahlen, der sich auf etwas mehr als tausend Euro belief – immerhin noch um ein Hauseck billiger als ein übliches Begräbnis.

Trost schaute aus einem der Fenster. Die Tage im Winter waren so kurz, dass das manche Menschen gehörig in Stress versetzte, da sie das Gefühl hatten, bei Beginn der Dämmerung müsste das Tagewerk bereits vollbracht sein. Für Armin Trost bedeutete das Einsetzen des Zwielichts und der Straßenlaternen, dass sein Organismus erst so richtig in Fahrt kam. Die schattenhaften Tagesenden waren seine Lieblingszeit, er war jemand, der im Grauen lebte, ein grau schattierter Mensch.

Dass die meisten Menschen an diesem Abend zu Hause bei ihren Liebsten saßen, kam ihm keine Sekunde lang in den Sinn. Er dachte nur an das Geschäft mit den Leichen.

Er rief bei Lemberg an, doch sie hob nicht ab. Auch Silvia Lust rührte sich nicht. Als er den Grafen erreichte, gab dieser nur zerknirscht und mit unterdrückter Stimme zu verstehen, dass Mister Tod weiterhin verhört werde. Gierack habe das auch den Medien berichtet. *Du bist ein Dodel*, dachte Trost.

Der Graf sagte beleidigt: »Danke, dir auch frohe Weihnachten.« Dann legte er auf.

42

Das vierte Opfer

Aus dem Würstelstand schaute ihm diesmal ein übellauniges Gesicht entgegen. Trost hatte Zeus wieder aus der Wohnung geholt, war eine Runde um den Block spaziert und hatte dabei Hunger bekommen. Wo denn der Anderl sei, wollte Trost wissen. »Net da«, bekam er zur Antwort.

»Dann musst du der Ulli sein, Ulli Langbauer.«

Der Mann schwenkte die Grillzange eine Sekunde lang vor sich in der Luft und schien die Würstel, die er soeben aus dem heißen Wasser holen hatte wollen, vergessen zu haben. Er musterte Trost. »Wer will das wissen?«

»Ich bin Stammkunde«, gab Trost zurück.

»Na, so stamm kannst net sein, sonst würden wir uns kennen.«

Das Lächeln, das Trost zustande bekam, war bemüht. »Ich bin der Armin.«

»Und?«

»Käsekrainer bitte.«

Während Trost die geschnittenen Wurststücke mit einem Zahnstocher aufspießte und in Senf eintauchte, blickte er sich um. Der Campus war endgültig leer. Der Schnee fiel diesmal dichter und umhüllte den Lärm der Stadt wie eine Käseglocke.

»Hab vernommen, was im Sommer passiert ist«, hörte Trost sich sagen und bemerkte, dass auch Zeus ihn mit großen Augen ansah. Was tat er da?

»Das mit dem Unfall. Der Anderl hat mir davon erzählt.«

Die Zange schwebte wieder in der Luft. »So, hat er das? Hast das *vernommen*?«

»Ja, es geht ihm immer noch sehr nahe.«

»Natürlich tut es das. Lore war seine Tochter.«

»Und dir? Geht es dir auch nahe?«

Ulli blinzelte. »Sie war … ich war … Ach, halt die Goschn.«

Er ließ die Zange fallen, drehte sich um und verließ die Imbissbude.

Als Trost sich verwundert zur Hinterseite des Wagens begab, bemerkte er, dass Ulli durch den Park davonlief. Unschlüssig stand er da und wartete.

»Du musst ihn entschuldigen. Er war unter den Feuerwehrleuten, die Lore gefunden haben …«

Anderl war plötzlich neben ihm. »Lore und er waren ein Paar. Für einen jungen Menschen bricht da eine Welt zusammen. Sie haben ihn wegzerren müssen. Er ist durchgedreht. Ich hab ihn aufgefangen und bei mir arbeiten lassen die letzten Monate …«

Trost blickte zwischen Anderl und dem zwischen den schneebedeckten Bäumen verschwindenden Ulli Langbauer hin und her, während er sich anscheinend ungerührt ein weiteres Stück Wurst in den Mund schob.

»Seit damals arbeitet er bei dir?«, fragte er.

Anderl nickte. Er schob sich an Trost vorbei in den Wagen. Erst jetzt bemerkte Trost, dass Anderl in jeder Hand schwere Einkaufstaschen trug.

»Und?«, rief der Würstelmann. »Gestern noch gut heimgekommen? Wieder einen Artikel aufgegabelt, der rasende Reporter?«

»Geht so«, antwortete Trost lapidar, ohne damit eine konkrete Antwort auf etwas zu geben. »Und der Ulli fährt auch mit dem Lieferwagen?«

Anderl legte die Stirn in Falten. »Eigentlich ist er die meiste Zeit damit unterwegs, ja. Aber warum fragst du?«

Betrunkene zogen durch die Harrachgasse, schon wieder hallte »Last Christmas« aus einem Auto, das mit offenen Seitenfenstern im Schritttempo durchs Viertel rollte. Es wurde langsam lästig. Trost stand mit Zeus am Straßenrand, kaute lustlos an seiner Wurst und blickte hoch zum Fenster von Eva Schöns Wohnung. »Nur so«, flüsterte er.

»Ihr zwei seid ein schönes Paar«, hörte er Anderl im Rücken.

»Wir sind kein Paar«, gab Trost zurück, aber er glaubte nicht, dass Anderl es gehört hatte.

Als er sich umdrehte, lächelte der Würstelmann ihn an. Es war ein trauriges, tränenfeuchtes Lächeln. »Was immer dir über die Leber gelaufen ist, wie schlimm kann es sein? Ich hab das erste Weihnachten ohne meine Tochter. Auch der Ulli findet, dass ihr gut zusammenpasst.«

»So, findet er das.«

Kurz darauf schlenderte Trost mit Zeus über den Campus. Mister Tods hässliche Visage starrte bereits aus der Onlinemeldung einer Zeitung, die er am Handy las. Der Artikel verging sich in Begeisterung. Das Grauen habe ein Ende, bevor es richtig begonnen habe, hieß es. Jetzt hofften alle auf die Aussage des fiesen Kerls, die die Ermittler auf die Spur der vermissten Frauen bringen sollte. Im Grunde galt der Fall aber als abgeschlossen.

Im Grunde war er also arbeitslos.

Zwei Minuten später läutete er an Eva Schöns Tür.

Abends versuchte er es abermals.

Und als er gegen Mitternacht noch einmal läutete und keine Reaktion zu erkennen war, ging er an ihre Tür und öffnete sie einfach.

Es war nicht abgesperrt.

Speisereste lagen am Boden. Ein Stuhl war umgekippt. Der Weihnachtsstern hatte seine Fußballtrikot-roten Blätter über den weißen Teppichboden ausgebreitet und ergab mit den Scherben der Vase ein Stillleben, das eine Geschichte erzählte. Die knallbuntfaltigen Gesichter der Peterson-Bilder schauten ihn an. Trost bildete sich ein, einen Vorwurf in den Porträts zu bemerken. Er benötigte keinen sechsten Sinn, um zu erkennen, dass etwas geschehen war. Etwas, das ihm durch Mark und Bein ging. Seine Nachbarin war verschwunden, und in diesem Moment fragte er sich, wie er sie sonst nennen könnte. Wer war Eva Schön eigentlich für ihn? Was?

Er fand keine Antworten auf diese Fragen, wusste nur eines: Sie war das vierte Opfer.

43

»Kümmern Sie sich um den Hund«

»Was soll das heißen, ›Kümmern Sie sich um den Hund‹? Kümmern Sie sich selber, das ist immerhin Ihr Hund! Und was soll *das* heißen? ›Ich gehe da jetzt rein.‹ Sie gehen nirgendwohin, ist das klar? Was wollen Sie denn überhaupt in der Anatomie? Sind Sie verrückt geworden? Das ist Universitätsgeländc. Ein Bundesgebäude. Und auch wenn es bald plattgemacht wird, wir haben keinen richterlichen Beschluss. Die reißen uns die Eier ab. Sie sind nicht einmal mehr im Dienst. Sie sind raus, und der Fall ist abgeschlossen. Wir haben den Täter. Noch dazu einen, der einen großartigen Namen für die Zeitungen hergibt. Also lassen Sie das. Sie dürfen gar nichts. Trost. Mandl. Sie …«

Zeus zuliebe hatte er Schwarz diesmal über seine Pläne informiert. Lemberg hatte nicht abgehoben, also hatte er dem Einsatzleiter erzählt, was er vorhatte.

»Kümmern Sie sich bitte um den Hund. Und, Schwarz …«

»Trost, ich sag's noch einmal, hören Sie auf …«

»Nein, seien Sie still und hören Sie mir jetzt gut zu«, unterbrach Trost ihn, und dann berichtete er, was Silvia Lust herausgefunden hatte.

Eine Minute später wusste er, dass die Hebel nun in Bewegung gesetzt worden waren, und er fragte sich einmal mehr, was mit ihm los war. Warum hatte er sich so lange damit Zeit gelassen?

Es war ein Affront, den Hund zurückzulassen. Ja, aber er konnte sich nicht Hals über Kopf in Gefahr begeben, wenn er sich Sorgen um Zeus machen musste, und im Augenblick war Schwarz der Einzige, dem er so weit über den Weg traute, dass er Zeus in guten Händen wusste. Und weil seine Wohnung ja bis vor ein paar Tagen noch als Observationsstützpunkt der

Polizei gedient hatte, fand der Einsatzleiter bestimmt auch eine Möglichkeit, dort hineinzugelangen.

Das treue Tier tapste hinter Trost her, hielt aber im Flur inne, als würde es genau wissen, dass sich ihre Wege hier trennten.

»Schau nicht so. Ich bin ja gleich wieder da. Ich hol nur Eva zurück.«

Es kam ihm seltsam vor, vor Zeus von Eva zu sprechen. Er zögerte. Warum sprach er überhaupt von ihr? Und warum kümmerte es ihn, was mit ihr passiert war? Er hatte diese Frau gerade eben erst kennengelernt. Sie war eine Nachbarin. Sie bedeutete ihm … nichts.

Dann ließ er die Tür ins Schloss fallen. Und Zeus winselte leise, als könnte er spüren, dass etwas nicht in Ordnung war. Dass eine große Gefahr auf seinen Herrn lauerte – eben weil ihm Eva Schön doch etwas bedeutete.

44

Der Käfig

Das Gebäude war praktisch leer, und doch standen alle Türen offen. Trost lief immer tiefer in das Ganglabyrinth hinein und folgte dabei ausschließlich seinem Instinkt. Er musste schnell sein, andernfalls wäre es für Eva Schön zu spät. Irgendwo in die Tiefen dieses Hauses hatten sie sie verschleppt, um was auch immer mit ihr anzustellen.

Woher er das wusste? Ach, er wusste es ja gar nicht. Er rannte nur seiner Intuition hinterher und bemerkte, dass er dabei leise schluchzte.

Er erreichte den Seziersaal, in dem er Professor Adelheid zum ersten Mal über den Weg gelaufen war. Ob er mit alldem etwas zu tun hatte? Der Saal war so dunkel und leer wie das Innere eines Wals. Er betätigte den Lichtschalter, und zitternd flackerten die Neonlampen auf. Er rechnete damit, jeden Moment von Unbekannten angefallen zu werden, aber hier war niemand. Er vernahm die Stille als tiefes Atmen. Als befände er sich in den Eingeweiden eines Ungeheuers. Und mehr denn je fühlte er sich beobachtet.

Er durchquerte den Saal, riss die nächste Tür auf und lief einen schmalen Gang entlang. Es war ein schauriger Gang, denn Holzkisten säumten seinen Weg, Särge, die aufeinandergestapelt an den Wänden standen und wunderbare Verstecke für dazwischen lauernde Untote bildeten. Aber natürlich tauchten keine Untoten auf. Nur echte Tote. Er kam am Verabschiedungsraum vorbei und bremste. Vor dem winzigen Altar brannte eine Kerze. Und vor der Kerze stand ein Krankenhausbett. Und auf dem Bett lag ein Körper, bedeckt von einem weißen Laken. Trost schluckte geräuschvoll und murmelte einen Fluch. Dann riss er sich am Riemen, schritt mutig auf das Bett zu und riss das Laken zur Seite. Ein bleiches Gesicht starrte ihn an. Er hätte nicht sagen können, ob es sich um eine Frau oder einen Mann handelte. Trost wich einen Halbschritt zurück und schnappte nach Luft. Die Leiche sah aus wie die Fratzen, die ihn seit Tagen in seinen Alpträumen heimsuchten. Die haben der Leiche nicht einmal die Augen geschlossen, dachte er erschrocken.

Sekunden später hetzte er schon wieder weiter den Gang entlang und konnte dabei nicht mehr mit Bestimmtheit sagen, ob er sich das soeben Erlebte nicht doch nur eingebildet hatte. War da wirklich eine Leiche im Verabschiedungsraum gewesen? Mit offenen Augen?

Hinter der nächsten Biegung veränderte der Gang sein Aussehen. Er erinnerte an den Zugang zu einer Lagerhalle. Auch hier standen am Boden aufgereiht winzige Holzkisten. Die Särge für die Körperspender. Als er an ihnen vorüberlief, wunderte er sich einmal mehr, dass ein Mensch in so eine Kiste passte. Aber sie waren alle in Einheitsgröße gefertigt, und er erinnerte sich an Adelheids Worte. *Im Tod passen wir alle in die gleichen kleinen Kisten aus Holz.* Er musste es ja wissen.

Trost erreichte eine Flügeltür, betrat den Raum dahinter und würgte. Der Geruch erinnerte ihn stark an die Leichenbeschau in der Gerichtsmedizin. Es roch nach Leichenpräparationsmittel und Blut. Der Boden war verfliest. Wieder flackerten von einem Bewegungsmelder ausgelöste Neonröhren auf, und Nirosta-Tische glänzten frisch poliert. Ein überdimensioniertes Waschbecken war nicht ganz sauber. Blutspritzer säumten den Rand. Aus einem Mülleimer daneben hing eine Sehne oder ein Muskel. Es hätte aber auch ein in Blut getränkter Faden, ein Spagat, ein Stück Wolle, egal was sein können. Trost schenkte dem roten Ding nicht mehr Aufmerksamkeit als nötig. Hielt stattdessen direkt auf die Stahltür zu. Es war, als hätte diese Tür ihn quer durchs gesamte Universitätsgebäude angezogen. Wie ein Magnet. Er öffnete sie. Blickte wieder in die Dunkelheit dahinter, die einen Augenblick so vollkommen war, dass sie auch ein Abgrund hätte sein können. Er wagte nicht, einen Schritt vor den anderen zu setzen, als befürchtete er, ins Leere zu steigen. Ein Seufzen erklang, und es schien, als hätte er mit dem Öffnen der Tür eine Unterhaltung gestört. Es klang wie das verebbende Rauschen eines Wisperns.

Aus dieser vollkommenen Dunkelheit schwebte plötzlich ein merkwürdiger Gegenstand auf ihn zu. Das fühlte er mehr, als dass er es wirklich sah. Eine Eisenstange. Oder der Stiel eines massiven Werkzeugs. Einer Axt vielleicht. Er konnte es nicht sagen. Der Gegenstand flog unerhört langsam durch die Finsternis, und gleichzeitig wusste er, dass ihm seine Sinne einen Streich spielten. Er realisierte, dass er längst getroffen worden war und nun, während er das Bewusstsein verlor und zu Boden sackte, alles noch einmal erlebte. Erst als seine Wangen den kalten Fliesenboden berührten, flammte so etwas wie Widerstand in ihm auf. Viel zu spät. Etwas Spitzes stach ihn in die Schulter. Und wieder flackerte das Licht von Neonröhren auf. Hier waren noch mehr Särge. Und drei riesige Stahldeckel verdeckten den Boden. Trost versuchte sich aufzurichten, aber eine Schuhsohle presste sein Gesicht zurück auf den Boden. Er hatte keine Kraft mehr. Sogar seine Stimme war nur mehr ein besoffenes Lallen. Er schnappte nach Luft, bekam aber kaum noch welche, so als wäre auch seine Atmung gelähmt. Jetzt galt es, die Panikattacke zu unterdrücken. Verzerrte Stimmen nahm er als Kichern wahr, als aufgeregtes Gezwitscher. Jemand drückte ihm die Schalthebel eines Baustellenaufzugs in die Hand. Fremde Hände ergriffen seine Finger und ließen ihn einen Aufzug betätigen.

»Er soll es selber machen. Wenn er es selber macht, ist es noch einmal schiacher. Der kriegt das sicher mit.«

Wieder das irrwitzige Kichern. Es waren mindestens zwei.

Trost sah, wie Bewegung in einen der Stahldeckel kam. Er hob sich. Wasser sprudelte daraus hervor und verteilte sich über den Fliesenboden. Die Flüssigkeit leckte auf Trost zu. Unter dem Stahldeckel war ein Käfig auszumachen. Ein Arm fiel zwischen den Gitterstäben hindurch und plumpste leblos auf den Boden. Der Käfig bewegte sich knirschend empor, die trübe Flüssigkeit plätscherte auf den Boden und offenbarte einen immer grauenvolleren Anblick. Von Anfang an sah Trost zwar alles, aber sein Gehirn konnte nicht zuordnen, was da vor sich ging. Vielleicht lag es an dem Mittel, das sie ihm injiziert hatten. War das etwa dieses Ethy…? Oder es war das Ergebnis des Schlags, den er abbekommen hatte. Jedenfalls stellte er erst nach und nach fest, dass aus den Tiefen eines in den Boden eingelassenen Beckens, das mit einer grauen Flüssigkeit gefüllt war, ein Käfig auftauchte. Ein Käfig voller nackter, vollkommen enthaarter, blasser Leichen.

45

Letzte Weihnacht

»Runter, runter, nun mach schon!«

Der Apparat blieb mit einem Ruck stehen, und für zwei, drei Sekunden hing der Käfig voller Leichen in der Luft. Arme und Beine baumelten daraus hervor. Sie wirkten schlüpfrig und weich, so als steckten sie in Gummifiguren. Dann setzte sich der Käfig wieder in Bewegung und wurde ein Stück weit heruntergelassen. Etwa einen halben Meter über dem Boden – der größte Teil der Anlage befand sich wieder in der öligen Lösung – sprang jemand auf den Käfig und öffnete eine Luke.

»So, und jetzt da rein mit ihm.«

»Aber sollten wir ihn nicht vorher kaltmachen und präparieren?«

»Ach was, dafür haben wir keine Zeit. Was glaubst du, wie lange das dauert? Dieser Käfig war sowieso erst vor ein paar Tagen dran. Jetzt sind erst einmal zwei Wochen Ferien, danach verwenden sie die Käfige Nummer zwei und drei, und dann sind Semesterferien. Diesen hier werden sie frühestens im März öffnen, um ihn umzusiedeln. Bis dahin erinnert nichts mehr an den Typen. Den erkennt dann keiner mehr. Die Lösung wird alles Persönliche aus seinem Körper gelöscht haben. Er wird ein Ken sein, wie alle anderen auch. Ein Ken zwischen lauter Barbies.«

»Und die Kleidung? Was ist mit der?«

»Also gut, dann ziehen wir ihn eben aus. Er kann sich sowieso nicht mehr wehren.«

Trost stöhnte auf und versuchte, sich auf den Bauch zu drehen. Er wollte sich hochstemmen und davonrennen, aber schon nestelten Hände an seiner Hose herum. Er konnte tatsächlich nichts dagegen tun. Verzweifelt wühlte er in den schwammigen Gedanken, die ihn umgaben, nach einer Lösung. Vor allem aber drängte es ihn herauszufinden, mit wem er es zu tun hatte. Er kannte sie beide, das ahnte er. Und doch konnte er nicht mit Bestimmtheit sagen, wer sie waren, als spielte ihm sein Gehirn einen neuerlichen Streich.

Sie waren brutal. Zerrten in aller Eile an seinen Gliedern. Seine Hose wurde ihm vom Leib gerissen, und er fiel wieder auf den Bauch. Sekunden später war er splitternackt.

Er zitterte. Versuchte, sich zu konzentrieren. Wenn er alle Kraft, die in ihm steckte, bündelte, könnte er es schaffen, aufzustehen und davonzulaufen, davon war er überzeugt. Seine Lippen zitterten.

»Was brabbelt er da?«

»Na, was schon? Ist doch egal. Der brabbelt nicht mehr lange. Rein mit ihm. Und schalt die Musik ein.«

Das Lachen wiederholte sich. »Ja genau. Die Musik. Dann kann er die letzten Sekunden seines Lebens noch die meistgespielte Melodie seines Lebens hören. Herrlich.«

Sekunden später ertönte …

»Last Christmas, I gave you my heart. But the very next day, you gave it away.«

Sie hoben ihn hoch.

Es waren zwei, eindeutig zwei. Den einen erkannte er jetzt, es war der Student, dem er vor gar nicht allzu langer Zeit aus einem Instinkt heraus gefolgt war. Den anderen kannte er auch.

»This year, to save me from tears, I'll give it to someone special.«

Jetzt wäre es dann bald an der Zeit, die Kräfte zu bündeln und zuzuschlagen. Jedem ins Gesicht. Und dann nichts wie weg.

»Once bitten and twice shy. I keep my distance, but you still catch my eye.«

»Schau mal, sein Gesicht ist ganz verzerrt vor Anstrengung, und eine Faust macht er auch.«

Ein Lachen hallte durch den verfliesten Saal. Der Käfig kam immer näher. Trost stöhnte auf.

»Ja, jetzt kannst brabbeln. Das versteht jeder. Bei diesem Anblick würde jedem grausen. Aber versprochen. Bald ist alles vorbei. Es geht schnell. Du trinkst die Lösung. Ersaufst. Erstickst. Herzstillstand und so.«

»Tell me, baby, do you recognize me? Well, it's been a year, it doesn't surprise me.«

Die Leichen in dem Käfig kamen näher. Sie starrten ihn an. Schienen die Hände nach ihm auszustrecken. Die Kerle hievten ihn hoch, und er war jetzt froh über jedes Kilo, das er zu viel um die Hüften hatte. Die beiden keuchten schwer. Die offene Lücke rückte dennoch näher. Dann verlor er den Halt. Sie hatten ihn fallen lassen. *Bitte nicht.* Die Leichen stürzten auf ihn zu. Oder besser: er auf sie. Sie empfingen ihn mit offenen Armen. Die leeren Augen. Die Gummipuppen umschlossen ihn. Er sackte in das feuchte Bett aus kaltem Tod.

Die Käfigtür schloss sich.

Er fühlte eine feuchte Hand an seinem Gesäß. Ein aalglattes Gesicht presste sich an seins. »Bitte«, stöhnte er.

»Bitte was? Hä? Hättest dich halt nicht eingemischt«, hörte er einen von beiden rufen.

Der Käfig fuhr in die Luft. »Wir machen noch eine kleine Tour, damit dir das ganze Ausmaß des Horrors noch ein bisschen durch die Knochen fährt.«

Wieder das Lachen.

»›Happy Christmas‹, I wrapped it up and sent it. With a note saying ›I love you‹, I meant it.«

Dann ein Ruck, und der Käfig senkte sich auf das Becken zu. Er hätte geschrien, wenn er gekonnt hätte, aber die Injektion und die Panik ließen ihn nur einen unartikulierten Laut ausstoßen. Ein archaisches Geräusch.

»Now I know what a fool I've been, but if you kissed me now, I know you'd fool me again …«

Die Flüssigkeit kam näher. Diese – jetzt fiel es ihm wieder ein – Ethylenglykol enthaltende ekelhafte Brühe. Er würde die Luft anhalten, ein paar Sekunden, dann würde er sie schlucken. Der gesamte Körper würde sie aufnehmen. Er würde alle Haare verlieren. Allen Ausdruck verlieren. Und bis März würde niemand mehr wissen, dass er Armin Trost war. Sie würden schon DNA-Tests von allen Leichen machen müssen. Wenn er bis dahin nicht längst als zerhacktes Ragout in Tobelbad lag.

Wie konnte er sich nur so überrumpeln lassen?

Eva Schön. Er würde sie nicht nur nicht retten. Er würde ihr auch folgen. Soeben hatte sie noch aus dem Fenster gesungen. Sie hatten gemeinsam gefrühstückt. Die Gänge im Schauspielhaus. Der Stadtpark. Das Herzflimmern. Eine kleine Verliebtheit. Und jetzt? Alles aus. Das Plätschern kam näher. Er konnte es fühlen. Die Finsternis umhüllte ihn. Sie würde alle Erinnerung an ihn auslöschen. Und alle Erinnerung in ihm. Einfach alles.

»Last Christmas, I gave you my heart …«

46

Uraltes Grausen

»But the very next day, you gave it away …«

Drei Vierergruppen in enger Linie schlichen die Wände entlang, die Maschinenpistolen im Anschlag, die Visiere der Helme vor das Gesicht geschoben. Nur einer von ihnen trug lediglich eine schusssichere Weste über dem schwarzen Pullover und hielt eine Pistole im Anschlag. Reinfried Schwarz wisperte ins Mikro, das am Kragen befestigt war, gab Anweisungen, trieb die Truppe zur Eile an und zwang sich, tapfer mitzuhalten. Gang um Gang, um Ecken herum, durch Türen hindurch. Sie kamen ohne Widerstand voran und hörten schon von Weitem jenes Weihnachtslied, das diese Jahreszeit kennzeichnete wie kein anderes.

»Weiter, weiter, immer weiter«, zischte er jetzt energisch. Er hatte nichts mehr von Trost gehört und nahm an, dass ihm etwas zugestoßen war. Der Kollege war ein Einzelgänger, ein seltsamer Kauz und unberechenbar, aber irgendetwas sagte Schwarz, dass Trost in Schwierigkeiten steckte.

Sie erreichten den Raum mit den Blutlachen im Waschbecken und den Resten eines Seziervorgangs. Sein Blick heftete sich an die Stahltür, hinter der »Last Christmas« von Wham! zu hören war. »Weiter, weiter«, drängte er jetzt immer energischer, und die Vierergruppe hinter ihm verfiel in hektischen Trab, die Gewehre längst schussbereit.

Sie sprangen gegen die Tür, die krachend aufflog, und fast wäre Schwarz in die Knie gegangen, so überwältigt war er von dem Anblick, der sich ihm bot. Ein Käfig voller Leichen.

»Polizei!«, kreischte er.

Eine Person stand vor ihm und hielt eine Fernbedienung in der Hand, die offenbar den Käfig steuerte, der soeben in einen Bottich mit trüber Flüssigkeit absank. Der Mann fuhr herum, einen entsetzten Ausdruck im Gesicht. »Woher …?«

»Stoppen Sie das, sofort!«, unterbrach Schwarz ihn, während ihn zwei Kollegen überholten und den Mann überwältigten. Zwei weitere stürmten durch den Saal, und Schwarz sah noch, wie ein Schatten am anderen Ende des Raumes durch eine Seitentür verschwand.

Der Käfig war fast zur Gänze in den Bottich eingetaucht. Leichen, die wie Gummifiguren aussahen, wurden an die Gitterstäbe gedrückt.

»Eine Person gesichert. Eine Person flüchtig. Verfolgung aufnehmen. Von Trost fehlt jede Spur.«

Unter wildem Geschrei wurde der fremde Mann auf den Boden gedrückt und mit Bändern fixiert. Schwarz trat vor den Unbekannten, dessen Gesicht mit dem Knie eines vermummten Polizisten zu Boden gedrückt wurde. »Wo ist Trost?«

»Scheiße, das tut weh.«

»Hier muss ein Mann gewesen sein. Ein Polizist. Trost. Wo ist er?«

»Aua … Keine Ahnung. Lassen Sie mich!«

Schwarz schnalzte ungeduldig mit der Zunge und brüllte den Polizisten zu, die nun in immer größerer Anzahl den Saal stürmten. »Macht irgendeiner diese verdammte Musik aus?«

»Last Christmas« verstummte augenblicklich, und Schwarz versuchte es noch einmal. »Also, was macht ihr hier? Ihr müsst einen Polizisten gesehen haben. Er war hier. Was habt ihr mit ihm gemacht?«

»Nichts«, knurrte der Mann. Zornestränen rannen ihm übers Gesicht. Schwarz erhob sich und ging um den Käfig herum. Er hatte so etwas noch nie gesehen. Ein Käfig voller Leichen, deren Körperteile daraus hervorquollen wie … nein, es gab keinen Vergleich dafür.

Mit einer Mischung aus Faszination und Ekel umkreiste er den Käfig. Einen Moment lang hatte er mit einer Sinnestäuschung zu kämpfen. Es sah so aus, als würde sich etwas bewegen. Als krümmten sich die Finger einer Hand. Ein uraltes Grausen überkam ihn. Er trat dennoch einen Schritt näher. »Was …?«

Die Erkenntnis traf ihn wie ein Stromschlag, und seine Stimme überschlug sich. »Auf, auf!«, brüllte er. »Macht den verdammten Käfig auf! Um Gottes willen, macht dieses scheußliche Ding auf! Da lebt einer. Es ist … oh mein Gott …«

47

Das Reich des Bösen

Sie hatten ihm Sachen aus seiner Wohnung gebracht, und auch Zeus lehnte sich jetzt an ihn, als wollte er ihn wärmen. Doch das Zittern, das seinen Körper seit seiner Befreiung aus dem Käfig befallen hatte, wurde nur erträglich, wenn er sich an den Zipfel der grauen Decke krallte, die sie um ihn geschlungen hatten. Jemand drückte ihm eine heiße Tasse Tee in die Hand, beruhigende Worte drangen auf ihn ein, und sanfte Schneeflocken stillten die Hektik des Weihnachtstages.

Er saß an der Kofferraumkante eines Polizeibusses, hinter ihm der Haupteingang der Uni – unweit der Bushaltestelle und des unsäglichen Gebäudes mit den Leichen im Keller. Hier draußen im Univiertel, wo es kaum Geschäfte gab, war der Trubel während der Weihnachtsfeiertage zwar ohnehin nie sonderlich groß, dennoch hatten sie die Harrachgasse abgesperrt, um den Einsatzfahrzeugen Platz zu machen. Die unvermeidlichen Fernsehkameras wurden – so gut es ging – abgeschirmt, Zeltwände und Paravents verdeckten Trost, der seine Augen schloss und seinen Kopf in Richtung Himmel reckte, als entspannte er sich auf der Terrasse eines Wellnesshotels. Niemand konnte jedoch wissen, was sich in seinem Inneren abspielte, wie sich dort die Bilder überschlugen und die Erinnerungen überlappten. Dort sah es aus wie im Reich des Bösen, eine von Lavaströmen durchzogene Kraterlandschaft, schwarz und stickig.

Reinfried Schwarz ließ sich an Trosts Seite in dem offenen Kofferraum nieder und brachte damit die Stoßdämpfer des Wagens zum Singen. »Verdammt, Trost, was haben Sie sich dabei gedacht? Sie wären uns da beinahe verreckt.«

Trost erwiderte nichts.

»Das wär was gewesen.« Schwarzbart lachte gequält. »Polizist in einem Leichenkäfig ...« Er wusste plötzlich nicht mehr, wie er den Satz vollenden sollte, und ließ die Worte einfach verklingen. Stattdessen griff er einen anderen Gedanken auf. »Dieser zweite Typ, der weggerannt ist. Wissen Sie, wer das war?«

Trost senkte matt den Kopf, er wirkte unendlich müde. »Bitte ...«

»Hören Sie, Trost. Wir untersuchen jetzt erst einmal die anderen Leichen. Das wird eine Zeit lang dauern, wenn wir überhaupt jemals etwas herausfinden. Ich vermute, dass die beiden verschwundenen Frauen auch darunter sind.« Schwarz räusperte sich. »Diese Eva Schön, Ihre Nachbarin, die könnte aber doch auch irgendwo anders sein, oder? Sie könnte ja einfach nach Hause gefahren sein. Wo, sagten Sie, kommt sie ursprünglich her? Gleisdorf? Wir überprüfen das. Haben Sie mich verstanden?«

Als Trost weiterhin nicht reagierte, ließ Schwarz seufzend von ihm ab und mischte sich wieder unter die Kollegen. Die Fahndung nach dem flüchtigen zweiten Täter lief auf Hochtouren. Immer wieder wehte das Geheul der Sirene eines Einsatzwagens aus den umliegenden Gassen zu ihnen herüber. Jenen Mann, den sie gefasst hatten – es handelte sich um den Studenten, dem Trost durchs Gebäude gefolgt war –, hatten sie bereits in einen Wagen verfrachtet.

Der Schneefall wurde dichter, und ein dicker Nebel, in dem sich die Blaulichter brachen und manieristische Reflexionen auslösten, legte sich über die Szenerie. Trost musste daran denken, wie die Raunächte verliefen: immer mit Nebel, immer mit Magie.

Und aus den Schwaden tauchte plötzlich eine Gestalt auf, die ihn fixierte und sich langsam näherte, ohne von den anderen gesehen zu werden. Trost schauderte. Niemand hielt diese Person auf, stellte sich ihr in den Weg oder sie gar zur Rede, und so kam sie ungehindert immer näher, bis sie sich schließlich vor Trost zu voller Größe erhob und ihm direkt ins Antlitz blickte. Seine Lippen bebten. Hilfesuchend tasteten seine Augen die

Umgebung ab, versuchten, in dem immer dichter werdenden Nebel Schwarz oder einen der anderen ausfindig zu machen. Den Grafen vielleicht oder Silvia Lust, seinetwegen konnte auch Gierack auftauchen, Hauptsache, jemand, der real war. Aber es kam niemand, und so gab Trost es auf und schaute wieder ungläubig auf die Gestalt.

»Bist du ein Trugbild oder Wirklichkeit?«

48

Bescherung

Ihre Hand lag in seiner, und er betrachtete sie. Wie klein sie war, wie zierlich.

»Ich dachte, du wärst tot. Ich dachte, du wärst die Nächste gewesen.«

»Aber ich bin hier. Mir ist nichts passiert. Es tut mir leid, dass du dir Sorgen gemacht hast.«

»Sorgen?« Trost lächelte jetzt zum ersten Mal. »Nein, das waren keine Sorgen.« Er schaute in ihre blassgrünen Augen. »Das war mehr.«

Ein Räuspern ließ ihn hochschrecken. Schwarz stand wieder vor ihm, diesmal flankiert von Gierack und dem Grafen.

»Leutnant Trost. Ich muss Sie leider noch einmal stören.« Schwarz griff nach der Zigarettenpackung in seiner Jackentasche und nestelte umständlich eine Zigarette daraus hervor. »Erinnern Sie sich?«, fragte er, ohne Trost dabei anzusehen. Er steckte sich die Zigarette in den Mund. »Erinnern Sie sich an den Mann, den Sie gesehen haben?« Er zündete sich die Zigarette an und blies einen Rauchring. »Sie müssen sich erinnern. Das ist wichtig.« Der Rauchring verwehte.

»Welchen Mann?«, fragte Eva Schön beunruhigt.

»Bitte, Frau Schön, keine Zwischenfragen. Armin, komm schon, du musst dich doch erinnern. Da waren zwei Männer. Einen haben wir, einen Studenten, der nix sagt ohne den Anwalt seines Papas. Der andere ist uns entwischt. Armin, du musst uns helfen. Denk nach ...«

»Aber sehen Sie denn nicht, dass er unter Schock steht?« Eva Schön hielt immer noch Trosts Hand.

Schwarz stieß den Rauch diesmal ruckartig aus, nickte energisch, drehte sich um und ließ die beiden allein.

Etwas abseits stieß Gierack zu ihm, der sich sogleich nah an ihn herandrückte. »Ich kenne Trost«, zischte er. »Der hat keinen Schock. Das ist ein Eisblock. Der muss etwas wissen.«

Schneeflocken tänzelten und kündigten den Heiligen Abend an, die zauberhafteste Nacht des Jahres. Schwarz blinzelte in den Schnee.

»Was für ein beschissenes Weihnachten. Wo feierst du heute?«

»Gar nicht. Die Familie ist in Linz bei den Schwiegereltern.« Und die Freundin immer noch verschwunden, dachte Gierack.

»Ich fahr rauf nach Spital am Pyhrn. Wir haben da ein Wochenendhaus. Sehr idyllisch. Bis ich heimkomm, ist es zwar dunkel, aber besser als nichts. Morgen bin ich wieder da. Dann mach ma weiter. Kommst du klar?«

»Natürlich.«

Kurz darauf verschluckte der Nebel die beiden, und Trost blieb fassungslos zurück. Hatten die jetzt tatsächlich über Weihnachten gesprochen? Und sprachen die jetzt wirklich über die Bescherung?

25. Dezember

Sperrt Fenster und Türen zu.
Denn dies ist die Zeit der Wilden Jagd.

49

Christtag

Von allen Weihnachtsabenden war dies wohl der seltsamste gewesen, den Trost je erlebt hatte. Seine Familie war nicht bei ihm gewesen. Stattdessen war er auf der Couch seiner Nachbarin gehockt, einer rätselhaften Schauspielerin. Brötchen waren auf einem Teller angerichtet, die Reste einer Flasche Grauburgunder auf zwei Gläser verteilt worden, dazu hatte es Vanillekipferl und Spagatkrapfen auf einem Teller mit Weihnachtsmannmotiven gegeben. Kein Christbaum. Keine Geschenke. Das Licht gedämpft, aus dem Radio, kaum hörbar, Weihnachtsmusik.

Trost hatte wenig gesprochen, und auch Eva Schön hatte die meiste Zeit geschwiegen.

Unter anderen Umständen wäre dieser Abend für einen fast fünfzigjährigen Familienvater ein romantisch-erotisches Abenteuer gewesen, gewissermaßen eine verbotene Nacht. Da Trost aber so wortkarg gewesen war und sich kaum gerührt hatte, hatte auch Eva Schön bald das Interesse an ihm verloren. Sie war eine Zeit lang im Badezimmer verschwunden, und Trost hatte die spiralförmigen Gedankengänge verfolgt, die ihn immer tiefer in sein Unterbewusstsein gelockt hatten.

Als er aufwachte, lag er mit Rückenschmerzen auf der Couch. Zeus hatte sich auf den Fußboden zu seinen Füßen gefläzt, Eva Schön war im Dunkel ihres Schlafzimmers verborgen. Durch die Fenster kroch die Morgendämmerung herein, der Christtag begann, eine weitere der zwölf Raunächte war vorüber. Und mit ihr bahnte sich eine neue an. Und brachte eine dunkle Ahnung mit.

Trost war plötzlich hellwach. Normalerweise wurden die Gedanken aus der finsteren Traumwelt wie Spinnweben von der Morgenluft verweht. Doch dieser blieb. Dieser eine verdammte Gedanke blieb.

Er schlich hinaus, stieg ein Stockwerk tiefer, zog sich in seiner eigenen Wohnung um und klopfte auf seinen Oberschenkel, was Zeus zeigte, dass er in der Nähe seines Herrn bleiben sollte. Im Wohnzimmer waren alle Anzeichen für die Observation getilgt, keine fremden Laptops, keine Kameras, nicht einmal Kabel, die herumlagen. Alles fort. Bis auf den Mülleimer, der mit Plastikverpackungen von Jausen und Snacks prall gefüllt war.

Sie gingen auf die Straße. Hinüber zum kleinen Park vor dem Hauptgebäude der Universität. Im Schneetreiben betrachtete er das Bauwerk hinter den Zäunen, in dessen Keller er am Vortag beinahe einen grausigen Tod gestorben wäre. Es war umgeben von gekappten Bäumen, und hinter den Fenstern war es schwarz, sie wirkten wie tote, offen stehende Augen. Über Nacht waren rund zwanzig Zentimeter Schnee gefallen. Ein Großelternpaar zog einen Schlitten hinter sich her, auf dem ein Kleinkind gluckste. Schnee auf dem Dach der Würstelbude, dieses Bild assoziierte Trost aus irgendeinem Grund mit einem Pudelkopf. Das Ding sah auf seltsame Weise eitel aus. Trost verharrte eine Weile, unterdrückte eine Panikattacke, die von den Blitzlichtern des vergangenen Tages herrührte, ehe er zum Telefon griff. Er erreichte Reinfried Schwarz im Auto.

»Frohe Weihnachten«, sagte der. »Ich bin grad im Gleinalmtunnel.« Er würde in einer halben Stunde in Graz sein. »Was gibt's? Geht es Ihnen wieder besser?«

»Die Würstelbude müsste eitel aussehen.«

»Wie bitte?«

»Na, der Würstelbudenwagen. Er müsste eigentlich eine Schneedecke am Dach haben, die sie wie ein Pudelkopf aussehen lässt. Irgendwie deppert halt.«

»Aha. Trost, ist alles in Ordnung mit Ihnen? Was wollen Sie mir sagen? Sollten Sie sich nicht lieber ein paar Tage Auszeit gönnen? Wir haben Sie suspendiert, was sollen wir noch machen, damit Sie Ruhe geben?«

»Darüber nachdenken, warum der Würstelbudenwagen nicht nur keine Schneehaube hat, sondern gar nicht mehr da ist.«

»Na und? Die Würstelleute werden halt auch Weihnachten feiern.«

»Ich erinnere mich wieder.«

»An wen?« Es verging eine Sekunde, bis Schwarz endlich begriff. »Rufen Sie sofort in der Zentrale an. Geben Sie alles durch, was Ihnen einfällt. Wir leiten eine Fahndung ein. Das komplette Programm. Wir müssen den Hundling erwischen.«

Trost wollte schon auflegen, als Schwarz nachhakte. »Haben Sie irgendetwas von Ihrer Kollegin gehört?«

»Von welcher?«

»Na, der Lemberg.«

»Wieso? Wo ist sie?«

Schwarz räusperte sich. »Sie ist gestern nicht aufgetaucht. Ich dachte, sie sei krank. Seit sie«, er machte ein unglückliches Gesicht, »na ja, seit sie Sie vor zwei Tagen beobachtet hat, ist sie abgetaucht. Ich weiß ja nicht, was das da ist mit Ihnen und den Frauen, aber im Dienst hat das halt wirklich nichts verloren ...«

»Wie meinen Sie das, *abgetaucht*?«, unterbrach ihn Trost. »Wollen Sie damit sagen, dass sie seither nichts mehr von ihr gehört haben? Ist das Ihr Ernst?«

Seltsamerweise schossen Trost in diesem Augenblick mehrere Gedanken durch den Kopf. Er hatte Lemberg ganz vergessen. Und er hatte auch kaum an seine Familie gedacht. An seine Kinder. Seine Frau. Dabei war doch Weihnachten. Was war er nur für ein Mensch? Hitzewellen ließen ihn trotz der Kälte fast schwitzen.

50

Die Vernehmung

Dem Studenten klebten die dunklen Haare schweißnass auf der Stirn. Seine Lippen waren voll und feucht, und die Wangen leuchteten wie fleckige Bio-Paradeiser. Das Sprechen hatte der Mann an seiner Seite übernommen, ein aus der Form geratener Endvierziger mit einem Body-Mass-Index von Mitte dreißig und Hemdknöpfen, die so sehr spannten, dass es nur eine Frage der Zeit sein konnte, bis die ersten Fäden rissen.

»Mein Mandant wird nichts mehr sagen. Die Anschuldigungen sind haltlos.«

»Haltlos.« Der Graf schaute Silvia Lust fragend an. Er merkte, dass er seine Emotionen kaum noch im Griff hatte. »Haltlos?« Nun richtete er sich noch ein wenig mehr auf, saß jetzt so gerade, dass man seinen Rücken mit einem Lot ausmessen hätte können. »Aber wir haben das Opfer. Einen Augenzeugen. Einen Kollegen von uns. Was soll das heißen, *haltlos*?«

»Aussage gegen Aussage. Ganz einfach.«

»Hören Sie, jetzt reicht es aber.« Silvia Lust beugte sich so weit über den Tisch, dass ihre Brüste darauf zu liegen kamen. Der Graf bemerkte, ohne eine Miene zu verziehen, dass sie schwitzte, ihre Stirn glänzte. »Unsere Männer haben ihn quasi auf frischer Tat …«

»Alles haltlos.«

Der Graf fasste sich an den Mund, denn seine Unterlippe hatte vor Erregung zu zittern begonnen. »Ich kann es nicht mehr hören …«

»… aber es ist so. Ihre Vorwürfe sind *haltlos*.«

»Was wird das hier? Spielen wir schon Gericht, und Sie versuchen, Ihren Mandanten aus der Schusslinie zu nehmen, indem Sie unsympathischer als er sein wollen?«

Der Anwalt quittierte die rhetorische Frage des Grafen mit einem süffisanten Grinsen.

»Aber so funktioniert das hier nicht. Das ist eine Einvernahme. Die Polizei hat Ihren Mandanten auf frischer Tat ertappt.«

»Haltlos …«

Lust und der Graf stöhnten nun gleichzeitig auf. Sie trommelte mit den Fingern auf die Tischplatte, er rieb sich die Stirn.

»Also gut, etwas ganz anderes«, versuchte es der Graf erneut. »Haben Sie schon jemals etwas von Bodysnatchern gehört?«

»Body was? Ich bitte Sie …«

Der Graf griff sich einen DIN-A4-Zettel, der vor ihm auf dem Tisch lag. Er war etwas zerknüllt und angepatzt, was ihn daran erinnerte, wie schusselig Trost manchmal war. Er hatte ihnen diese paar Zeilen zukommen lassen, und der Graf war der Meinung, dass es angesichts der Art, wie das Gespräch verlief, nicht schaden konnte, die Geschichte zu bemühen. »Nein, ich bitte *Sie*. Wir haben keine Zeit für Spiele. Bodysnatcher waren vor allem in Großbritannien aktiv. In Edinburgh führte das dazu, dass man im 19. Jahrhundert Eisensärge verwendete, da es häufig Leichendiebstähle gab. Weil das Geschäft so einträglich war, kam es 1827 und 1828 zu den sogenannten West-Port-Morden.«

»Ja, da sagen wir Danke für den Geschichtsunterricht. Aber ich frage mich: Sind Sie verrückt? Was erzählen Sie uns da?«

»Also *verrückt*, das vergessen wir jetzt einmal … Ich erzähle Ihnen da nur etwas, das mich an die Gegenwart in Graz erinnert.« Der Graf schaute flüchtig in sein Notizheft, in das er in Blockbuchstaben den Namen des jungen Mannes geschrieben hatte. Mike Grub. Dann wandte er sich wieder direkt an den Studenten. »Mike … Herr Grub … sind Sie also auch so ein Bodysnatcher? Jemand, der Leichen ans Institut für Anatomie gegen Geld verscherbelt?«

Der Anwalt sprang auf. »Wir gehen. Das sind alles haltlose Anschuldigungen.«

»Sie können ja gehen, aber Ihr Mandant bleibt ganz bestimmt

in Gewahrsam. Bei versuchtem Mord geht keiner so schnell. Schon gar nicht, wenn sich der Versuch gegen einen Polizisten gerichtet hat.«

»Ich habe das Geld gebraucht.«

Fassungslos starrte sein Anwalt ihn an. Lust und der Graf wechselten einen hoffnungsvollen Blick. Die Unterlippe des Studenten zitterte, aber er sprach weiter.

»Aber ich habe niemanden umgebracht. Das war ein Unfall.«

»Hören Sie sofort auf zu sprechen«, drohte der Anwalt.

»Nein, ist schon gut. Ich mach es kurz. Der Langbauer ist zu mir gekommen. Mit einer Toten. Da haben wir das Mittel ausprobiert. Er wollte sehen, wie das wirkt, wenn die Flüssigkeit den Körper verändert, zu einer ausdruckslosen Maske macht. Und als wir es der Leiche eingeflößt hatten, ist sie plötzlich aufgewacht.«

Dem Anwalt klappte der Mund auf. Lust und der Graf sagten kein Wort.

»Wir haben uns gestritten«, fuhr Mike Grub fort. »Ich hab ihm erklärt, dass ich da nicht mitmache. Da haben wir sie aus dem Wagen geworfen.«

»Mitten in der Stadt?« Die Stimme des Grafen konnte kaum verbergen, wie viel Abscheu er empfand.

»Es war nebelig, kein Mensch auf der Straße. Warum nicht?«

Nach einer kurzen Pause, die von Kopfschütteln und Seufzern begleitet wurde, setzte der Student wieder an.

»Von den anderen wusste ich nichts, aber der Langbauer hörte nicht auf. Er wollte das Mittel von mir, zahlte auch viel, und plötzlich stand dieser Polizist im Raum. Wir mussten etwas tun. Wenn der uns verpfiffen hätte, hätte ich alles verloren.«

»Und da habt ihr versucht, ihn einfach loszuwerden.«

Tränen rannen über das Gesicht des jungen Mannes. »Es wäre so einfach gewesen. Im Käfig mit der Lauge, da hätte ihn niemand gefunden. Er wäre schnell gestorben. Wir waren verzweifelt. Und es hätte alles geklappt, wenn nicht … wenn nicht …«

»Wenn nicht jemand gekommen wäre, um dem armen Mann

das Leben zu retten.« Es war der Anwalt, der das sagte. Seine Augen funkelten vor Zorn.

»Wissen Sie was?«, sagte der Graf. »Sie *haben* alles verloren. Ihre Zukunft, Ihre Ehre. Das war keine Verzweiflungstat, das war …« Er rang nach Worten.

»Monströs«, hauchte Silvia Lust.

Als sie den Vernehmungsraum verließen – der Anwalt stapfte sichtlich erregt davon, der junge Mann konnte die Tränen nicht mehr zurückhalten, während er von zwei Justizwachebeamten hinausgeführt wurde –, drehte sich der Graf um und nickte in Richtung des Wandspiegels.

51

Die Auferstehungsmänner

Professor Adelheid war blass, und sein Mundgeruch war so stark, dass sie versuchten, ihm den Kaugummi regelrecht aufzuzwingen. Der Mann verstand die Andeutungen jedoch nicht, nippte stattdessen bereits an der dritten Tasse Filterkaffee, die man ihm aus der Mannschaftsküche im Polizeirevier gebracht hatte. Mit Milch, ohne Zucker.

»Sie kennen die alten Geschichten über die Bodysnatcher im London des 19. Jahrhunderts?«

Adelheid massierte sich das Gesicht. »Natürlich kenne ich die, aber ich bitte Sie, das kann doch nicht Ihr Ernst sein. Glauben Sie wirklich, so etwas gibt es in Graz? Das ist doch alles nur eine Schauergeschichte, ein Roman von Stevenson.«

»Na ja, den Roman kenne ich nicht, aber die Geschichten von damals schon. Hören Sie. Frauen werden vermisst. Eine taucht auf und stirbt – sie wurde offenbar mit dieser Grazer Lauge vollgepumpt, die weltweit so einzigartig sein soll. Und unser Chefermittler wird überwältigt und von einem irren Studenten in den Leichenkäfig Ihres medizinischen Ersatzteillagers geworfen. Glauben Sie nicht, dass derlei Gedanken da naheliegend sind? Wir wollen nur wissen, was passiert ist, das ist alles.«

Reinfried Schwarz griff sich mit spitzen Fingern ein DIN-A4-Blatt, das vor ihm auf dem Tisch lag – dasselbe, das der Graf zuvor in Händen gehabt hatte. »Schauen Sie, was ich gefunden habe. Eine interessante Geschichte aus London, die sich im Jahr 1831 ereignet hat. Die Bethnal-Green-Gang lockte ihre Opfer in eine Wohnung im Londoner East End. Dort setzten sie sie unter Drogen und ermordeten sie, um sie später ans Institut für Anatomie zu verkaufen. Ursache für die große Nachfrage war, dass sich die Rechtsprechung geändert hatte. Wurden im

18. Jahrhundert die Menschen noch wegen vergleichsweise geringen Delikten hingerichtet, so gab es zu Beginn des 19. Jahrhunderts in London nur noch rund fünfundfünfzig Hinrichtungen pro Jahr. Benötigt wurden aber weit mehr Leichen, um die Studenten an den medizinischen Fakultäten auszubilden. Das führte zum immer häufigeren Auftreten von Körperräubern, viele Gräber wurden deshalb tagelang von den Hinterbliebenen bewacht, aus Angst, dass die Verstorbenen ausgebuddelt und verscherbelt würden. Man nannte die Leichendiebe auch »Auferstehungsmänner«, und als man der Mitglieder dieser Bande habhaft wurde, kam ans Licht, dass allein durch sie im Laufe von rund zehn Jahren etwa tausend Leichen ausgegraben und verkauft worden waren. Tausend, stellen Sie sich das einmal vor.«

Professor Adelheid schob die Tasse Kaffee von sich. »Ist das alles? Wollen Sie mich mit solchen Schauermärchen aus der Vergangenheit, wohlgemerkt aus der Vergangenheit eines anderen Landes, noch weiter behelligen? Ich habe Ihnen schon alles gesagt. Ich weiß nichts von Leichen, die uns verkauft worden sein sollen. Das funktioniert heutzutage ganz anders, wird streng kontrolliert und ist so gar nicht möglich.«

»Aber natürlich ist es *möglich*. Alles ist möglich.«

Adelheid seufzte. »Sie können mir nicht die Gewalttat eines Studenten in die Schuhe schieben. Ich bin nicht Tag und Nacht am Institut, in letzter Zeit schon gar nicht, denn wie Sie sicherlich wissen, eröffnen wir bald ein neues Institutsgebäude. Ich bin ja nicht der Hausmeister, dass ich …«

»Ich frage Sie noch einmal: Ist es möglich, dass Ihnen Leichen zugeschanzt werden, von denen Sie nichts wissen?«

»Das ist ja ungeheuerlich, dass Sie mir da Geschichten von Auferstehungsmännern und Hinrichtungen erzählen. Ich muss mir das nicht gefallen lassen.«

»Ich weiß. Aber …«

»Gut, dass Sie das wissen. Ich werde jetzt nämlich gehen und den Rest dieses verhauten Weihnachtens mit meiner Familie feiern.«

»Verhautes Weihnachten«, raunte Schwarz. »Na, erzählen Sie das einmal den Eltern der vermissten jungen Frauen … oder unserem Kollegen, der in einem Käfig voller Leichen gelegen hat.«

»Ja, ein Kollege, der sich als Vater einer Studentin ausgegeben und mein Vertrauen missbraucht hat.«

Schwarz blieb sitzen, während der Professor aufstand und zur Tür ging. »Wo finden wir Sie, wenn wir weitere Fragen haben?«

»Klippitztörl. Wir sind dort bis nach Silvester. Aber ich habe wirklich nichts dagegen, wenn Sie mich dort in Ruhe lassen.«

Als er den Raum verließ, drehte Schwarz sich ebenfalls in Richtung Wandspiegel und nickte.

52

Lemberg ganz nah

Die Dielen knarzten unter seinen Schritten, auch wenn er das kaum wahrnahm, weil sein Herz so wild schlug. Die Eingangstür war leicht zu öffnen gewesen, und jetzt schlich er wie ein Einbrecher durch die Wohnung im zweiten Stock. Instinktiv wollte er nach einer Waffe greifen, entsann sich dann aber, dass er ja gar keine bei sich trug. Also ging er vorsichtig weiter, warf in jeden Raum einen schnellen Blick, ehe er sich vollends durch die Türen schob.

Die Wohnung sah so aus, als erwartete hier jemand Besuch. Alles war akkurat an seinem Platz, kein Teppich, der eine Falte warf, kein gebrauchtes Glas, das irgendwo herumstand. Die Bilder, meist Fotografien von deutschen Fachwerkhäusern oder verschneiten Berggipfeln, hingen im rechten Winkel, sogar die Küche war sauber.

Vor einer der Türen hielt Trost inne. Er öffnete sie langsam, und als er freien Blick ins Schlafzimmer hatte, atmete er auf. Auch hier war niemand. Kein Mann mit Hut. Keine böse Überraschung. Aber zum Glück auch keine reglos daliegende Anne Lemberg. Er ging auf das gemachte Bett zu, und die Erinnerung tauchte auf. Er war schon einmal hier gewesen. Damals war Lemberg krank gewesen, er hatte sie versorgt, und plötzlich war es zu einem fiebrigen Kuss gekommen.

Er hatte nie gewollt, dass sie sich falsche Hoffnungen machte. Das damals war einfach passiert. Aber er hätte auch nie gedacht, dass ihm ihr Verschwinden nicht auffallen würde. Sie war seit zwei Tagen fort, und Trost hatte nichts gespürt.

Fassungslos ließ er sich an Lembergs Bettkante nieder, griff zum Handy und informierte Schwarz.

53

Im Refektorium

Balthasar Gierack saß auf einem Klappstuhl im Keller des Anatomiegebäudes und war schweißgebadet. »Wir haben alles auf den Kopf gestellt. Jetzt ist die Gerichtsmedizin dran, die sind alle superangefressen wegen der Urlaubssperre über Weihnachten. Den Waldemar Dietrich haben wir sogar vom Skiurlaub aus Tirol abholen lassen. Aber es hilft alles nichts ... dieser Fall hat Priorität.«

»Glauben Sie, wir haben noch eine Chance?«

Gieracks Stimme zitterte, und er blinzelte aufs Handydisplay, aus dem ihm General Norbert Pankraz entgegenstarrte. »Wir haben zwei Tage nichts von Lemberg gehört. Alles kann passiert sein.«

»Und die vermissten Frauen?«

Gierack hatte Mühe, sich zu beherrschen. »Dietrich untersucht die Leichen in den Käfigen. Ich befürchte ...«

»Schon gut. Spekulationen bringen nichts. Machen Sie weiter. Brauchen Sie noch Personal?«

»Nein, die Wiener Kollegen sind schon an der Fahndung beteiligt. Wir beobachten jetzt diesen Professor.«

»Und wo ist Trost?«

»Keine Ahnung, wahrscheinlich im Bett seiner Nachbarin.«

»Gierack, ich bitte Sie ...«

»Na, ist ja wahr.«

Armin Trost saß tatsächlich an der Bettkante, allerdings an der seines eigenen Bettes.

Er zog sich ein T-Shirt an. Sein bulliger Körper kam unter den Bewegungen zur Geltung, nur um die Hüften war ihm das Alter schon anzusehen. Nicht alles war mehr so straff, wie es einmal gewesen war.

Nur mit dem Shirt bedeckt, ging er ins Bad und wusch sich. Putzte sich die Zähne.

Später, als er fertig angezogen war – sogar in die Winterschuhe war er bereits geschlüpft –, drehte er eine Tasse Thymiantee so lange in der Hand, bis sie nicht mehr ungenießbar heiß war. Ohne zu blinzeln, starrte er auf einen unbestimmten Punkt im Raum, sodass es aussah, als würde er mit offenen Augen schlafen. Als er das Geräusch im Stiegenhaus wahrnahm, stand er auf, zog sich Jacke, Haube und Handschuhe an und verließ mit Zeus seine Wohnung.

Bevor er aus dem Haus ging, wartete er noch eine weitere halbe Minute, ehe er auf die Straße hinaustrat und nach links und rechts blickte. Was er jetzt vorhatte, tat ihm im Herzen weh, aber es musste getan werden.

Harrachgasse, Heinrichstraße, Mozartgasse, Aigner-Rollett-Allee – er folgte einem Weg, den er in den letzten Tagen häufiger gegangen war. Schon seit Tagen war ihm bewusst gewesen, dass diese Schleifen, die er durch die Stadt gezogen hatte, einen Sinn gehabt hatten. Er war ihnen gefolgt, weil ihn ein innerer Antrieb dazu gebracht hatte, und nun wusste er auch, warum. In der Hainbuchenallee vergrößerte er den Abstand so weit, dass er oben beim verfallenden Refektorium des Jesuitenkollegs gerade noch bemerkte, wie die Person, der er folgte, in der Ruine verschwand.

Trost vermied es, den Weg weiter entlangzugehen, und stakste mit Zeus durchs Unterholz. Auf diese Weise näherte er sich dem Gebäude von einer von drinnen nicht einsehbaren Seite und erreichte es, als er eine Stimme hörte. Er war noch zu weit weg, um die Worte verstehen zu können, und so schlich er weiter ums Haus, um einen geeigneten Zugang zu finden. Als er ein Loch in der Mauer entdeckt hatte, bedeutete er Zeus mit einem stummen Zeichen, sitzen zu bleiben. Der Hund könnte ihn beim Vorauslaufen verraten und selbst in Gefahr kommen. Solange er nicht wusste, was ihn im Inneren des Gebäudes erwartete, wollte er der Sache allein auf den Grund gehen.

Er trat über Schutt und Scherben, Taubendreck und Klopapierrollen und vermied es dabei tunlichst, den Unrat näher zu betrachten, hielt aber Ausschau nach einem Gegenstand, den er zu seiner Verteidigung verwenden konnte.

Eine Eisenstange oder etwas in der Art. Die Stimme wurde deutlicher, und er drückte sich gegen eine Wand.

»Hallo?«, hörte er. Und dann einen entsetzten Ausruf. »Um Gottes willen!«

Trost hatte immer noch keine brauchbare Waffe gefunden, doch plötzlich war er sich sicher, dass er keine benötigen würde. Langsam trat er aus seinem Versteck hervor. Er wusste um seine zu Tode erschreckende Wirkung. Nun würde die Wahrheit ans Licht kommen.

Eva Schön starrte ihn an wie einen Geist.

»Du?«

Trost sagte nichts, doch seine Enttäuschung war ihm anzusehen. Ausgerechnet Eva in diese Sache verwickelt zu sehen, schmerzte ihn im Augenblick mehr als seine durchgefrorenen Hände. Seine Daumen taten ihm weh. Durch einige zersplitterte Fenster pfiff ein jammernder Wind.

In diesem Moment wurde er zweier Gestalten gewahr und zögerte. Die Silhouetten kauerten am Boden, und erst als er näher kam, bemerkte er, dass sie gefesselt waren. Zwei Frauen. Er stürzte auf sie zu – nicht ohne vorher einen abschätzigen Blick auf seine Nachbarin geworfen zu haben.

Eva Schön machte einen Schritt auf ihn zu.

»Bleib, wo du bist!«, rief Trost und konnte nicht verhindern, dass er bedrohlich klang. Er begann, die Fesseln der Frauen zu lösen. Eva Schöns Stimme drohte ins Hysterische zu kippen. »Aber Armin … Wer sind diese Frauen? Was hat das alles zu bedeuten?«

Trost befühlte den Puls der Frauen. Sie lebten. »Sag du es mir«, keuchte er dann. »Was machst du hier? Was hast du mit alldem zu tun?«

Doch anstatt eine Antwort abzuwarten, griff er zu seinem Handy und rief den Notruf. Danach zog er seine Jacke aus und wickelte eine der Frauen damit ein. Im Halbdunkel suchte er nach einer Decke, doch in dem verfallenden Gebäude war nichts dergleichen auszumachen. Eva Schön bedeckte nun mit ihrer Jacke die zweite Frau. Beide Frauen atmeten. Sie waren bleich, schienen ohnmächtig, und auf grauenhafte Weise ähnelten sie den Trugbildern, die Trost seit Tagen heimsuchten.

Er hatte das Handy immer noch in der Hand. »Ich muss die Kollegen verständigen. Also noch einmal: Was hast du mit dieser Sache zu tun?«

Eva Schön schaute ihn fassungslos an.

»Gar nichts«, hörte Trost plötzlich eine Stimme hinter sich und fuhr herum.

54

Anderl

In den letzten Jahren war das baufällige Refektorium vor allem in den Wintermonaten immer wieder Unterschlupf für Obdachlose oder geheimer Treffpunkt für Jugendliche gewesen. Einen derart großen Menschenauflauf wie an diesem Tag hatte es hier aber wohl noch nie gegeben.

Das Jesuiten-Refektorium glich einem Filmset, denn rundherum wurden Beleuchtungskörper aufgestellt, um den trüben Tag zu erhellen. Im Schneegestöber wurden provisorische Zelte aufgebaut, eine halbe Hundertschaft an Spezialeinheiten riegelte den Tatort ab und suchte nach weiteren Spuren und Hinweisen. Trost hatte den Eindruck, dass das komplette Polizeipräsidium anwesend war, inklusive Staatsanwalt und Vertretern so ziemlich jedes Mediums der Stadt.

Sanitäter kümmerten sich um die beiden Frauen, Eva Schön und Armin Trost standen in Decken gehüllt im Scheinwerferlicht eines Ermittlerteams, und Anderl, der Würstelbudenmann, kauerte, flankiert von massigen Polizisten, auf einer umgedrehten Bierkiste. Balthasar Gierack war ganz entgegen seiner mangelhaften Empathie zu einer der Frauen in den Krankenwagen gesprungen – natürlich war es Nele Hammersdorf – und strich ihr behutsam das Haar aus dem Gesicht, und Reinfried Schwarz näherte sich mit dem Grafen an seiner Seite der Gruppe um den Würstelmann.

Kurz darauf begann dieser zu berichten. »Ich weiß schon seit einiger Zeit, dass etwas nicht stimmt«, sagte Anderl leise. »Der Ulli hat sich seltsam benommen. Hat einen Haufen Blumen gekauft und sie verteilt. Und einmal hab ich ihn dabei beobachtet, wie er in euer Haus gegangen ist. Er schlich mit einem Blumenstrauß rein und kam ohne heraus. Ich weiß auch, dass er in der Nacht öfter am Lieferwagen war, hab ihn zur

Rede gestellt, aber ich glaub, ich hätte das nicht tun sollen. Er ist völlig ausgeflippt. Hat gesagt, er bringt sie alle um, wenn ich was sag. Ich wusste nicht, was er damit meint, bis er mir von dem Abend erzählt hat, an dem Lore gestorben ist. Es gab eine Party, bei der sie Lore mit Alkohol abgefüllt haben. Das gehöre zum Ritual auf der Uni, sollen sie gesagt haben. Dann sind sie stockbesoffen nach Hause gefahren. Lore haben sie einfach auf die Rückbank gesetzt, die anderen beiden haben sich angeschnallt und saßen vorne. Bei dem Unfall hätte meine Tochter keine Chance gehabt, haben mir die Feuerwehrleute später erzählt. Dass Ulli bei mir zu arbeiten begonnen hat, war also geplant gewesen. Er wollte diesen Frauen, die für Lores Tod verantwortlich waren, nahe sein, sie aufspüren, schenkte ihnen Blumen, und dann wollte er Gerechtigkeit walten lassen. Das hat er mir erzählt, und ich war völlig geschockt. Ich wusste nicht, was ich machen sollte.«

»Zur Polizei gehen vielleicht?«, bellte Schwarz.

Anderl zog den Kopf ein. »Das wollte ich ja, aber er hat mir gedroht. ›Wenn du das tust‹, hat er gesagt, ›dann bring ich auch sie um.‹«

Er zeigte auf Eva.

Trost folgte seinem Zeigefinger und schaute Eva Schön verbittert an. Ohne ihr Gesicht aus den Augen zu lassen, sagte er: »Das müssen Sie mir jetzt erklären. Was hat Frau Schön damit zu tun?«

Anderl machte ein verwundertes Gesicht, aus dem bald Verlegenheit sprach. »Gar nichts. Er hat nur gemerkt, dass sie mir gefällt. Und er wusste, dass ich mich gut mit Ihnen unterhalten hab. Da hat er gesagt, wenn ich blöd rede, dann geht er mit euch auf die Wilde Jagd.«

»Was soll das heißen?«

»Das, was er sagt«, gab Eva Schön nun zur Antwort, und ihre Stimme klang hart. »Ich bekam Blumen und letzte Nacht eine Botschaft. Ich solle hierherkommen. Zu einer bestimmten Zeit. Dann würde sich alles aufklären. Alles würde gut. Und jemand würde spüren, was Verlust bedeutet.«

Trost lief es eiskalt über den Rücken. »Wie hat er diese Botschaft überbracht?«

»Sie steckte im Blumentopf.«

Sie fixierten einander, und Trost konnte sehen, wie das Glühen aus ihren Augen verschwand. Wie sie ihm entglitt wie die verdammten Spinnweben eines Traums im Morgengrauen.

Die Türen der Einsatzwägen mit den geretteten Frauen Nele und Magritte knallten zu, mit plärrenden Folgetonhörnern fuhren sie davon. Das Geräusch der Sirenen verschwand im Schneegestöber.

»Sie haben zuvor von zwei Frauen gesprochen«, griff Schwarz den Faden wieder auf. »Wer ist die dritte?«

»Also eine hat die Party gegeben. Der hat die Hütte gehört.«

Gierack hatte sich dazugesellt und soeben die Bemerkung mit der Hütte aufgeschnappt. Er wurde blass. »Die Hütte am Wöllmissberg …«

»Sie kennen sie?«

»Nele hat einmal davon gesprochen …«

Gierack griff sich an den Mund. Er rang sichtlich um Fassung, doch Trost achtete nicht darauf. Er starrte auf seine Fußspitzen und spulte verzweifelt zurück zu den Worten, die Anderl zuvor gesagt hatte. Er musste unter allen Umständen die Auseinandersetzung mit Eva aus seinem Kopf kriegen, um wieder klar denken zu können.

»Noch einmal, Anderl: Bist du sicher, dass er ›Wilde Jagd‹ gesagt hat?«

Nun richteten sich alle Blicke auf Trost.

»Die Perchten«, fuhr er fort. »In den Raunächten vertreiben sie die Geister, die bei der Wilden Jagd ihr Unwesen treiben. So wird das doch in etwa erzählt, oder?«

»Machen Sie schon, Trost, spannen Sie uns nicht auf die Folter. Worauf wollen Sie hinaus?« Schwarz breitete seine Arme aus, es war ihm anzusehen, dass er keine Geduld mehr hatte.

»Das Plakat an deinem Wagen, Anderl«, sagte Trost. Seine Augenbrauen berührten sich beinahe über seiner Nase. »Der Perchtenlauf. Wenn er nur noch Anne als Geisel hat und ihm die Nerven durchgehen, was angesichts des jüngsten Polizeieinsatzes der Fall sein dürfte, dann wird er die Wilde Jagd auf sie hetzen. Alle sind verkleidet. Die perfekte Maske, die perfekte Bühne … und das Manöver mit Eva und Anderl, dass er sie beide hierhergelockt hat und uns dazu …«

Der Graf stand plötzlich an Trosts Seite und zeigte auf das Plakat, das er in der Hand hielt. »Dann haben wir nicht mehr viel Zeit, denn das Spektakel findet jetzt gerade statt. Aber wo zur Hölle ist die Grazer Vorstadt? Das kann ja überall sein …«

Trost riss ihm das Plakat aus der Hand. »Nein, nicht überall.«

Als er aus dem Raum lief, vermied er es, Eva Schön anzusehen. Er hatte einen Fehler gemacht. Viele Fehler. Und langsam musste er sie wiedergutmachen. Nein, nicht langsam. Schnell.

55

Ein Raunachtseinsatz

Trost konnte sich nicht erinnern, jemals in diesem Wagen gewesen zu sein. Der Innenraum roch nach Karamell, Zimt und Mandeln, ein Duft, der seinen Ursprung am Rücksitz hatte, wo Gierack mit einer offenen Keksdose hantierte. Auch Reinfried Schwarz saß auf der Rückbank und instruierte einen Kollegen via Handy, die Besitzer der Hütte am Wöllmissberg ausfindig zu machen. Trost streichelte Zeus, der zwischen seinen Beinen leise winselte.

Der Graf holte das Letzte aus seinem Mercedes heraus. Und das Letzte war eine ganze Menge, denn nach einer irrwitzigen Fahrt durch Graz – er hatte die beiden unübersichtlichen Serpentinen am Steinberg noch nie zuvor derart halsbrecherisch angeschnitten – heulte der Motor jetzt mit mehr als hundertdreißig Sachen auf. Vom Blaulicht auf dem Dach des Mercedes aufgeschreckt, wich alles vor ihnen an den Straßenrand aus.

»Und Sie sind sicher, dass die Voitsberger Vorstadt ›Grazer Vorstadt‹ heißt?« Der Graf warf ihm einen fiebrigen Seitenblick zu.

Trost nickte.

»Ganz sicher?«

»Ganz sicher.«

Da stemmte sich der Graf noch energischer ins Gaspedal. Trost musste beim einen oder anderen Überholmanöver die Augen schließen, doch er hütete sich davor, den Grafen zu bitten, das Tempo zu drosseln. Er hatte das unbestimmte Gefühl, dass es hier um mehr ging als nur darum, eine Kollegin aus den Fängen eines Verrückten zu retten. Aus den Augenwinkeln beobachtete Trost das Profil des Grafen, wie es wie aus Marmor ungerührt und konzentriert auf die Straße blickte und dabei doch den Anschein erweckte, als würde es noch viel weiter schauen. Bis in die Zukunft vielleicht. Und die Zukunft versetzte den Grafen offenbar in Panik, weshalb er noch eine Spur schneller fuhr. In diesen Raunächten war allerorts Liebe im Spiel.

Als sie in Söding auf die B 70 abbogen, fluchte Schwarz. Seine Stimme klang schwach. »Wann sind wir endlich da?«

»Zehn Minuten«, knurrte der Graf.

»Keine Sorge«, murmelte Gierack, der den Mund voll hatte. »Die Kollegen vor Ort sind auch informiert. Die Cobra hat einen Hubschrauber losgeschickt, der Lemberg passiert schon nichts.«

Durch den Rückspiegel musterte der Graf seinen Chef, wie der sich ein weiteres Vanillekipferl in den Mund schob. Ihre Blicke trafen sich. »'tschuldigung«, sagte Gierack, »aber wenn ich nervös bin, muss ich essen.«

In Söding blitzte ein Radargerät auf, es war nicht das erste Mal bei dieser Fahrt. Die Kollegen würden eine ganze Reihe von massiven Geschwindigkeitsübertretungen aus der Datenbank löschen müssen.

»Festhalten«, knurrte der Graf, und der Mercedes kam ins Schlingern. Der Wagen polterte fast kerzengerade über einen Kreisverkehr, beschleunigte auf nahezu hundertfünfzig Sachen, passierte einen weiteren Kreisverkehr, erhöhte auf beinahe zweihundert und geriet schließlich kurz vor Voitsberg abermals ins Schleudern. Und dann kamen sie – für Trosts Empfinden fast wider Erwarten – in der »Grazer Vorstadt« genannten Randregion der Bezirkshauptstadt Voitsberg an.

Dass sie das Ziel ihres Ritts erreicht hatten, sagte ihnen das Brüllen der Rotorblätter eines Hubschraubers, der auf Armeslänge über den Hausdächern schwebte. Eine Reihe von Einsatzfahrzeugen blockierte die Straße, Schaulustige drängten näher heran, und hinter den Köpfen der Menschen, durch die sich Trost jetzt hindurchzwängte, erkannte er die Silhouetten grotesker Kreaturen. Vierhörnige Monster mit heraushängenden Zungen, Hexen mit Körben auf dem Rücken, eine hoch aufgerichtete Ziegengestalt, ein Polizist mit bunt bemaltem Gesicht und ein Riese im Totengeistkostüm. Sie hatten die Wilde Jagd erreicht. Zeus bellte wie verrückt.

Trost brüllte: »Lemberg! Wo ist Anne Lemberg?« Dann wandte er sich an den Soko-Leiter. »Schwarz, sagen Sie den Leuten, sie sollen mit dem verdammten Hubschrauber abhauen. Man versteht ja sein eigenes Wort nicht mehr.«

Unter dem Wirbel der Rotorblätter sträubten sich die Haare der Perchtenmonster noch ein letztes Mal, ehe sich endlich eine bedrückende Stille über die Menschenmenge legte.

»Runter!«, schrie Trost jetzt. Er starrte eine Fratze nach der anderen an. »Runter mit den Masken. Alle. Aber dalli!«

Das Schneetreiben wurde dichter, und einer nach dem anderen verlor seinen Schrecken. Unter den Masken offenbarten sich die ungefährlich wirkenden Köpfe der Verkleideten. Trost blinzelte. Etwas stimmte nicht. Dann hörte er es. Ein Traktormotor brüllte auf. Dampf stieg in den trüben Abendhimmel. Er hechtete ins Schneegestöber, sprang durch die Geister der Wilden Jagd, die links und rechts von ihm zu Boden gingen, und sprintete dem Rauchwolken ausspuckenden Gefährt hinterher, das sich ruckartig in Bewegung setzte. Ein umgebauter Traktor, der aussah wie ein Untier aus der Hölle, zog einen Käfig hinter sich her, in dem eine Gestalt unter Fellen und Decken lag, die sich jetzt langsam erhob. Aus blutunterlaufenen Augen schaute Lemberg auf Trost herab. Der Käfig erinnerte Trost an ein ganz anderes Gefängnis. Eines, das mit Leichen gefüllt war. Ein Schauer durchrieselte ihn.

»Anne«, hauchte Trost, lief noch schneller, doch plötzlich huschte ein Schatten an ihm vorüber. Zeus holte den Traktor ein und bellte wie verrückt. Ein zweiter Schatten überholte Trost, rannte auf das Führerhaus des Traktors zu, erreichte es und zerrte am Bein des Fahrers. Der Graf schien ungeahnte Kräfte zu entwickeln, das Gefährt verlangsamte sich tatsächlich. Doch dann verlor er den Halt, stolperte und hatte enormes Glück, nicht unter die mächtigen Räder zu kommen. Stattdessen erreichte nun Zeus mit einem gewaltigen Sprung die offene Fahrerkabine, zerrte am Hosenbein des vierhörnigen Monsters, das am Steuer saß, und schaffte es, die Kreatur herunterzuziehen. Beide stürzten vom Wagen. Der Motor verebbte. Die Menschenmasse stob auseinander, als der Wagen noch ein paarmal aufstotternd auf sie zurollte. Die Percht, die am Steuer gesessen hatte, schüttelte sich und richtete sich dann langsam auf.

Zeus blieb liegen.

Trost starrte benommen auf den Hund.

»Deine Schuld!«, kreischte die Percht. »Alles deine Schuld.« Der Maskierte machte eine Bewegung mit dem Arm, die alles um ihn herum einfing. »Alles deine Schuld!«

Die Menschenmenge war nun wieder näher gekommen. Polizisten, Schaulustige und die Kreaturen der Wilden Jagd.

»Ihr wisst nicht, wie es ist, jemanden zu verlieren, den man liebt. Ihr schaut nur zu, während die Täter weitermachen dürfen. Besoffene Gören, die meine Lore umgebracht haben. Hochwohlgeborene Studenten. Dieses Pack. Diese blöden …«

Weiter kam er nicht. Trost hatte ihn erreicht und mit einem Faustschlag wohl nicht nur die Maske zertrümmert. Wimmernd duckte sich Ulli Langbauer, der sich die zerstörte Fratze vom Kopf gezogen hatte, auf allen vieren unter Trosts Schlägen. Erst als einige Kollegen Trost an der Schulter packten, ließ er von der Perchtenkreatur ab.

Dass er die Fassung verloren hatte, wurde Trost in dem Moment bewusst, als er sich wieder zu Zeus umdrehte. Er hatte es vom ersten Moment an geahnt. Kroch jetzt auf den Hund zu. Krallte sich in dessen Fell. Und begann dann bitterlich zu schluchzen.

»Es ist deine Schuld«, hörte er Langbauer wieder. Während er unter den Hebelgriffen der Cobra-Beamten davongeschleppt wurde, schaute er hysterisch kichernd zwischen Trost und dem Hund hin und her. »Allein deine Schuld.«

56

Schwarze Katzen

»Diese ganze Bagage, die Studenten mit ihren vielen wichtigen Terminen, die in Wahrheit aber nur herumhocken und in Büchern lesen und nichts arbeiten, die hat es nicht anders verdient. Meine Lore wollte auch dazugehören, sie wollte eine von ihnen sein. Und was ist passiert? Diese ach so gescheiten, großartigen Möchtegerngelehrten, die jahrelang ihre Zeit absitzen und dann irgendwelche Titel bekommen, die sie glauben machen, etwas Besseres zu sein als wir, die wir sie bedienen, die haben sie abgefüllt. Die haben sie halb bewusstlos auf die Rückbank gesetzt. Ohne sie anzugurten. Und dann sind die Idioten gegen einen Baum gefahren.«

Trost versuchte, auf Langbauers Worte zu hören, aber es war ihm kaum möglich, ihm zu folgen. Immer wieder fiel sein Blick auf den Hund, der in einer Blutlache im Schatten lag, den Langbauer auf ihn warf. Trosts Herz polterte. Zwei Sanitäter kümmerten sich um Zeus, bandagierten ihn ein, hoben ihn behutsam auf eine Trage.

»Aber die wären doch zur Rechenschaft gezogen worden. Die hätten ihre Strafe schon noch bekommen«, sagte Trost tonlos. Die Worte klangen so fern, als stammten sie gar nicht von ihm.

»Ach was, das ist doch keine Strafe, was die zu erwarten haben. Ein paar Jahre auf Bewährung, bestenfalls ein paar Wochen herumsitzen und aus dem Fenster schauen. *Ich* bin es, der bestraft wurde. Ich habe sie geliebt. Haben Sie schon einmal geliebt? Wissen Sie überhaupt, wie das ist, wenn einem die Liebe weggerissen wird? Einfach so?«

Liebe. Ja wusste Trost eigentlich, was Liebe war?

57

Ein Freund

Zeus bewegte sich nicht. Er atmete schwer. Trost lag neben ihm auf dem Rücken. Da fiel ein Schatten auf sie beide, und Trost versuchte im Gegenlicht der Scheinwerfer zu erkennen, wer es war.

»So wie du ihn streichelst, wird er bald kein Fell mehr haben. Die Kollegen holen den Hund gleich ab«, sagte die Gestalt, und Trost wunderte sich.

»Du gibst ja gar keine Interviews. Was ist los?«

Balthasar Gierack hockte sich zu ihm auf den Boden und achtete nicht darauf, dass sein schwarzer Mantel dabei schmutzig werden könnte. Er nahm die zynische Bemerkung gelassen auf. »Ich hätte nicht gedacht, dass sie noch lebt.«

»Wen meinst du? Anne oder Nele?«

Die Männer betrachteten nun beide Zeus.

»Beide. Hör mal.« Gierack räusperte sich. »Ich weiß nicht, wie du das machst. Und ich kann dich auch immer noch nicht ausstehen. Aber ich danke dir.«

Trost war weiterhin damit beschäftigt, Zeus eingehend zu streicheln.

»Was machst du jetzt? Zu welcher gehst du? Zu Lemberg oder dieser Schön?«

»Und du? Zu Nele oder den TV-Kameras?«

Gierack klopfte Trost auf die Schulter. »Wir werden uns nie leiden können. Aber wir kennen einander wie alte Freunde. Du weißt, wohin ich gehen werde.«

Trost konnte sich nicht erinnern, dass Gierack ihn jemals zum Schmunzeln gebracht hätte, aber nun huschte eine Andeutung davon über sein Gesicht, die jedoch beim nächsten Gedanken augenblicklich verschwand.

»Hast du diesen seltsamen Mister Tod wieder freigelassen?«

Gierack blies Luft durch die Nase aus. »Was meinst? Natürlich. Der Graf steht sich manchmal selber im Weg. Das war ja ein völliger Blödsinn.«

Einige Sekunden schwiegen sie, dann fuhr Gierack fort: »Aber da ist noch was. Du hast ein großartiges Gespür für Gewaltverbrechen, deine Aufklärungsquote ist schwindelerregend, aber eines sag ich dir: Manchmal liegst du falsch. Der Schwarz hat den Grafen dabei unterstützt und hätt am liebsten gleich den ganzen Fall abgeblasen. Ich glaube, der wollte einfach zu Weihnachten fertig mit allem sein. Egal, wie und auf wessen Kosten.«

»Du meinst, es gibt außer dir noch andere fiese Typen?«

Nun war es an Gierack, es mit einem Lächeln zu versuchen.

»Da fällt mir ein«, sagte Trost, »wo ist der Schwarz eigentlich?«

Gierack zuckte mit den Schultern. »Ist schon gefahren. Fall abgeschlossen, hat er gesagt und ist weg.«

Zeus hob erschöpft die Augenlider und schaute ihn an, und plötzlich waren alle Fragezeichen aus seinem Kopf verschwunden, und eine Welle der Zuneigung durchströmte ihn. Dann fiel sein Blick auf einen Schatten hinter dem Fenster eines Einsatzwagens, und er bat Gierack, einen Augenblick auf Zeus aufzupassen.

Sekunden später war Trost bei dem Fahrzeug und öffnete die Tür. Ulli Langbauer blickte nur trotzig geradeaus.

»Warum?«, fragte Trost. »Das alles ist unfassbar grausam. Sag mir, warum. Und sag mir, warum es dann letztlich schiefgegangen ist.«

Langbauer schnaufte durch die Nase aus. »Na, wegen dir. Und wegen dem Anderl natürlich, der hat ein zu weiches Herz.«

»Erklär's mir.«

Jetzt schaute ihm Langbauer geradewegs in die Augen. Ein hassspeiender Blick. Doch er begann tatsächlich zu erzählen. Vom Feuerwehreinsatz, davon, wie er zum Wagen gekommen war – und Lore gesehen hatte. »In diesem Moment ist etwas in mir zerbrochen. Von einem Augenblick auf den anderen. Als ich später erfahren habe, dass die da oben in den Bergen eine

Party gefeiert und sich sinnlos betrunken haben, wusste ich, was zu tun war. Diese Gören waren schuld.«

»Das heißt, Magritte Zollneritsch und Nele Hammersdorf waren an dem Unfall beteiligt?«

»Ja, aber die Party organisiert hat diese Sonja oder Ronja. Egal. Eine aufgeblasene Arzttochter aus Mariatrost jedenfalls. Ich hab einen guten Draht zu ein paar von diesen Medizinstudenten, vor allem zu dem einen, den ihr gefasst habt. Der Blödmann hat sicher schon alles gestanden.«

Trost biss sich auf die Unterlippe, Sonja oder Ronja also. Die tote junge Frau hatte also immer noch keinen Namen.

»Wir haben diese Ronjasonja als Erste in die Finger gekriegt und mit dem Präparat vollgefüllt, von dem sie immer reden. Diese Substanz, die alle Leichen entmenschlicht. Und der Student, dieser Mike, hat versprochen, mit dem Professor Kontakt aufzunehmen. Hätte sein können, dass ein bisserl Kohle für die Leiche rausspringt. Aber als der Anderl davon Wind bekommen hat, ist er völlig ausgeflippt. Er hat mich gezwungen, diese Ronjasonja loszuwerden, da sind Mike und ich losgefahren und haben sie entsorgt. Hat ja keiner wissen können, dass die schon halb tot war.«

Trost würde den Augenblick nie vergessen. Er hatte ihn schließlich miterlebt, und ein kurzer Gedanke beschäftigte sich damit, welcher Zufall dabei seine Fäden gezogen hatte.

»Und die anderen beiden?«

»Die Zollneritsch und die Hammersdorf sind genau die gleichen verwöhnten Tussis. Sie haben Lore abgefüllt und dann ins Auto gesteckt, ohne sie anzuschnallen. Das sei so ein Aufnahmeritual, das Abfüllen, haben sie mir gesagt.«

»Und warum leben sie noch?«

»Na, weil alle Schiss gekriegt haben, der Mike, der Anderl. Freilassen konnte ich sie auch nicht, die haben mich ja gesehen. Ich hab mir was überlegen müssen … aber dann ist was dazwischengekommen.«

»Was ist passiert?«

Wieder der hasspeiende Blick. »*Du* bist passiert. Du mit

deiner kleinen Freundin. Ich hab euch beobachtet. Und ich hab bemerkt, wie ihr beobachtet werdet. Da hab ich mir diese Polizistin geholt, und was die mir erzählt hat, hat mir die Augen geöffnet. Du Hund hast uns bespitzelt. Ich wollte dir eins auswischen. Hab deine Freundin überredet, zu mir zu kommen. Hierher. Dass das so ausgeht, war nicht der Plan.«

Trost schaute ihn mit großen Augen an. »Ist das dein Ernst?«

»Was? Ja. Sag ich doch.«

Trost suchte in Ullis Gesicht nach einem Anzeichen von Lücken in der Geschichte, doch er merkte schon bald, dass die Absurdität der Ereignisse die Wahrheit dahinter bestätigte. Das war häufig so. Bei Gewalttaten nach logisch nachvollziehbaren Handlungssträngen zu suchen erwies sich in der Regel als sinnloses Unterfangen. In Polizistenkreisen wurden Fälle wie diese beim Automatenkaffee erzählt und dann mit einem Schulterzucken und der Bemerkung »Die werden alle immer depperter« abgetan.

»Also ich fasse zusammen«, sagte Trost. »Du und Mike, ihr habt eine Person auf dem Gewissen. Zwei Frauen wolltet ihr töten, eine weitere hast du entführt, um mehr über mich zu erfahren, Eva Schön hast du gekidnappt, um mich zu treffen.«

»Wer ist Eva Schön?«

»Na, die letzte Dame, die einen Blumenstrauß von dir bekommen hat.«

»Ah, Schön heißt die. Ein schöner Zufall, dass sie auch noch schön ist, oder? Schade nur, dass sie von dir sicher nix mehr wissen will. Jetzt, wo sie deinetwegen in ein richtiges Verbrechen hineingezogen wurde. Wenn man das Vertrauen verliert, ist das, wie wenn man die Liebe verliert. Und eine verlorene Liebe ist schön schiach, gö?«

Trost fixierte ihn einige Sekunden lang, ehe er wortlos die Wagentür schloss, sich umdrehte und zurück zum Traktor ging. Dort versorgte inzwischen ein herbeigerufener Tierarzt den Hund. Lemberg saß schluchzend auf einem bereitgestellten Klappsessel. Als Trost sich näherte, holte ihn der Graf ein und umarmte sie. Einen Augenblick lang stand Trost wie versteinert da. Erst als die beiden voneinander abließen, sammelte er sich wieder und stammelte eine Entschuldigung. Der Graf hatte wenigstens den Anstand, zur Seite zu treten und sie einen Moment allein zu lassen.

»Schon gut«, sagte sie. »Ich muss mich entschuldigen. Ich hab dich hintergangen.«

Trost nickte. »Ja, hast du«, sagte er, und er wusste, wie trocken und verbittert das klang.

Lembergs Augen schimmerten.

Trost sah, wie sie Zeus auf eine Bahre hievten, und lief zu den Leuten, die den Hund versorgten.

»Wo bringen Sie ihn hin?«

»Tierklinik«, lautete die knappe Antwort.

Da tauchte der Graf noch einmal hinter ihm auf und sagte: »Ein Hund, der sich im Einsatz verletzt. Da fährt auch die Rettung für uns.«

Trost ging nicht darauf ein, wollte von dem Tierarzt wissen, wie ernst es um den Hund stand. Der wechselte einen kurzen Blick mit dem Grafen, was Trost gleich noch mehr beunruhigte. »Wir müssen schnell sein«, gab er zurück, und Trost trat betroffen zur Seite, ehe er eine Entscheidung traf und hinter den Sanitätern in den Wagen sprang.

58

»Such mich nicht«

Die ganze Fahrt über kraulte Trost den Kopf seines treuen Gefährten. Zeus blinzelte ihn an, seine Zunge hing schlaff aus dem Maul, und sein Brustkorb hob und senkte sich schnell. Speichel tropfte aus seinem Maul. Unter seiner Handfläche spürte er das Herzrasen des Tiers, und als Zeus leicht zu winseln begann, konnte Trost kaum noch an sich halten.

»Geht das nicht schneller?«

Der Sanitäter runzelte die Stirn, ohne etwas zu erwidern.

Sie hatten dem Hund einen Verband um den Brustkorb gelegt, doch dieser war bereits blutdurchtränkt, weshalb er erneuert werden musste. Trost lehnte sich hilflos zurück und sah zu, wie sein Hund im Sterben lag, während der Krankenwagen zurück nach Graz donnerte und nach einer endlosen Zeitspanne mit quietschenden Reifen zum Stillstand kam. Sie sprangen aus dem Wagen, brachten den Hund in eine private Tierklinik, in der schon alles auf den Einsatz vorbereitet worden war.

»Wir wurden informiert«, rief ihnen ein Mann entgegen, der Zeus noch auf der Trage liegend in Augenschein nahm. »Rauf, schnell! Gleich in den OP mit ihm.«

Trost lief der Gruppe hinterher, vor einer weißen Tür wurde er allerdings aufgehalten.

»Bitte«, sagte der Tierarzt. Mehr nicht.

Trost nahm Platz und wartete.

Zuerst hatte ihm die Dame an der Aufnahme noch einige Fragen gestellt und seine Daten aufgenommen. Dazwischen hatten sich die Sanitäter verabschiedet. Doch dann schien die Zeit stehen zu bleiben. Trosts rechtes Bein wippte unaufhörlich, und seine Finger schmerzten, weil er sie so heftig massierte.

Er wusste, er sollte es nicht tun, griff dann aber doch zum

Handy, wählte Eva Schöns Nummer, von der er nicht mehr wusste, wann sie sie ihm gegeben hatte, und schrieb ihr eine Nachricht.

»Du wirst gehen, stimmt's?«

»Ja.«

Dass die Antwort so schnell gekommen war, gab ihm Hoffnung.

»Und wenn ich dir sage, dass es mir leidtut?«

»Was tut dir leid?«

»Dass ich dich verdächtigt habe.«

»Und dass du mir zugetraut hast, ein irres Verbrechen zu begehen?«

»Ich folge nur meinen Dämonen.«

»Ist das immer deine Ausrede?«

Die weiteren Antworten nährten seine Hoffnung umso mehr. Er konnte fühlen, dass sie einander wieder näherkamen.

Er schrieb: »Nein. Nicht immer. Warum bleibst du nicht einfach und hilfst mir, sie zu vertreiben?«

»Weil wir beide nicht *einfach* sind.«

Er wartete, wusste, dass sie noch etwas schreiben würde.

»Such mich nicht.«

Nein, das konnte nicht sein. Er hatte es doch fühlen können …

»Und wenn doch?«, schrieb er und hoffte, dass sie die Verzweiflung darin lesen würde. »Ich bin schließlich bekannt dafür, dass ich das Böse finde. Vielleicht finde ich auch das Gute.«

»Wenn du mich suchst, wirst du mich nicht finden. Und außerdem, wer sagt dir, dass ich das Gute bin? Du hast dich doch schon einmal in mir getäuscht.«

Trost wusste, wie unfair das war. Sie musste traumatisiert sein. Er hatte sie in seine Welt gezogen, in seine düstere, brutale Welt der Verbrechen, und jetzt erwartete er von ihr, dass sie sich wiedersahen? Einfach so? Nein, sie hatte recht, sie waren nicht einfach.

Er wollte soeben ansetzen, um ihr Gespräch fortzusetzen, als das Display seines Handys schwarz wurde. Der Akku war leer.

59

Plastikkälte

Eine Neonlampe schimmerte über ihm und beleuchtete einen im Schachbrettmuster verfliesten Warteraum. Trost hatte lange auf das Bild einer Katze gestarrt, eine Bleistiftzeichnung, die nur das Gesicht darstellte. Augen, die ihn anstarrten. Er musste eingeschlafen sein, geradezu hypnotisiert von den Katzenaugen, denn plötzlich spürte er an seiner Seite eine Bewegung. Etwas Kaltes streifte seinen Handrücken, und noch bevor er die Augen öffnete, machte sein Herz einen Sprung.

Doch es war nicht die feuchte Schnauze von Zeus, sondern der plastikkalte Latexhandschuh des Tierarztes, der seinen Unterarm gestreift hatte. Der Mann saß neben ihm und schaute ihn aus müden Augen an. Dann seufzte er. Trost blickte in den flimmernden Schein der Neonlampe über ihm, und die Plastikkälte der Tierarzthand legte sich um sein Herz.

26. Dezember

Man sagt, in der vierten Raunacht
werde alles Schlechte abgestoßen.

60

Die Nacht der Reinigung

Es heißt, die Nacht zum Stephanitag sei jene des Herzens und die darauffolgende jene der Reinigung. Eine Entscheidung werde getroffen: Was nimmt man mit ins neue Jahr, was bleibt zurück?

Das bienenwabenartige Brummen hatte sich rasch gelegt, und die unruhigen Schatten hatten sich beruhigt. Die Beleuchtung im Saal ging aus, und nur aus einem Hochhausfenster schimmerte ein Lichtschein. Ein Schatten tauchte auf, und Trosts Herz galoppierte. Er bemerkte, wie ein Zuschauerpaar in seinem Augenwinkel näher rückte, eine Frau legte ihren Kopf auf die Schulter ihres Begleiters, und hätte Trost es nicht besser gewusst, er hätte gemeint, ein Seufzen durch die Menge zu hören. Das Stück hatte jene Szene erreicht, die er selbst wahrhaftig und »in echt« erleben hatte dürfen. »Moon River« am Fenstersims.

Das Orchester setzte ein, und er spürte, wie sein Daumen pochte. Der Schmerz fuhr ihm durch die Glieder und erinnerte ihn an vergangene Qualen. Auch die vom Bühnenlicht beleuchteten Zuschauer schienen sich verändert zu haben. Bleich und ausdruckslos starrten sie auf die Bühne und glichen den Fratzen in dem Käfig voller Leichen, in dem er vor gar nicht allzu langer Zeit gelegen hatte.

Ein Zittern durchfuhr seinen Körper. Es war etwas viel der Aufregung gewesen in den letzten Tagen. Die Suche nach den vermissten Frauen, sein Horrortrip im Keller eines nahezu leer stehenden Anatomiegebäudes, dunkle Wälder, dunkle Abbruchhäuser, die Wilde Jagd, Zeus …

Er hatte gestern Nacht im Warteraum der Tierarztpraxis einen Entschluss gefasst. Er würde sich dieses Stück bis zum Ende ansehen, danach Eva aufsuchen, ihre Hand nehmen und nicht mehr loslassen. Sie kannten sich kaum, das war ihm bewusst, aber sein Gefühl sagte ihm, dass er das Richtige tat. Und sein Gefühl hatte ihn schließlich noch selten getäuscht.

Er hatte sich ein frisches Hemd geschnappt, während über den Fernsehbildschirm die Nachrichten vom vergangenen Einsatz geflimmert waren. Gierack hatte soeben die Ereignisse geschildert, während Trost sich eine Krawatte umgebunden hatte. Niemand ging heutzutage noch mit Krawatte ins Schauspielhaus, doch Trost hatte etwas vor, und dazu bot eine Krawatte die perfekte Verkleidung. Die Bilder von Polizeifahrzeugen waren am Bildschirm aufgeblitzt, und im TV-Studio hatten Experten die Ereignisse der vergangenen Nacht analysiert. In Graz hatten sie gehöriges Aufsehen erregt und sogar das weihnachtliche TV-Programm über den Haufen geworfen. Trost hatte das Ding dennoch abgedreht und befunden, er dufte nach Vanille und Rosen, außerdem hatte er sich sogar rasiert. Eva würde ihn in dieser Verkleidung gar nicht sofort erkennen.

Nun saß er hier im Zuschauerraum des Schauspielhauses und lauschte den Klängen dieses bezaubernden Lieds. Doch etwas störte ihn. Eine Vibration in den Ohren wirkte irritierend, und es dauerte eine Weile, bis er erkannte, was es war. Diese Stimme. Diese Stimme am Fenster, aus dem das Licht in den Zuschauerraum flimmerte, die »Moon River« sang, das Lied, das Eva vor wenigen Tagen in dem Haus, in dem er wohnte, geprobt hatte, diese Stimme gehörte nicht Eva Schön.

Es vergingen einige Minuten. Er sah Holly Golightly noch einige Male vor sich schweben, wenngleich dieses Schweben ein ganz anderes, viel plumperes als jenes von Eva war, denn eines war mittlerweile gewiss: Diese Person war nicht Eva. Sein Gefühl hatte ihn betrogen. Es war nicht das erste Mal in letzter Zeit, dass sein Herz von einer eiskaltharten Kralle umfasst wurde. Fast starr vor Schreck gaffte er zur falschen Eva auf die Bühne – und dann in die Gesichter aus dem Zuschauerraum, die Fratzen aus dem Leichenkäfig, die ihn plötzlich allesamt direkt fixierten.

Im Publikum erhob sich eine Gestalt und löste Unruhe aus. Sie stolperte über Beine, nuschelte Entschuldigungen, wäre beinahe gestürzt. Sie mühte sich quälend langsam aus der Mitte des Saals, während sie ein mürrisches Wispern hinter sich herzog wie einen laubraschelnden Herbstwind. Das Stück hatte kaum zehn Minuten gedauert, was konnte da so wichtig sein, dass man einfach aufstand und ging? Oder würde der Witzbold später wiederkommen, nachdem er am Klo gewesen war? Oder holte sich der Prolet etwa nur einen Becher Bier?

Vom Balkon des Zuschauerraums aus beobachtete eine Gestalt, wie Trost den Saal verließ. Im Schattenspiel des Bühnenlichts war ihr Gesicht zunächst nicht zu erkennen. Erst als Trost die Tür hinter sich zuzog, traten die tränenschimmernden Augen von Eva Schön ans Licht, ein paar Sekunden lang, ehe sie wieder im Schatten verschwanden, als wäre sie niemals hier gewesen.

5. Jänner

Die finale Raunacht – eine letzte Träne für die alte Zeit.

61

Abschied

Er hatte es aufgegeben, sich zu fragen, was das Schicksal mit ihm vorhatte. Er war sich nicht einmal sicher, ob es so etwas wie Schicksal gab. Letztlich war er jemand, der versuchte, sich aus allem herauszuhalten, der weder besonders logisch dachte noch an irgendwelche übernatürlichen Kräfte glaubte, er wollte stets nur im Stillen und Verborgenen verweilen. Die Welt sollte sich in seiner Gegenwart in Sicherheit wiegen. Doch mit den Raunächten war wieder einmal alles anders gekommen.

Er hatte die Heizung abgedreht, durchs offene Fenster hämmerte die Stahlkälte Minusgrade in die Wohnung. Die letzten Möbelpacker hatten sie soeben verlassen, regungslos stand er nun im Vorzimmer und warf einen Blick in die Räumlichkeiten, die er kaum drei Wochen zuvor bezogen hatte. Das Schicksal hatte ihn hergeführt. Sein Trotz lenkte ihn nun wieder fort.

Er ging in die Knie, zündete die Kerze an und stellte die Duftlampe darüber, in deren Schale sich Weihrauchharz befand. Er musste nicht lange warten, ehe sich der schwere Duft ausbreitete und aus der Wohnung, die er kaum bewohnt hatte, eine Kirche machte. Eine Weile ließ er mit geschlossenen Augen den Duft auf sich wirken und hatte das seltsame Gefühl, dass sich rund um ihn herum etwas bewegte. Als stünde die Altbauwohnung im Bann unsäglicher Kreaturen, die es gar nicht leiden konnten, dass jemand reinigende Rituale durchführte. Trost befiel das Gefühl, dass er die Geisterwelt aufschreckte, und mit einem Mal kam er sich dämlich vor. Er griff nach der Duftlampe und erhob sich.

Im Stiegenhaus hielt er noch einmal inne. Wenn es Sinn gemacht hätte, wäre er ein letztes Mal hinaufgerannt und hätte an Evas Tür geklopft. Aber davor stapelten sich seit Tagen die Werbeprospekte als Zeichen dafür, dass sie nicht mehr da war. Und diese Prospekte hatten noch eine weitere Botschaft für ihn. Er solle gehen. Er solle sie in Ruhe lassen. Und genau das hatte er nun vor.

Draußen auf der Harrachgasse betrachtete er die Sperrholzplatten rund um die Vorklinik. Auf den kümmerlich verbliebenen Grünflächen lagen zerbeulte Fahrräder, als fristeten sie dort schon seit Jahrzehnten ihr Ausgedinge. Frisch gefallener Schnee, fein wie Backpulver, ließ sie noch einmal betörend geheimnisvoll wirken. Die letzte Raunacht kündigte sich an, und Trost nutzte den klirrkalten Tag, um zu Fuß das Weite zu suchen. Nachdem er die von Weihrauchschwaden umhüllte Duftlampe einfach am Eingangsportal des Hauses abgestellt hatte – vielleicht konnte ja das gesamte Haus mit seinen Geistern ein wenig Räuchern gut gebrauchen –, huschte er mit großen Schritten durch die Stadt, die noch immer im Dämmerschlaf der Neujahrsfeiern verharrte. Der graugrässliche Jänner hatte begonnen, jener Monat, den niemand mochte, weil jeder Anfang schwer ist. Der Anfang aller großen Vorsätze. Der Anfang sich wieder füllender Terminkalender. Keine großen Feste mehr, nur nebelwabernde Tristesse.

Die Standln am Hauptplatz waren abgebaut worden, die Spuren der Silvesterfeiern weitgehend weggewischt, nur am Südtirolerplatz knisterten noch Kastanien über einem einsamen Bräter. Trost gönnte sich eine Portion Maroni, erstickte am Esperantoplatz beinahe an einem Brösel und stieg am Hauptbahnhof dann doch in einen Bus, da die Aussicht, die elendslange Waagner-Biro-Straße durch das feinstaubliche Treiben aufgewirbelten Industrieschnees entlangzugehen, nicht gerade verlockend war.

Endlich zu Hause in der schmalen Schlucht des Thaler Bachs angekommen, stapelte er ein paar Holzstücke auf seine Arme, denn auch wenn er sein Baumhaus mehr oder weniger winterfest gemacht hatte, der Ofen musste fast rund um die Uhr in Betrieb sein, wollte er nicht den angeblich sanften Kältetod erleiden.

Er stapfte den kurzen Weg zum Baumhaus über Reisig und vom frischen Schnee heimtückisch versteckte, von den Fichten und Buchen herabgefallene Äste hinweg, als er aufblickte. Erstarrte. Und ihm der Stapel Holz aus den Armen glitt.

62

Tränen

Die Zeit der Raunächte endet am Morgen des 6. Jänners. Trost begann immer am 21. Dezember zu zählen, der längsten Nacht des Jahres, der Thomasnacht. Bei dieser Zählweise wurden die Feiertage dazwischen ausgelassen. Doch welcher Zählart man auch folgte, heute bahnte sich die Nacht der Wunder an. Noch einmal konnte die Wilde Jagd wirbeln und einen in den Wahnsinn treiben. Es hieß zwar, dass Tiere nur am Heiligen Abend sprechen konnten, Trost wusste aber, dass manche Lebewesen auch in der letzten Raunacht magische Fähigkeiten hatten. Er wusste es. Jetzt, in diesem Augenblick.

Er achtete nicht auf den feuchten Schnee und ließ sich in Erwartung der sich anbahnenden Attacke auf die Knie fallen. Sekunden später landete er rücklings im Schnee. Die Kälte kroch ihm in die Glieder, und sein schon wieder stoppelbärtiges Gesicht wurde augenblicklich nass. Vom Schnee. Von seinen Tränen. Und von der frischnassen Schnauze seines Hundes.

Trost lachte in die Freudentränen hinein.

»Hey, wo kommst du denn her?«

Es dauerte etwas, bis er Zeus so weit unter Kontrolle hatte, dass er sich wieder aufrichten konnte. Der Leib des Hundes war zwar in einen Verband gehüllt, es war ihm aber keine Schwäche anzumerken. Und da wurde Trost auch der Gestalt gewahr, die sich vom Baumhaus her langsam näherte. Sie steckte in einer Pelzjacke, die Kapuze weit ins Gesicht gezogen, der Kopf darunter noch zusätzlich mit einer Haube bedeckt.

»Du?«

»Ja, ich.« Ein scheues Lächeln huschte über das vor Kälte gerötete Gesicht. Es sah aus wie das eines jungen Mädchens. Und Trost fühlte sich in diesem Augenblick unendlich alt.

63

Die Nacht der Wunder

Anne Lemberg und Armin Trost saßen Seite an Seite im Baumhaus und hielten die Hände ans Ofenfenster, vor dem sich eine wohlige Wärme ausbreitete. Zeus lag schlummernd zu ihren Füßen. Zwei Tassen Tee dampften auf der Herdplatte.

»Der Tierarzt hat bei uns angerufen. Und weil du nicht abgehoben hast, dachte ich, ich bring ihn dir vorbei. Er braucht noch etwas Ruhe, aber sonst ist er über den Berg. Es war offenbar doch nicht so schlimm, wie es zunächst aussah.«

Lemberg tastete nach der Tasse und schlürfte vorsichtig den heißen Tee. »Es tut mir leid«, hauchte sie, weil Trost nichts erwiderte, und fuhr fort: »Dass du allein warst über Weihnachten. Dass sie nicht mehr da ist.« Sie stockte. »Und dass ich dich verraten hab.«

Trost griff ebenfalls nach der Teetasse. Ihre Schultern berührten sich. Dann lehnten sie ihre Köpfe aneinander.

»Weißt du, du bist nicht allein. Warst du nie«, flüsterte Lemberg.

»Ich weiß«, sagte Trost.

»Ich glaube, deine Nachbarin wird wieder auftauchen. Eines Tages.«

Trost nippte abermals an dem heißen Getränk, schüttelte dann jedoch den Kopf. »Vielleicht. Vielleicht auch nicht. Bei manchen Menschen lässt sich so etwas nicht sagen. In gewisser Weise habe ich sie ja auch verraten.«

»Tut es sehr weh?«

Trost starrte ins Feuer und dachte: Sehr.

Erschrocken schaute er Lemberg von der Seite an, doch diesmal schien er seinen Gedanken nicht laut ausgesprochen zu haben. Jedenfalls ließ sie sich nichts dergleichen anmerken. Aus einem seltsamen Grund war er erleichtert darüber.

Die Schicksalsfäden für das kommende Jahr waren also gesponnen. Die letzte Raunacht ging zur Neige. Was das Jahr brachte, war nun vorherbestimmt. In klammer Erwartung dessen, was nun kommen würde, blickten Lemberg und Trost ins Spiel der Flammen. Zeus träumte und grunzte zufrieden. Die Nacht der Wunder hatte wieder einmal ihr Werk getan.

Die Ermittlerfiguren des Reinfried Schwarz

Es ist eine Eigenheit dieses Einsatzleiters, dass er die Codenamen für seine Kollegen dem jeweiligen Bundesland, in dem er den Einsatz leitet, anpasst. In der Steiermark waren es diesmal Märchenfiguren. Sie seien hier in der Folge kurz beschrieben:

Das Schwarze Mandl (Trost): Es handelt sich dabei um eine Sagenfigur aus Wies, einem Ort in der Südweststeiermark. Sie hat ihren Ursprung im »Schwarzen Sonntag von Wies«, einer Feuersbrunst in der Nacht auf den 22. September 1850, als im Dachboden einer Herberge ein Feuer ausbrach. Da der Hausknecht die rund zweihundert Pilger, die dort Unterkunft bezogen hatten, eingesperrt hatte, damit niemand ging, ohne zu bezahlen, waren die Menschen dem Feuer hilflos ausgeliefert. Man spricht heute davon, dass etwa vierzig Personen zu Tode gekommen sein sollen. Die Seele des Hausknechts, der die Menschen damals eingeschlossen hatte, soll seither nicht zur Ruhe kommen und als schwarzrußiges Mandl unruhig umherziehen.

Die Schöcklhex (Lemberg): Jegliches Unwetter führten die Grazer immer schon auf die Hexen vom Schöckl, dem Hausberg der Stadt, zurück. Unzählige Sagen ranken sich um diese Gestalten, so etwa soll Anna Duringer Anfang des 19. Jahrhunderts zahlreiche Kinder auf den Schöckl verschleppt haben. Heute bezeichnet man jene Leute als »Schöcklhex«, deren Frisuren etwas zerzaust sind oder, wie die Steirer es nennen, »nix zugleich schauen«.

Schabbock (Der Graf): Eine weststeirische Kreatur, die einen feurig leuchtenden Kopf hat. Sie hat es auf Kleinkinder abgesehen, meist auf Buben, denn ihr Zwillingsgeist ist die Trud, die sich gern auf Mädchen stürzt. Nur Geweihtes, etwa Kreuze oder Rosenkränze, kann diese Wesen von ihrer tödlichen Mission abhalten.

Die Raunächte

Es gibt verschiedene Zählweisen, manche denken sich die Raunächte zwischen dem 24. Dezember und dem 6. Jänner, andere schon vom 21. Dezember weg – hier werden dann die Feiertage nicht mitgezählt, sodass wieder der 6. Jänner zu jenem Tag wird, an dem der Spuk vorüber ist. Im vorliegenden Roman beginnen die Raunächte mit der Thomasnacht, dem 21. Dezember. Die Bedeutung dieser »ungezählten Tage«, die auch die Monate des folgenden Jahres repräsentieren, könnte man kurz so zusammenfassen:

1. Raunacht: Nacht der Ahnen. Die Anderswelt regt sich, Kerzen werden angezündet.
2. Fragen nach den Zielen des neuen Jahres.
3. Die Nacht des Herzens. Was ist unser Seelenplan?
4. Wandlung. Alles Schlechte wird weggestoßen.
5. Es heißt: »Sei in dieser Nacht dir selbst dein bester Freund.«
6. Nacht der Entscheidungen. Was bleibt im alten Jahr, was bringt das neue?
7. Es wird empfohlen, ein Ritualbad zu nehmen und Vorsätze für das neue Jahr laut auszusprechen.
8. Neubeginn. Wir machen Krach, nehmen an der Wilden Jagd teil und freuen uns auf das, was kommt.
9. Nacht des Schutzes. Wir grenzen uns ab und bauen Schutz für das neue Jahr auf.
10. Wir vertrauen auf das Neue.
11. Nacht des Abschieds.
12. Nacht des Dankes. Wir blicken noch einmal ruhig zurück und fassen zusammen, was wir uns für das neue Jahr vornehmen.
13. Die Nacht, die auf den zwölften Raunachtstag folgt, wird auch »Die Nacht der Wunder« genannt. Das neue Jahr kann kommen.

Nachwort und Dank

Max und Barney leben nicht mehr, ihre Hundeleben waren viel zu kurz. Jetzt ist Bonnie da und bleibt hoffentlich lange unter uns. Wenn ich über Zeus schreibe, denke ich an diese drei. Manchmal schmerzt es, manchmal tue ich es mit einem dankbaren Lächeln. Ohne sie wäre Trost ja ganz allein.

Einige Schauplätze dieses Buches existieren nicht mehr. Als es geschrieben wurde, war das Refektorium noch eine Ruine, und die Vorklinik befand sich vor dem Hauptgebäude der Uni. Mittlerweile wurde das eine Gebäude revitalisiert und das andere abgerissen. Die Vorklinik samt Anatomieinstitut wanderte zur Med Uni nach St. Leonhard ab. Dem Umbau fielen tatsächlich einige Bäume zum Opfer, Nele Hammersdorfs Proteste haben also nichts genützt.

Ich möchte Professor Dr. Friedrich Anderhuber (1950–2018) posthum danken, der mich in den letzten Jahren seines Wirkens in das System der Körperspenden einweihte. Keinesfalls ist so etwas wie Body Snatching heute möglich, allerdings ist es für die Ausbildung junger Ärzte unbedingt nötig, am menschlichen Körper studieren und arbeiten zu können. Sollte sich jemand dazu entschließen, seinen Körper nach seinem Ableben der Wissenschaft zur Verfügung zu stellen, ist dies die Kontaktadresse für weitere Informationen: https://anatomie.medunigraz.at/koerperspende.

Diesmal haben sich Kerstin, Clara und Harald die Mühe gemacht, das Rohmanuskript als Erste zu lesen. Ich danke ihnen dafür, gerade so viel Kritik geübt zu haben, dass ich noch Lust hatte, weiter an dem Stoff zu arbeiten. Christian »Ofi« Ofner hat mich mit einem Berg voller Raunachtslektüre versorgt, danke auch dafür.

Ich muss nicht extra erwähnen (und tue es gerade trotzdem), dass ich dem Emons Verlag dankbar bin, dass er dieser Krimiserie über so viele Jahre hinweg treu geblieben ist. Diesmal war

Julia Lorenzer meine Lektorin. Mit ihr macht das Arbeiten am Stoff richtig Spaß, und außerdem hat sie die bemerkenswerte Fähigkeit, manchmal zu wissen, was ich eigentlich sagen wollte.

Und zum Abschluss: Ihr wisst ja, dass ich mich über Feedback und »Daumen hoch« freue (»No na«). Wenn ihr diesmal wieder aktiv werden oder zu einer Buchpräsentation kommen wollt, dann folgt mir doch auf www.facebook.com/robertpreis72 oder www.instagram.com/robertpreis, besucht meine Homepage www.robertpreis.com oder schickt mir eine E-Mail an office@robertpreis.com.

Bis dahin, lest weiter … und schlaft trotzdem gut!

Die Bücher von Robert Preis im Überblick

Alle Krimis sind auch als eBook erhältlich.

Krimis mit Armin Trost

Der Tod ist ein Spieler aus Graz
ISBN 978-3-7408-1334-5

Graz im Dunkeln
ISBN 978-3-95451-180-8

Die Geister von Graz
ISBN 978-3-95451-446-5

Der Engel von Graz
ISBN 978-3-95451-722-0

Grazer Wut
ISBN 978-3-7408-0204-2

Der Tod tanzt in Graz
ISBN 978-3-7408-0672-9

Der Fall des Grazer Königs
ISBN 978-3-7408-1142-6

Grazer Hexenjagd
ISBN 978-3-7408-1656-8

Historischer Roman

Gottes Plagen
ISBN 978-3-7408-1945-3

111-Orte-Reihe

111 schaurige Orte in der Steiermark, die man gesehen haben muss
ISBN 978-3-7408-0445-9

111 Orte in der Steiermark, die man gesehen haben muss
ISBN 978-3-7408-2115-9